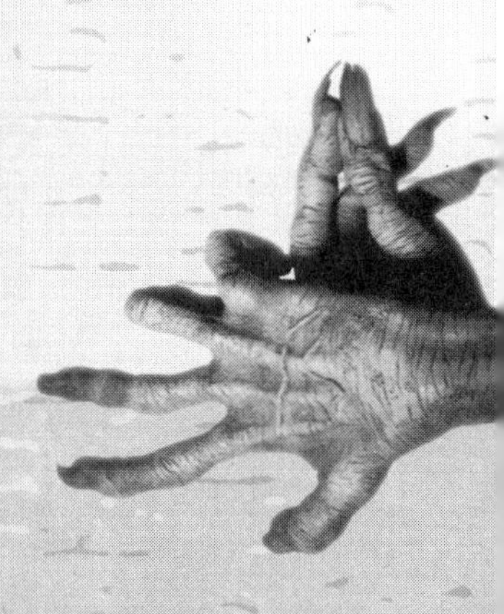

one day Suddenly

4

창밖의 여자

유 • 일 • 한 • 공 • 포 • 소 • 설

청어

어느날 갑자기 4

유일한 지음

발행처 · 도서출판 청어
발행인 · 이영철
기 획 · 손영국 | 김홍순
영 업 · 이동호
편 집 · 김영신 | 김인현
디자인 · 오주연
인 쇄 · 두리터

등 록 · 1999년 5월 3일(제22-1541호)

1판 1쇄 발행 · 2003년 8월 20일
1판 2쇄 발행 · 2008년 5월 20일

주소 · 서울시 서초구 서초동 1588-1 신성빌딩 A동 412호
대표전화 · 586-0477
팩시밀리 · 586-0478

블로그 · http://blog.naver.com/ppi20
E-mail · ppi20@hanmail.net

어느날
갑자기

'어느날 갑자기'를 사랑하는 분들에게…

아직 글재주가 모자라서 그런지, '작가의 말', '작품을 시작하며' 라는 식의 표현들이 가장 쓰기 싫은 글이다. 하지만 독촉에 못 이겨 또 한번의 횡설수설을 늘어놓는다.

95년부터 써오던 〈어느날 갑자기〉 시리즈가 2000년에 6권을 끝으로, 글자 그대로 어느날 갑자기 출판사의 사정으로 부득이하게 절판되는 것을 경험한 것은 필자로서 아주 괴로운 일이었다. 그 이후 유학 등으로 나름대로 바쁜 생활을 했지만, 마음 한구석에는 서점 책장에서 사라진 〈어느날 갑자기〉에 대한 아쉬움이 항상 자리잡고 있었다. 내 책 역시 언젠가 수많은 다른 책들과 더불어 잊혀질 것으로 생각했다.

그러던 중, 우연히 아직도 내 책을 찾는 분들이 계시다는 것을 알게 되었고, 〈어느날 갑자기〉를 아끼는 모임도 있다는 것을 알게 되었다. 그때 처음으로 느꼈다. 글을 쓰는 사람들에게는 자기의 글이 잊혀지지 않는 것이 얼마나 기쁜 일인지를!

그리고는 글도 잘 쓰지도 못하는 내가 왜 계속해서 글을 쓰고 있는지 다시 한번 생각해 보았다. 공포영화나 괴기소설을 특별히 좋아하는 것도 아닌데, 왜 무서운 얘기를 쓰는 것일까? 이 질문을 스스로에게 할 때마다, 찾을 수 있는 대답은 언제나 똑같았다. 바로 내 글을 재미있게 읽어주시는 독자들 때문이었다. 모자람과 엉성함으로 가득 찬 내 부족한 글을 항상 잊지 않고 너그럽게 읽어주시는 분들 덕분에 나는 글을 써왔던 것이다.

나와 내 글을 아직도 잊지 않고 있는 분들을 보며 용기를 얻어, 〈어느날 갑자기〉 시리즈를 새로운 글들과 함께 다시 미진한 부분을 고쳐서 출판하게 되었다. 이 책이 다시 세상에 나오는 것을 보는 느낌은 처음 책을 출판했을 때보다 훨씬 떨리는 기분이다.

이전에 나왔던 〈어느날 갑자기〉의 구성을 중편과 장편 위주로 읽기 쉽게 바꾸고, 새로운 글도 추가했지만, 내가 써놓은 글들을 다시 읽을 때마다 얼굴이 화끈거리는 것을 느낀다. 아니, 그런 모자란 글을 가지고 남들에게 읽히려고 한 나의 지독한 뻔뻔함이 느껴진다. 그래도 나는 항상 꿈을 꾼다. 매번 글을 쓸 때마다 꾸는 꿈이다. 언젠가는 정말 좋은 글로 독자들에게 찾아갈 수 있을 거라는…

보잘 것 없는 내 글을 이렇게 책으로 나오게 해 주신 모든 분들에게 진심으로 감사드린다. 항상 따뜻하고 너그러운 시선으로 내 글을 찾아주시는 독자분들과 내게 재출판의 용기를 준 Daum 〈어느날 갑자기〉 까페 가족 여러분들에게 이 자리를 빌어 다시 한번 감사드린다. 격려를 아끼지 않아 주셨던 부모님, 가족들, 뭘 가지고 또 책을 내냐고 핀잔주면서도 축하해주던 친구들, 오탈자 투성이의 원고와 씨름하느라 고생 많으셨던 이영철 사장님 및 도서출판 청어 식구들.

이 모든 분들에게 감사드린다.

그리고, 이 세상 무엇보다도 힘이 되어준 사랑하는 아내 찬경이에게 고마움을 전한다.

깊어 가는 계절, 노스캐롤라이나에서…

유일한

어느날 갑자기

contents

어느날 갑자기

창밖의 여자

죽은 자여… 제발 떠나주시오.

"야! 그 책장은 여기야, 여기!"

나와 성준이는 인석이가 가리키는 곳에 간신히 책장을 내려놓았다.

며칠 전, 인석이는 이삿짐을 날라달라며 나와 성준이에게 전화를 걸어왔다. 군대를 면제받아 동기들보다 취직을 일찍 한 인석이는 꽤 괜찮은 대기업에 다니던 녀석이었다. 그랬던 녀석이 그 좋은 직장을 그만두고 오피스텔을 얻어 사업을 시작하려 한다는 것이었다. 그리고는 가장 시간이 많아 보이는(?) 나와 성준이에게 이삿짐 나르기를 반 협박적(?)으로 부탁을 해왔고, 솔직히 특별히 할 일도 없던 나와 성준이는 기꺼이 인석이를 도와주기로 했던 것이었다.

'오피스텔로 이사하는 건데 별 짐 있겠냐, 자장면이나 얻어먹어야지' 했던 나는 나의 예상을 깨고 수북히 쌓여 옮겨지기만을 기다리고 있던 인석의 짐들 때문에 무려 3시간동안 땀방울을 흘려야 했다.

고생했다며 인석이가 시켜준 자장면을 기다리며 담배를 하나 빼물었다. 노동의 진정한 가치가 절실히 느껴지는 순간이었다. 담배를 피우며 오피스텔 안을 둘러보니, 새로 지은 오피스텔이 깨끗하고 현대적이었다. 특히 기분이 상쾌해질 정도로 시원하게 트인 유리창이 일품이었다. 단지 흠이 있다면, 9층에서 보이는 뒷산의 풍경이 다소 음산한 풍경을 자아낸다는 것이었다. 곧 시작될 아파트 공사 때문이라고는 하지만, 산이 벌거숭이가 돼 가는 모습은 그리 좋아 보이지 않았다. 아무튼 인석이는 신도시에서 이렇게 싼 가격에 새 오피스텔을 얻을 수 있었던 것은 자신의 명석한 두뇌에서 나온 탁월한 선택이었다며 들떠 있었다.

"그래, 너 한번 얘기해 봐라. 도대체 어떤 사업을 하겠다는 거야? 이렇게 경제가 어려운 시기에……."

인석이는 그 질문에 픽 웃으며 반 농담조로 얘기했다.

"임마, 난세는 영웅을 만드는 거야. IMF라고 직장에서 눈치보면서 불안하게 살기보다는 과감히 내가 하고 싶은 일을 하는 게 진리야. 이럴 때일수록 아이템만 잘 잡으면 성공은 쉬울 거야."

그런 인석이의 말에 성준이 놀려대듯이 대꾸했다.

"벤처, 벤처 하니까 너도 거기에 눈이 멀었구나. 되지도 않는 거 언론에서 떠드니까 덥석 달려들었군. 임마, 니가 지금 배가 불러서 그래. 나나 일한이는 취직 생각에 머리가 터질 것 같은데, 그런 좋은 직장을 제 발로 차고 나와? 참나……. 그나저나 도대체 뭐해서 돈벌 생각인데?"

"글쎄… 그건 아직 비밀이야. 나중에 얘기해 줄게. 조금 구체화되면……."

평소 같으면 이런 일은 자기가 먼저 떠벌릴 인석이었지만, 이번만큼은 이상할 정도로 신중하게 묵비권을 행사하고 있었다. 나와 성준이가 다시 몇 번이나 채근했지만 모두 소귀에 경 일기였다. 나와 성준은 이상한 생각이 들었지만 더 이상 묻지 않기로 했다. 워낙 괴짜인 인석인지라 분명 이상한 일을 벌인 다음에 우리를 또 놀라게 할 것이 뻔했다. 아니면 자신의 가벼운 입술을 주체하지 못해, 며칠 뒤면 그 비밀을 자백해 올 지도 몰랐다.

"식사요~"

마침 그토록 기다리던 자장면이 도착했기 때문에 우리의 대화는 중단되었다.

제일 먼저 마파람에 게눈 감추듯 자장면을 해치운 나는 일어나서 오피스텔 안에 어지럽게 쌓인 짐들을 훑어봤다. 혹시라도 인석이의 사업아이템을 드러낼 단서가 발견될까 해서였다. 박스를 정리하는 척하면서 짐을 뒤적이는데, 제일 밑에 깔린 찌그러진 박스에서 뭔가 특이해 보이는 책자들이 보였다. 어떤 책들인지 궁금해 한 권을 집어들었다. 유치한 색상의 표지에 영어로 표기가 된 잡지책이었다. 표지의 그림은 조잡한 색과 이상한 사진들이 뒤엉켜 있어 무슨 그림인지 한 눈에 알아볼 수 없는 것이었다. 그러나 자세히 들여다보던 내가 그 그림이 무엇인지를 알아차리는 순간, 나는 들고 있던 책을 놓칠 뻔했다.

피를 튀기며 토막살인을 하는 사람과 온갖 잔인한 장면들이 엉겨 있는 사진이었다. 제목은 핏빛 글자로 'World Most Scary Pictures'라고 쓰여 있었다. 그 잡지가 발견된 박스를 들여다보니 그 비슷한 잡지들이 여러 권 있었다. 도대체 무슨 내용의 잡지인지 펼쳐보려는 순간, 인석이가 내 손에서 그 잡지를 낚아챘다.

"야! 왜 남의 물건을 막 뒤지는 거야?"

매우 신경질적인 목소리였다. 의외의 반응에 당황해 있는 사이, 인석이는 그 잡지들을 챙겨서 박스에 다시 넣었다.

"야! 임마, 뭔데 그러냐? 좀 보자"

그러나 인석이는 이상할 정도로 얼굴을 굳히고 그 잡지에 대해선 일체 입을 다물었다. 나와 성준이가 온갖 애교책(?)와 협박책(?)을 써가며 잡지에 대해 말하도록 설득했지만, 인석은 신경질적인 반응을 보일 뿐이었다. 결국 본인이 싫다는 것을 굳이 강요하고 싶지 않아, 나와 성준이는 그 잡지에 대해 더 이상 묻지 않기로 했다.

어색한 분위기에서 짐 정리를 끝낸 우리는 오피스텔을 떠날 채비를 했다. 인석이는 지나치게 과민한 반응을 보인 게 미안했던지 오피스텔을 나서는 우리들에게 계속 미안하다고 했다.

"야, 오늘 너무 고마웠다. 나중에 내가 술 한잔 거하게 살게. 오늘 내가 얘기 안 해준 것들은 때가 되면 꼭 얘기해 줄게. 기분 상했다면 미안하다. 나도 사정이 있어."

오피스텔을 나서는 순간이었다.

"잠깐, 쉿! 조용히 해봐! 무슨 소리 못 들었니?"

성준이가 갑자기 발걸음을 멈추고 말했다.

"무슨 소리?"

"쉿! 잠깐!"

성준이의 갑작스런 말에 우리는 모두 숨을 죽이고 소리에 귀를 기울였다. 아무 소리도 들리지 않는 듯 했다. 그러나 성준이는 분명히 무슨 소리를 들은 것처럼 다시 오피스텔 안으로 들어갔다. 오피스텔 한가운데에 서서 성준은 어리둥절해 있는 우리들에게 손짓을 했다. 나와 인석은 성준의 손짓대로 조심히 오피스텔로 따라 들어가 성준이가 가리키는 쪽에 서서 가만히 귀를 기울였다.

우우… 으… 으…

순간 나도 모르게 소름이 돋았다. 뭔가 희미한 소리가 들리는 듯했다. 너무 작아서 제대로 들을 수는 없었지만, 언뜻 듣기로는 흐느끼는 소리 같기도 했다. 머리털이 곤두설 정도로 이상한 소리였다. 하지만 그 작은 소리도 금세 그쳐 무슨 소리인지 알 수가 없었다.

"무슨 소리를 들었다는 거야?"

적막을 깨고 인석이 성준에게 물었다. 성준이는 고개를 갸우뚱하며 확신을 못하는 표정으로 얘기했다.

"잘 모르겠어. 처음에는 분명히 들렸는데, 나중에는 소리가 너무 작아져서… 누군가 흐느끼는 것 같은 소리였는데, 그게 동물 소리인지 사람 소리인지 구분이 잘 안 가, 남자 소리 같지는 않았고, 여자아이 소리 같기도 한데… 그러니까… 음… 여하튼 너무너무 기분 나쁜 소리였어."

"옆방에서 나는 소리 아냐? 텔레비전이나 라디오 소리겠지, 뭐"

나는 가볍게 생각하고 싶었다. 하지만 인석이는 오피스텔이 새 건물이기 때문에 아직 입주자가 그리 많지 않다고 했다. 더구나 인석이의 방 근처에는 아직 아무도 이사한 사람이 없다는 것이었다. 그 말에 나는 좀 불길한 생각이 들었지만, 인석이는 성준이가 농담한다고 생각했는지 그냥 가볍게 대꾸했다.

"짜식, 내가 잡지 하나 안 보여줬다고 장난치는 것 좀 봐라. 나 혼자 있을 때 겁 좀 먹어봐라 이거지?"

성준이는 진짜로 이상한 소리를 들었다며 여전히 미심쩍은 표정을 짓고 있었지만, 나는 거기에 대해 별 생각을 안 하기로 하고, 성준이를 끌고 나왔다. 오피스텔을 나와 버스를 기다리면서, 나는 성준이에게 정말 이상한 소리를 들었냐며 물었다. 성준이는 사뭇 진지한 표정으로 얘기했다.

"너 정말 아무 것도 못 들었니? 나는 정말 들었거든… 뭐랄까 정확히 무슨 소리인지는 모르겠지만 나도 모르게 온몸에 소름이 쫙 끼칠 정도로 기분 나쁜 소리였어. 분명히 인석이 방안에서 들렸고……. 뭐였을까? 그 소리……."

나도 짧은 순간이나마 그 소리를 듣고 성준이와 같은 느낌을 받았던 것이 생각났지만, 그런 말도 안 되는 얘기는 버스를 타면서부터 새까맣게 잊어버렸다. 그 소리가 그런 무시무시한 일의 시작이었다는 것을 깨달은 것은 한참 뒤의 일이었다.

그로부터 이 주일 후.

나는 인석의 전화를 받았다. 이사할 때 도와줘서 고맙다며 나와 성준이에게 술을 사겠다는 용건이었다. 인석이의 목소리가 조금 어두운 것 같았지만, 나는 별로 신경 쓰지 않기로 하고 약속 장소로 향했다. 할 일 없는 성준이가 먼저 약속 장소에 나와 있었다. 이런

저런 얘기를 하고 있는데, 인석이가 나타났다.

그런데 인석이의 얼굴을 보자마자 우리는 불안을 직감했다. 초점을 잃은 듯한 퀭한 눈에 거칠한 피부, 바짝 마른 몸… 인석이의 외모는 한눈에 봐도 굉장히 힘든 일을 겪은 사람처럼 망가져 있었다. 인석이는 자리에 앉자마자 목이 탄지 맥주 한 잔을 벌컥벌컥 들이켰다.

나는 그 동안 궁금했던 것을 물어보았다.

"그래, 네가 그렇게 비밀로 하던 벤처사업은 잘 돼가고 있냐?"

인석이는 내 질문에는 대답도 안 하고, 다짜고짜 성준이에게 엉뚱한 질문을 했다.

"야, 성준아, 니가 지난번 이사하던 날 내 방에서 들었다는 그 이상한 소리, 혹시 여자 목소리 같지 않았니?"

성준이는 처음에는 인석이의 질문을 잘못 알아들은 것처럼 어리둥절한 표정을 짓다가, 잠시 후 대답했다.

"갑자기 그 얘기는 왜? 그때 내가 그랬잖아? 소리가 너무 희미해서 잘 모르겠다고. 어떻게 들으면 여자의 흐느낌 소리 같기도 했지만……. 그런데 무슨 일이야? 옆방 여자가 밤마다 이상한 소리를 내며 널 유혹하기라도 하니?"

인석이는 아무 말 없이 맥주를 다시 한 잔 들이키더니, 두려움에 가득 찬 눈빛을 번뜩이며 도저히 믿을 수 없는 얘기를 하기 시작했다.

내 방 주변에는 웬일인지 아직까지도 입주한 사람이 없어. 혹시 모르지. 입주했는데 나만 모르고 있는 건지도. 벌써 사흘째 오피스텔에 못 들어갔거든. 그 방에 혼자 있기가 너무 무서워……. 너희들은 제발 내 얘기 좀 믿어 줘. 지금까지 아무도 안 믿고 있지만…….

이사온 지 이틀째 되는 밤이었어. 그날 밤, 그 일이 시작되었던 거야. 그 무시무시한 일이…

집으로부터 독립해서 혼자 내 사업을 시작한다고 하니까 좀 설레기도 했었고, 짐 정리를 하느라 정신이 없어서 그날 밤에야 처음 업무를 볼 수가 있었거든.

내 방 배치는 너희도 알지? 지난번에 너희들이 날라준 그대로니까. 창 옆에 책상과 침대를 놓았었잖아. 책상 앞에 앉아서 왼쪽으로 몸을 돌리면 그리 좋은 풍경은 아니지만 밖을 내다볼 수 있어서 좋더라. 책상 앞에 앉아 창문을 열어놓고 담배를 피기도 좋고. 그래서 그날 밤 처음으로 책상 앞에 앉아 컴퓨터를 두드리며 일을 하고 있었는데…….

아직 주변 방에 입주자가 아무도 없어서인지 쥐 죽은 듯이 고요했어. 사실 낮에는 오피스텔 앞에서 산을 깎는 그 공사 때문에 좀 시끄러운데, 밤이라 공사도 멈췄는지 더욱 조용했지. 너무 조용해서 라디오라도 켜놓을까 했지만, 그놈의 라디오는 이사오다가 떨어뜨렸는지 소리가 안 나오는 거야. 어쩔 수 없이 쥐 죽은 듯한 적막 속에서 일을 했어.

한참을 일하다 보니 어느새 밤 한 시가 넘었더라고. 그때 갑자기 성준이 네가 이상한 소리를 들었다고 했던 말이 생각나는 거야. 그 이상한 소리에 대한 생각과 아무도 없는 방안에 혼자 있다는 사실이 머리에 떠오르자 좀 겁이 났어. 그래서 괜히 귀를 기울여봤지만, 역시 아무런 소리도 안 들렸어. 쓸데없는 소리를 한 성준이 널 원망하고는 기지개를 한 번 켜고 다시 일을 시작했어.

그때였어. 누군가가 오피스텔 문을 똑똑 두드리는 거야. 이 늦은 시간에 누굴까 하면서 어안렌즈로 밖을 내다봤는데, 복도에는 아무도 안 보이는 거야. 좀 이상한 생각이 들었지만, 별 생각 없이 문을 열어봤지. 그런데 정말 문 앞에는 아무도 없는 거야. 복도 주위를 둘러보았지만, 드문드문 켜져 있는 실내등과 인적 없는 복도만 덩그러니 보였어.

내가 잘못 들었나 보다 생각하며 문을 닫고 다시 자리에 앉았어. 너무 조용하다 보니 내가 헛것을 다 듣는구나 라는 생각까지 들더라고.

다시 키보드를 두들기기 시작했지. 그런데 또 '똑! 똑! 똑!' 노크소리가 들렸어. 노크소리를 두 번이나 들으니까 괜히 오싹해지면서 무섭더라. 그래도 무슨 일이야 있겠어 생각하면서 '누구세요?' 하고 외쳤거든. 그런데 또 아무런 대답이 없는 거야. 누가 장난을 치나 해서 재빨리 문을 신경질적으로 박차며 나가봤지.

그런데 이번에도 아무도 없어… 아무리 복도를 둘러봐도 아무도, 아무도, 정말 아무도 안 보이는 거야. 신경질도 나고, 겁도 났지만 누가 장난을 치는 건지도 모른다는 생각에 엘리베이터 있는 곳까지 가봤지. 역시 아무도 없었어. 더구나 엘리베이터는 1층에 서 있는 거야. 누군가가 장난을 치고 나서 엘리베이터를 타고 도망쳤더라도 그 짧은 시간에 엘리베이터가 1층에 가 있는 것은 불가능하거든. 우리 집이 9층이니까 말이야.

혹시나 하고 비상 계단까지 가봤어. 역시 아무런 인기척도 없었어. 거기 누가 있냐고 소리쳐봤지만 들려오는 것은 으스스한 내 목소리의 메아리뿐이었지. 이번에도 잘못 들었을 것이라 생각하고 방으로 돌아왔어. 방안으로 들어가는데 등뒤의 느낌이 이상한 거야. 꼭 누가 등뒤에 바짝 붙어 서 있는 것 같은 느낌이었어.

머리털이 쭈뼛 서고, 손이 떨리고… 휴우… 깊이 한숨을 한 번 쉰 다음 휙 돌아봤지. 아무도 안 보이는 것 같았어. 그런데 안 보이는 것 같았다는 말은, 꼭 안 보이진 않았단 말이지. 다시 말하면, 아주 짧은 순간이었지만 저 복도 끝에 누군가가 서 있는 것을 언뜻 본 것 같았거든. 하지만 다시 정신을 차리고 보니 아무도 없는 거야. 실내등 때문에 생긴 그림자를 착각했었나봐.

찜찜한 기분으로 방에 들어와 문을 꼭 잠그고 다시 책상 앞에 앉긴 앉았는데, 똑같은 일이 두 번이나 생기니까 잠도 확 달아나고 일도 손에 잡히지 않더라고. 잠이나 잘까 했지만, 잠도 안 올 것 같았어.

책상 앞에 앉아 양쪽 귀를 쫑긋 세우고 사방에서 나는 소리를 들으려 했지. 혹시 누구의 장난이라면 다가오는 발소리라도 들리지 않을까 해서 말야. 그런데 그때 키보드가 눈에 들어오더라. 키보드를 보니 키보드 소리를 노크 소리로 잘못 들었을 수도 있다는 생각이 들더군. 그렇게 생각을 하니 좀 안심이 되는 거야. 별 쓸데없는 착각을 했구나 생각하며, 다시 일을 하려고 컴퓨터 앞에 앉았지.

그러자 그때 또다시 '똑똑' 노크 소리가 들리는 거야. 이번에는 키보드에 손도 올려놓지 않았을 때였단 말야. 그 노크 소리를 듣는 순간, 온몸에 소름이 쫙 끼치고 덜컥 겁이 났어. 정확한 이유는 모르겠지만 무서웠어. 그것도 많이 무섭더라고.

이번에는 문 쪽으로 안 나가고 가만히 책상 앞에 앉아 있었어. 솔직히 문 앞에 무엇이 있을지 무섭더라고. 죽음과 같은 적막이 잠시 흘렀어.

그 적막을 깬 것은 또 한 번의 노크 소리였어. 너무 무서워서 나는 일부러 큰 소리로 '도대체 누구야?' 하고 소리쳤어. 하지만 아무런 대답도 들리지 않았어.

가만히 있을 수도 없었기에, 책상 밑에 있던 빈 맥주병을 거꾸로 쥐어들고 문으로 다가갔어. 천천히 다가가는데, 별 생각이 다 들더라고. 어안렌즈에 눈을 갖다대고 복도를 내다봤어. 역시 아무도 없는 거야.

문 앞에 서서 한참을 갈등하다가 문을 열어보기로 했어. 세상에, 얼마나 겁이 나고 긴장했던지 나도 모르게 병을 쥔 손에 땀이 너무 많이 나서 맥주병을 떨어뜨릴 뻔했어. 심호흡을 하고 문을 왈칵 열었어. 이번에도 아무도 없었어. 나는 겁이 나서, 복도에 아무도 없는 것을 확인한 뒤 재빨리 문을 닫아버렸어. 문을 잠그고, 문에 등을 기댄 채 헉헉댔어. 도대체 무슨 일인지 알 수 없었어. 분명히 노크 소리를 들은 것 같은데, 결과적으로는 내가 헛것을 들은 셈이잖아.

쓰러지듯 의자에 앉아 담배를 물었어. 담배에 불을 붙이려는데, 라이터를 든 손이 덜덜 떨려서 불붙이기가 어려울 정도더라고. 담배연기를 쭉 들이키며 '침착하자, 침착하자'를 수도 없이 되뇌었지.

그런데 담배를 피면서 생각해 보니, 단지 내가 소리를 잘못 들은 것이라면 아무렇지도 않은 일이더라고. 별것도 아닌 일에 괜히 겁내고 있는 내 모습이 더 우스운 것처럼 느껴지고 말야. 설사 짓궂은 어떤 사람의 장난이라 할지라도 내가 그렇게 질겁할 이유는 없는 거 아니겠어? 괜히 쓸데없는 생각을 하면서 지레 겁먹은 셈이라는 생각이 들었지.

그런 생각이 들자, 마음도 편해지고 겁도 나지 않았어. 그 동안 무서워서 과민반응을 하던 내 모습을 떠올리니 웃음까지 나더라. 일에 너무 집중을 하다 보니 별 쓸데없는 헛소리가 다 들리는 것 같았어. 시간은 늦었지만 이미 잠은 다 달아난 상태라서 일을 해야겠다고 생각했어. 컴퓨터 앞에 앉아서 시계를 보니 그 엉뚱한 해프닝에 어느새 30분을 낭비했더라고. 빨리 한 가지만 끝내놓고 잘 생각으로 그 일에 집중적으로 매달리기 시작했어. 또 노크 소리가 날 것 같은 생각이 자꾸 들어 집중이 잘 되지는 않았지만, 아무 소리도 들리지 않아서 일은 금방 진행되었어.

자리에 앉은 지 한 이십 분쯤 되었을까? 이제 그 기괴한 노크 소리도 안 들리고, 집중해서 일을 하고 있을 때였어. 모니터를 보고 있는데 문득 이상한 느낌이 드는 거야. 누군가가 뒤에서 나를 보고 있는 듯한 불쾌한 느낌이…….

처음에는 개의치 않고 모니터만 들여다보았는데, 그 느낌이 점점 더 강하게 다가오는 거야. 정확히 말하면, 내 왼쪽 뒤, 그러니까 창문 쪽에서 누군가가 나를 뚫어지게 쳐다보고 있는 것 같았어. 왜 그런 느낌 있잖아. 누군가의 시선이 자기를 향하고 있을 때 느껴지는… 바로 그런 느낌. 속으로 '뭐야? 이건?' 하고 생각하면서 시선이 느껴지는 창문 쪽으로 고개를 홱 돌려봤지.

순간!… 바로 그 순간! 내 몸은 극도의 공포심으로 모두 얼어붙어 버렸지. 창밖에서 머리카락을 길게 늘어뜨린 어떤 여자가 두둥실

뜬 채로 창에 붙어서는 날 뚫어지게 쳐다보고 있는 거야!

너희들도 알잖아. 우리 집이 9층이라는 거. 게다가 우리 집은 발코니도 없다고. 하지만 그 여자는 분명히 내 눈앞에서 1미터도 안 되는 곳에 창 하나만을 사이에 두고 날 바라보고 있었어. 몇 초 안 되는 순간이었겠지만, 그 여자의 모습은 평생 못 잊을 것 같아.

몸 속의 모든 피가 굳어버린 듯한 파리한 얼굴을 하고 무표정하게 나를 헤집듯이 쳐다보는 그 눈빛… 그 여자의 눈과 마주치는 순간, 나는 고개를 돌려 도망을 치고 싶었어. 그런데 이상하게도 무슨 악령에 사로잡힌 것처럼 눈을 뗄 수가 없었어. 그 여자가 사람이 아닐 거란 생각에, 머리털이 전부 서버리고 온몸에 소름이 쫙 돋았어. 그리고 손가락 하나도 옴짝달싹할 수 없게 되었지.

다음 순간 숨이 갑갑해지고 눈앞이 어두워졌어. 정신을 잃어가면서도 제일 마지막까지 보인 것은 그 여자의 기분 나쁜 시선이었어…….

얼마나 지났을까?

창밖에서 쏟아져 들어오는 눈부신 햇살에 이맛살을 찌푸리며 눈을 떠보니 내가 책상에 엎드려 있는 거야. 지끈거리는 머리를 만지며 몸을 일으켰어. 전날 밤에 내가 경험했던 것이 꿈이었는지 사실이었는지 도무지 알 수가 없었어. 더구나 내가 하던 작업이 좀 특이한 일이어서 더 알 수가 없는 거야. 아무리 생각해 봐도 그냥 작업하다가 쓰러져 잔 것인지, 아니면 정말 그 섬뜩한 여자를 본 것인지 구분이 안 가는 거야.

불편하게 밤을 보내서 그런지 머리가 좀 지끈거렸지만 나가봐야 할 일도 있고 해서 오피스텔을 나왔어. 하루 종일 돌아다니면서도,

전날 밤에 있었던 일이 잊혀지지가 않았어. 특히 그 섬뜩했던 여자의 시선이 기억 속에서 지워지지 않는 거야. 그 여자의 창백한 얼굴이 생각날 때마다 나도 모르게 몸서리가 쳐졌지.

그 사건이 꿈이었는지 아니었는지 확신할 순 없었지만, 그날 제정신으로 오피스텔에 다시 들어간다는 것은 무리였어. 그래서 선배를 불러 술을 마셨지. 그것도 아주 많이.

늦게까지 마시게 되어, 밤 한시쯤 술이 좀 취한 상태에서 오피스텔로 향했어. 취기 때문인지 하루 종일 날 괴롭히던 그 여자에 대한 공포심이나 두려움도 싹 가셨고, 하찮은 꿈 때문에 벌벌 떨던 내 모습이 참 우습게 여겨졌지.

당당하게 한 걸음 한 걸음 방으로 들어가서는 용감하게 창을 노려봤어. 물론 전날 밤에 그 여자가 서 있던 창밖에는 아무 것도 없었어. 술이 핑 돌아, 옷도 벗지 않은 채 침대에 쓰러지듯이 누었어. 술기운 덕분에 눕자마자 잠이 들 수 있었지.

잠이 깬 것은 목이 말라서인지, 그 소리 때문인지 기억이 잘 안나. 여하튼 눈을 떴을 때는 아직도 사방이 깜깜했어. 창밖으로 새어들어오는 달빛 때문에 희미하게 방안의 모습이 보였지. 과음을 해서 그런지 목도 마르고 머리도 좀 욱신거렸어.

물을 마시려 몸을 일으키려 할 때였어. 어디선가 아스라하게 흐느낌 소리가 들리는 것 같은 거야. 옆방에서 나는 소리려니 했어. 하지만 주위 방에 아무도 입주하지 않았다는 사실이 떠오르자 등골이 오싹해지는 거야. 처음에는 희미했는데, 점점 또렷이 들리는 거야.

들으면 들을수록 그 소리는 소름끼칠 정도로 기분 나쁜 소리였어. 여자가 고통스럽게 우는 소리 같기도 하고, 비명 소리 같기도 하고. 그 소리를 듣고 있으니까 갑자기 전날 밤에 있었던 일까지 다시 생각나더라. 정말 무서워 죽겠더라고. 나는 소리를 안 들으려고 베개로 귀를 감쌌지. 그런데도 그 소리는 내 귀를 파고들듯이 계속 되었어.

무서워서 눈도 뜰 수가 없었어. 눈을 뜨면 또 그 여자가 나를 뚫어지게 내려다보고 있을 것 같았어. 태어나서 그렇게 무서운 적은 아마 없었을 거야. 몇 번을 뒤척이며 그 소리를 안 들으려고 애썼지만, 소용이 없었어. 그 괴기한 소리는 멈추질 않았지.

그렇게 이상한 소리가 지속되던 어느 순간! 갑자기 그 소리가 딱 멈추는 거야. 나는 여전히 겁에 질려 있었지만 이상하다라는 생각이 들더라. 그래서 용기를 내서 누운 채로 눈을 천천히 떠보았지. 불이 꺼진 방안에서 가구와 책상들이 뿌옇게 그 모습을 드러냈지만 다행이 그 여자의 모습은 안 보였어.

안심이 되어 한숨을 내쉬고는 물을 마시려고 침대에서 몸을 일으켰어. 술 때문에 좀 비틀거리며 일어났어. 창문 반대쪽에 있는 냉장고로 걸어가 물을 꺼냈어. 고개를 들어 물을 마시는데, 창문 쪽에 뭔가가 있는 것 같은 거야. 나는 물을 마시면서 곁눈질로 창문 쪽을 쳐다보았지. 그 순간, 충격으로 몸을 움직일 수가 없었어. 창밖에서 전날 밤 그 여자가 똑같은 모습으로 나를 뚫어지게 쳐다보고 있는 거야. 나는 또 정신을 잃었어.

다음날, 정신을 차려보니 침대 위였어. 그러고 나니까 전날 밤 본 게 또 꿈인지 사실인지 헷갈리는 거야. 그게 사실이었건 사실이 아니었건 간에 그 찜찜한 기억은 달라질 게 없지만. 더욱이 그 여자의 무표정한 얼굴은 꿈이 아닌 현실처럼 뇌리 속에서 생생하게 떠올랐지.

하지만 나는 귀신을 보았다는 것을 인정하기 싫었던 것 같아. 자꾸 악몽을 꾼 것일 뿐이라고 스스로를 합리화시켰어. 당시 업무 때문에 피로가 쌓였기도 했고, 하고 있던 작업 역시 그런 분야니까 이상한 꿈을 꿀 수도 있을 것이라고. 무섭긴 했지만, 부모님 반대를 무릅쓰고 간신히 독립한 지 며칠만에 다시 집으로 들어간다는 것은 말도 안 되는 일이잖아. 아무 일도 아니라고 생각하기로 했어. 지금 생각하면 얼마나 어리석은 생각이었는지…….

그날도 업무 때문에 밖에 나가게 되었어. 생각보다 일이 늦어져 오피스텔로 돌아올 때는 밤 12시정도 되었지. 밤에 돌아오게 되자, 아무리 생각을 안 하려고 해도 그 여자의 얼굴이 떠오르는 거야. 더구나 불도 몇 개 안 켜진 오피스텔 건물을 바라보니 더욱 으스스해지더라고.

사내자식이 꿈에서 본 것 가지고 덜덜 떠는 모습이 한심하기도 해서, 에라 모르겠다 하는 맘으로 오피스텔 안으로 걸어 들어갔어. 현관 앞 경비실에서 텔레비전을 보고 있던 경비 아저씨가 내가 들어오는 모습을 힐끗 쳐다보더라. 그런데 갑자기 그 아저씨가 겁에 잔뜩 질린 표정을 짓는 거야. 그렇지 않아도 긴장되어 있던 터라 아저씨의 모습을 그냥 지나칠 수 없었어. 그래서 무슨 일이냐고 아저씨한테 물어봤지. 그랬더니 아저씨는 당황한 듯이 아무 것도 아니라면서 자기가 잘못 봤다고 하는 거야.

나는 더 이상하게 생각이 되어서 도대체 뭘 잘못 보셨다는 거냐고 집요하게 물어봤어. 그러자 아저씨는 어색한 변명만 늘어놓았어.

"예?… 내가 졸다가 잠깐 헛것을 봤나봐요. 신경 쓰지 마시고 들어가세요."

이상했지만 별 수 없어 엘리베이터를 향했지. 엘리베이터는 짜증나게도 15층에 서 있었어. 버튼을 누르고 한참을 기다렸지. 어둠침침한 복도에 서서 엘리베이터를 기다리려니 괜히 누가 내 뒤에 서 있는 것 같고, 기분이 으스스했어.

이윽고 엘리베이터는 도착했고, 나는 재빨리 올라탔지. 하지만 전기를 절약하려고 닫힘 버튼을 막아놨기 때문에, 문이 닫힐 때까지 한참을 기다려야 했어. 문이 닫히기를 기다리는 몇 초 사이에도 괜히 기분이 이상해지더라.

문이 닫히고, 나는 엘리베이터 벽에 기댄 채 층수가 올라가는 것을 보고 있었어. 그런데 누르지도 않는 4층에서 엘리베이터가 멈추는 거야. 누가 타려니 했는데, 엘리베이터 문 밖에는 아무도 없는 거야. 문이 열려 있는 몇 초 동안 어두컴컴한 복도를 보고 있으려니 괜히 겁이 나는 거야. 더구나 누가 타는 듯한 느낌까지 들고. 닫힘 버튼이 안 되는 것이 그때는 그렇게 답답하더라고.

엘리베이터 문이 열려 있는 시간은 실제로 몇 초밖에 안 되지만 늦은 시간, 그것도 기괴한 악몽에 시달리던 내게는 정말 수백 년처럼 길게 느껴졌어.

이윽고 문이 닫혔지. 그제야 좀 마음이 놓이더라. 엘리베이터가 천천히 다음 층으로 올라가는데, 5층이라는 불빛이 깜빡거리기가 무섭게 '땡' 하는 소리와 함께 멈추는 거야. 엘리베이터가 멈추자마자 이상할 정도로 두려움이 느껴졌어. 설마 하는 생각을 하고 있는데, 문이 열렸어. 아니나다를까 역시 문 앞에는 아무도 서 있지 않았어. 또 저절로 열린 것이었지.

열려진 엘리베이터 문을 통해 본 컴컴한 복도의 모습이 왜 그렇게 무섭게 느껴지던지……. 황급히 닫힘 버튼을 눌렀지만, 어쩔 수 없었어. 한참이 지난 후에야 문이 천천히 닫히는 거야. 엘리베이터는 다시 올라갔고, 다음 층으로 올라가는 동안 불길한 예감이 느껴지기 시작했어. 솔직히… 무서웠어. 너희들은 웃겠지만 밤에 혼자 엘리베이터를 타면서 나 같은 경험을 해보면 그 웃음이 사라질 걸.

엘리베이터는 나의 희망을 여지없이 무너뜨리고 다음 층인 6층에서도 섰어. 나도 모르게 문 반대편으로 뒷걸음질쳤어. 땡! 덜컹! 육중한 소리와 함께, 엘리베이터가 멈추고 세상 모두가 정지된 듯한 적막이 잠시 흐른 뒤 문이 열렸어. 숨을 들이키고, 열리는 문을 노려보고 있었어.

젠장! 역시 아무도 없는 거야!

복도의 어둠만이 날 기다리고 있었지. 물론 그 어둠 속에 그 무언가가 있는지는 알 수 없었고. 심장박동수가 빨라지고 있었지만, 내 힘으로는 진정시킬 수가 없었지. 그냥 엘리베이터에서 내려 계단으로 올라갈까 하는 생각도 들었지만, 어두운 복도로 선뜻 나갈 용기가 생기질 않더라. 어떡할까 망설이다가 세 층 정도야 뛰어 가면 얼마 안 걸리겠다 싶어서 계단으로 올라가기로 마음먹었어.

덜컹! 그때였어. 이놈의 엘리베이터가 날 내보내지 않을 셈인 양 순식간에 문이 닫히는 거야. 아무 것도 아닌 우연이었지만 그때만은 엄청 섬뜩하더라. 처음에는 엘리베이터 고장이나 누군가의 장난이겠지 했어. 그런데 엘리베이터 문이 열릴 때마다 어둠 속에서 뭔가 튀어나올 것 같은 두려움은 견디기 어려웠어. 더구나 엘리베이터가 멈출 때마다 누군가가 올라타는 느낌도 들고. 여하튼 무서웠어.

그러고 보니 어느 순간부터 엘리베이터 안에 나 말고 누가 있는 것 같은 느낌마저 들기 시작한 거야. 자꾸 누군가가 주변에 서 있는 것 같은 서늘한 기운이 느껴지고… 그래서 벽에 등을 붙이고 엘리베이터 안을 둘러보았지……. 아무 것도 보이지 않았어. 하지만 누군가가 같이 있는 것 같은 느낌은 지울 수 없었어.

7층에서도 역시 엘리베이터는 멈췄지. 이번에야말로 내려서 계단으로 가야겠다는 생각으로 문이 열리기가 무섭게 엘리베이터에서 내렸어. 그런데 내려서 복도 저쪽 끝에 있는 계단을 보니, 전등이 나갔는지 완전히 칠흑 같은 어둠 그 자체였어. 아직 7층에는 입주자가 하나도 없는지, 복도에는 불빛 한 점 없는 거야. 단지 복도 끝의 비상구라고 쓰여 있는 파란불만 보일 뿐, 바로 앞도 안 보일 정도였지.

에라 모르겠다 하고 가볼까 했지만, '보이지 않는 것' 에 대해 가질 수 있는 공포감은 평소 예상했던 것 이상이었어. 난 도저히 그 암흑 속으로 발을 떼어놓을 수가 없었으니까. 어쩔 수 없이 그 기분 나쁜 엘리베이터에 다시 올라탔지. 그때까지 엘리베이터는 마치 나를 기다리는 듯이 올라가지 않고 있었어.

내가 엘리베이터에 올라타자 괴물이 먹이를 삼키듯 문이 닫혔어. 그런데 말야. 엘리베이터 안에는 분명 나 혼자였거든… 그런데 만원인 엘리베이터를 탄 듯이 숨이 답답한 거야. 엘리베이터는 다시 위층으로 올라가고 있었고 나는 거의 체념한 상태로 벽에 기대어 있었지. 엘리베이터는 어김없이 8층에서도 멈추었지만, 나는 진이 빠질 대로 빠져 두려움에 머리가 멍해져 있을 때였어. 열리는 문을 그냥 우두커니 바라볼 수밖에 없었지.

지금까지와 마찬가지로 문은 한참 있다가 다시 닫혔어. 이제 다음에 내리면 되겠구나 생각하니 그래도 좀 안심이 되더라. 그런데 바로 그때 갑자기 닫히던 문이 다시 열리면서 엘리베이터에서 '삐-' 소리가 나는 거야.

나는 처음에 이게 무슨 소린지 알 수가 없었어. 영문을 몰라 주변을 두리번거리는데, 엘리베이터 계기판에 뭔가 빨간 글자가 보이는 거야. 처음에는 무심코 지나갔지만, 자세히 보니 바로 그것 때문에 엘리베이터가 소리를 내고 있더라고.

나는 소리가 나는 원인을 이해하게 됐지만, 처음에는 그것의 의미가 정말 무엇인지를 깨닫지 못했지. 그 글자의 의미를 깨닫는 순간, 나는 차라리 이 순간 정신을 잃었으면 좋겠다고 생각했어. 소름이 쫙 끼치고 몸을 움직일 수가 없었어. 그 계기판에는 바로 '정원초과' 라는 글자에 빨간 불이 들어와 있는 것이었어. 맙소사! 혼자 탄 엘리베이터에 정원초과라니!

너무 무서워서 주위를 살펴보아도 분명 아무도 없는 거야. 그런데 내가 아까도 말했지. 계속 뭔가 엘리베이터 안이 가득 찬 느낌이 들었다고. 겁에 질려 엘리베이터에서 뛰쳐나가려는데 갑자기 문이 닫혔어. 정원초과라는 불빛이 켜진 채 문이 닫힌 거야.

열림 버튼을 누르고 문을 두들겼지만, 닫힌 문은 꼼짝도 안 했어. 나는 미친 듯이 발버둥쳤지만, 엘리베이터는 아랑곳하지 않고 천천히 움직이기 시작했어. 아무도 안 보였지만, 그때 나는 확신했어. 무언가가 분명히 이 엘리베이터 안에 있다는 것을.

공포에 짓눌려 있던 당시에는 아무런 생각도 할 수가 없었어. 빨리 이 지옥 같은 엘리베이터에서 벗어나야 한다는 생각밖에는. 그런데도 두려움 때문에 맘처럼 몸을 움직일 수가 없었어. 그냥 벽에 붙어서 이 안 어디선가 나를 노려보고 있을 무언가를 필사적으로 찾아보는 것이 전부였어.

그런데 갑자기 엘리베이터가 서는 것이었어. 층수를 보니 9층이었어. 겨우 한 층을 올라오는데 십 년은 더 걸린 것 같았지. 문아! 제발 빨리 열려라! 다행이 문은 제대로 열렸어.

나는 엘리베이터에서 튕겨 나가듯이 뛰쳐나왔는데, 얼마나 급하게 뛰어나왔는지 엘리베이터 앞에서 중심을 잃고 쓰러졌지. 그 괴물 같은 엘리베이터에서 나오니까 좀 살 것 같더라. 쓰러진 채로 문이 닫히는 엘리베이터를 돌아봤어.

엘리베이터를 돌아본 순간, 나는 내 눈을 믿을 수 없었어. 온몸에 소름이 쫙 끼치고, 전신의 맥이 풀릴 정도로 큰 충격을 받았지. 분명히 아무도 없던 그 엘리베이터 안에 그 여자가 보이는 거야. 그 여자 뒤로는 형체가 뚜렷하진 않지만 사람 형태의 희미한 것들이 가득 차 있었지.

문이 닫히는 짧은 순간이었지만, 퀭한 눈빛으로 나를 바라보는 것은 바로 그 여자였어. 그 여자와 눈이 마주치는 순간, 나는 온몸이 얼어붙는 듯한 두려움을 느꼈고, 무서움으로 정신이 혼미해지는 것 같았어. 그러고는 복도에 넘어진 채로 정신을 잃어갔어.

내가 정신을 잃기 전에 마지막으로 본 것은, 닫히던 엘리베이터 문이 다시 열리고, 그 여자가 기괴한 웃음을 지으며 새하얀 창호지에 먹물을 쏟아 부은 것 같은 퀭한 눈빛으로… 그 창백한 얼굴로…

내게 점점 다가오는 것이었어.

성준이는 인석의 말을 도저히 믿을 수 없다는 표정을 지으며 말을 가로막았다.

"이 자식이, 야 임마! 무슨 거짓말을 그렇게 하냐? 그 정원초과 얘기, 예전에 여름이면 라디오에서 만날 나오던 이야기 아냐? 들어도 수백 번은 더 들었을 거다. 좀 지어내려면 제대로 지어내야지. 그걸 우리보고 믿으란 말이냐? 응?"

성준이가 면박을 주면서 추궁을 하는데도 인석이는 별 대꾸를 안 하고 가만히 있었다. 나도 인석의 말이 너무 뻔해 보여서 한마디 거들었다.

"그 얘기, 나도 여러 번 들었어, 어떻게 된 게 이번에 네가 들려주는 얘기는 다 뻔한 얘기냐? 새로 이사간 방에 귀신이 나타나는 거 하며, 한밤중에 혼자 탄 엘리베이터가 정원초과를 울리는 거 하며… 인석아, 나는 정말 네가 진심을 말하고 있다고 믿고 싶지만… 이번만큼은 네가 좀 심했다. 뻥이 좀 셌다."

우리의 미심쩍은 어조에 인석이는 맥주 한 잔을 단숨에 들이켰다. 그리고는 갑자기 눈에 광기를 띠며 언성을 높였다.

"믿고 안 믿고는 너희들 자유야! 나도 알아! 내가 보고 경험한 것이 얼마나 흔하고 빤한 얘기인지! 그런데 어떡하니? 나는 정말로 그런 일들을 경험했는데……. 너희들 잘 생각해봐. 그런 떠도는 무서운 이야기들이 다 지어낸 것일까? 혹시 누군가가 경험한 얘기가 퍼지고 퍼져 사람들이 흔히 알게 되는 얘기가 될 수도 있잖아. 나도 처음에는 고민을 많이 했어. 너희들과 똑같은 생각을 했지. 내가 생각해도 너무 뻔한 귀신 얘기를 내가 경험하고 있더라고. 마치 무슨 흔해 빠진 삼류 공포 영화 속의 주인공처럼 관습적인 귀신 얘기를 몸소 체험하고 있었던 거야. 그래서 미칠 것 같았어."

소리를 높이며 얘기를 시작했던 인석의 목소리는 얘기를 마치면서 힘없이 작아졌다. 마치 뭔가를 체념한 사람의 모습처럼.

그런 인석이를 보고 있으려니 조금은 딱한 생각이 들었다. 하지만 인석이가 하는 뻔한 얘기를 들으면서 나도 모르게 괘씸하다라는 생각이 드는 것은 어쩔 수 없는 노릇이었다. 누구나 알고 있는 얘기를 마치 자신이 체험한 양 앙큼스럽게 떠벌리고 있는 것 같았기 때문이었다. 성준이도 같은 생각이었는지 인석이를 더욱 몰아붙였다.

"야! 더 이상 쓸데없는 소리 집어치우고 솔직히 불어봐! 뭐가 문제인지. 너 우리에게 비밀스런 벤처기업 한답시고 일 벌리다가 무슨 사고 친 거 아냐? 그래서 정신이 이상해졌는데, 우리가 자꾸 물어보니까 엉뚱한 귀신 얘기 지어낸 거고… 그렇지?"

"하긴 그래. 너! 우리한테 아직까지도 말을 안 하고 있는데 말이지. 도대체 어떤 사업을 시작한 거야? 그것과 관련 있는 일 아냐? 얘기 좀 해 봐. 응?"

우리가 계속 다그치자, 고개를 숙이고 있던 인석은 담배를 하나 빼물며 불을 붙였다. 고민 있는 사람처럼 담배를 깊게 들이마신 후 내뱉듯 인석은 천천히 입을 열었다.

"너희들이 어떻게 생각하고 있는지 다 알아. 그래, 나는 좀 이상한 일을 시작했어. 어쩌면… 이렇게 된 것도 그것 때문일 거야. 어차피 너희들도 믿지 않겠지만, 다 얘기해 줄게. 얘기하다 보면 내가 어떤 일로 돈을 벌어볼까 했는지도 알 수 있을 테니. 처음에는 이렇게 될 줄은 꿈에도 상상하지 못했는데…"

그렇게 인석의 얘기는 다시 이어졌다.

휴우… 그날 그렇게 엘리베이터 앞에서 정신을 잃고 쓰러진 나를 발견한 사람은, 다음날 아침 경비 아저씨였어. 누가 나를 흔들어 깨웠어. 눈을 떠보니, 이미 아침이 왔는지 환한 엘리베이터 앞 복도가 눈에 들어오고 경비 아저씨의 걱정스런 얼굴이 보이는 거야. 한동안 내가 왜 여기 있는지 몰라 멍해 있었지만, 곧 기억이 났어. 경비 아저씨는 무슨 일이 있었냐고 내게 물었어.

나는 간신히 몸을 일으키며 과음을 해서 그냥 여기서 쓰러져 잤나보다고 대충 얼버무렸지. 그랬더니 경비 아저씨가 날 이해하지 못하겠다는 식으로 쳐다보는 거야. 나는 옷을 털면서 자연스럽게 어젯밤에 혹시 엘리베이터가 고장나지 않았냐고 물어봤지.

뜻밖에도 경비 아저씨는 아무런 고장도 없었다고 말했어. 그 말을 들으니, 내가 어제 경험한 그 기괴한 일이 진짜였는지 모른다는 생각이 들더라. 갑자기 그 창백한 여자의 얼굴이 떠오르면서 오싹하고 소름이 쫙 끼치는 거야.

이상할 정도로 나를 유심히 살펴보던 경비 아저씨는, 괜찮다며 방으로 향하던 나에게 충격적인 얘기를 했어.

"이봐요, 그런데 어젯밤에 같이 들어가던 그 아가씨는 어디 갔어? 오늘 아침까지 나가는 걸 못 봤는데."

처음에는 그 아저씨가 무슨 소리를 하는지 알아차릴 수 없었어. 그런데 나의 멍한 표정을 보고 경비 아저씨가 한 마디 덧붙이는 거야.

“왜 어젯밤 늦게 같이 엘리베이터에 올라탔잖소? 그 얼굴이 섬뜩할 정도로 창백했던 여자. 당신 뒤에 바로 붙어 있던데, 일행 아니었소? 나도 어젯밤에 그 여자 얼굴을 보고 깜짝 놀랐소. 산 사람의 얼굴이 그렇게 하얗다니…….”

그제야 그 아저씨가 무슨 얘기를 하는지 알아차릴 수 있었어. 전날 밤에 그 아저씨 눈에는 내가 그 여자랑 같이 엘리베이터를 타는 것이 보였던 거야! 경비 아저씨 말대로라면 내가 경험한 것이 바로 사실이라는 거야. 갑자기 몸이 덜덜 떨리며 무서워졌어.

나는 경비 아저씨의 걱정스러운 말에는 대답도 하지 않고 내 방으로 뛰어 들어갔어. 방에 들어가자마자 문을 걸어 잠그고 내 주변에서 일어나고 있는 이상한 사건에 대해 생각해 봤어. 도대체 그 여자가 누구일까? 왜 내 주변에 나타나는 것일까? 그 여자가 귀신이라면 어떻게 해야만 하는가. 이런저런 생각이 얽힌 실타래처럼 머릿속에 엉켜 있었지만, 어느 하나 답을 찾아낼 수 없었어.

그러다가 소름끼치는 그 여자의 얼굴이 떠올랐어. 생각만 해도 무서웠지. 그런데 이번에는 떠오른 그 여자의 얼굴이 어디서 많이 본 듯한 생각이 들기 시작하는 거야. 생각하면 할수록 분명 어디선가 본 얼굴이었어. 필사적으로 기억해내려고 했지. 하지만 어디서 봤으며, 누구였는지는 전혀 생각이 나지 않는 거야. 왜 있잖아, 입에서만 맴돌고 입 밖으로 나오지 않는 이름. 쳇, 이젠 무서운 것보다도 답답해지더라고.

침대에 누워서 생각을 계속 하는데, 천장을 보니 그 여자가 날 내려보는 것 같아서 기분이 이상해지더군. 사실 기억을 더듬으려고 그 소름끼치는 얼굴을 계속 생각해야 하는 일도 쉬운 일이 아니야. 게다가 바로 얼마 전까지만 해도 기억에서 지워버리려고 애쓰던 그 얼굴을 말이지.

그렇게 여자의 얼굴을 정확히 떠올리려 애쓰다가 나도 모르는 사이에 잠이 들었는데, 꿈에서도 그 여자의 얼굴이 수십 개가 되어서 내 주위를 맴돌다가 내가 다가서면 연기처럼 사라져버리고 마는 거야. 그러다가 어떻게 내가 그 여자의 얼굴을 두 손으로 잡게 되었는데, 그 여자 얼굴이 빠지직 터지면서 새빨간 피가 사방으로 튀었어. 너무 끔찍한 모습에 놀라서 비명을 지르고 보니 꿈이었어. 온몸은 식은땀으로 완전히 젖어 있었고, 몇 시간이나 잤는지 밖은 벌써 깜깜해져 있더군. 시계를 보니, 벌써 밤 10시가 다 됐더라. 어떻게 된 건지 수면제를 먹은 것처럼 거의 열두 시간을 내처 잔 셈이지.

침대에서 일어나니 주위가 어지럽게 느껴질 정도였어. 방의 불을 켜고 책상을 보니 밀린 일거리들이 보이는 거야. 일 좀 열심히 해보겠다고 집을 나왔지만, 여기 들어온 뒤로 일을 전혀 진행시키지 못하고 있는 나 자신을 보니 한심해졌어.

하지만 내가 당한 일 때문인지 그 일거리들이 보기도 싫어졌어. 이메일에 예상보다 많은 주문이 와 있었지만, 이 상태로는 아무 것도 하기 싫었어. 특히 그런 일은.

하루 종일 아무 것도 안 먹은 탓인지 갑자기 배가 고파지더라. 뭐 좀 먹으러 나갈 생각으로 겉옷을 걸쳤어. 아예 이 길로 나가서 부모님 집으로 들어가 버릴까 생각도 들더라. 무시무시한 경험을 한 이 방으로는 다시 돌아오기가 싫더라고. 게다가 밤에 또 엘리베이터를 타야 한다는 것도 싫었고.

집으로 갈까 망설이고 있는데, 갑자기 복도 저편에서 찢어지는 듯한 비명 소리가 들리는 거야. 너무 처절한 비명 소리여서, 듣는 순간 등골이 오싹해졌어. 처음에는 내가 잘못 들었나 했는데, 그 끔찍한 비명 소리는 계속 연이어 울려 퍼졌어.

문을 열고 복도에 나와봤지. 비명 소리는 복도 반대편 끝에서 들려오고 있었어. 상상할 수 없을 정도의 혹독한 고문이라도 당하는 것처럼 고통을 호소하는 남자의 비명이었어. 그 소리는 계속 이어졌어. 컴컴한 복도 저편에서 울려 퍼지는 끔찍한 비명 소리는 정말 섬뜩했어.

아직도 우리 층에는 아무도 입주를 안 한 건지, 아니면 그 비명을 다른 사람들은 못 들은 건지 복도로 나오는 사람은 아무도 없었어. 비명 소리는 여전히 멈추지 않고 있었어.

나는 어쩔 수 없이 인터폰으로 경비 아저씨를 불렀어. 졸고 있던 것 같은 경비 아저씨는 내 얘기를 듣고는 곧 올라가 보겠다고 했어. 그냥 앉아서 경비 아저씨가 올라오는 것을 기다릴까 했지만, 계속되는 비명 소리를 마냥 듣고만 있는 것도 고통스러웠어.

나는 그 비명 소리에 홀린 듯이 복도로 나와 그 소리가 들리는 쪽으로 향했어. 천천히 어두운 복도를 지나가는데, 그 소리가 나는 쪽으로 다가갈수록 쥐어짜는 듯한 비명이 나를 미치게 하는 것 같았어.

이어졌다 끊어졌다 하는 비명 소리는 계속 울려 퍼졌어. 복도는 마치 유령의 집의 복도처럼 음산한 분위기를 풍기고 있었어. 어떻게 보면 비명 소리와 그 괴기한 분위기가 그럴듯한 조화를 이룬 것이지. 그만큼 그 복도를 걸어가는 내게는 공포로 다가왔고…….

발걸음을 옮겨 양옆에 있는 방문들을 지날 때마다 누군가가 어둠 속에서 튀어나올 것 같아 무서웠어. 사방에서 무언가가 날 노려보는 것 같기도 했고. 그냥 내 방으로 돌아가 경비 아저씨를 기다릴까도 했지만, 비명 소리가 더욱 심해지자 나도 모르게 그 비명 소리가 들리는 방 앞으로 끌려가고 있었어. 방의 문이 살짝 열려 있는지 문틈 사이로 불빛이 새어나오고 있었고, 비명 소리도 그 문틈을 타고 나와 복도 전체에 울려 퍼지고 있었지. 그렇게 끌리듯이 방으로 다가가다가 드디어 방 앞에 멈추어 섰는데…

내가 방 앞에 서자, 그 비명 소리는 내가 다가오는 것을 알아차렸다는 듯이 갑자기 뚝 멈추었어. 대기의 웅웅거림 말고는 아무 것도 느낄 수 없는 고요함이 복도를 감쌌지. 문을 열까 말까 망설이다가 손잡이를 향해 손을 뻗었어. 그때였어. 그 적막을 깨고 단말마의 처절한 비명 소리가 방안에서 짧게 울려 퍼졌어. 그 비명 소리는 가뜩이나 겁에 질려있던 나를 더욱 놀라게 했지. 그 짧은 비명이 울려 퍼진 뒤, 복도 전체는 아무 일도 없었다는 듯이 다시 침묵 속에 잠겼어.

어느새 문고리를 향했던 내 손이 덜덜 떨리고 있었어. 복도 저편 엘리베이터를 봤지만, 경비 아저씨는 아직 보이지 않았어. 인간은 정말 호기심의 동물인지, 그렇게 무서운 상황에서도 나는 그 문을 열게 되었어. 내가 왜 그랬는지는 지금도 잘 모르겠어.

문을 열자마자 보게된 그 끔찍한 광경에 나는 넋이 나가 버렸어. 환한 방안은 온통 새빨간 피로 범벅이 되어 있는데, 침대 위에는 피투성이가 된 남자 한 명이 사지가 묶인 채로 누워 있었어.

나는 그 끔찍한 장면에 덜덜 떨면서도 그 침대로 다가갔어. 발 밑에는 끈적거리는 핏물이 기분 나쁘게 밟혔지. 침대에 다가가서 그 남자의 시체를 내려다봤을 때, 나는 진정한 공포를 느끼게 되었어. 사지가 묶인 그 시체는 몸의 마디란 마디가 다 잘려 있었지. 누군가가 그 사람을 묶은 채, 손가락, 발가락, 손목, 발목, 팔뚝, 어깨, 무릎, 다리 등을 차례로 다 자른 다음 다시 그대로 붙여놓았던 거야.

형체도 제대로 알아보기가 힘든 시체를 보자 나는 몸을 움직일 수가 없었어. 사실 엽기적인 사진 같은 것은 수천 장도 넘게 봐왔던 나였지만, 실제로 그런 모습을 목격하니 너무 무섭더라. 이런 실제의 시체 모습에 비하면 사진들은 정말 장난 같았어.

그런데… 그런데 말야. 그 광경이 이상하게 눈에 익더라고. 침대에 묶인 채 토막이 나 있는 시체라… 어디선가 본 듯한 장면이었어. 그런 생각이 들자 더 겁이 났어.

그때 누군가가 방으로 뛰어 들어오는 소리와 함께 '헉' 하는 소리가 들려서 고개를 돌려보니, 경비 아저씨가 흙빛이 된 얼굴로 서 있는 거야. 아저씨 역시 충격을 받은 듯 '이럴 수가… 이럴 수가…'라는 말만 되풀이하면서 얼빠진 사람처럼 서 있는 거야.

내가 경찰서에 신고하자고 해도 아저씨는 내 말이 제대로 안 들리는지 그냥 일그러진 얼굴로 서 있기만 했지. 내가 다가가서 팔을 잡고 흔들었더니 그제야 정신이 돌아온 사람처럼 나를 쳐다보는 거야. 생각해 보니, 그 시체를 보고 놀란 경비 아저씨의 모습은 뭔가 좀 색다른 것 같았어.

여하튼 우리는 방에서 나와 경찰서에 신고했지. 경찰이 올 때까지 우리는 경비실에 있었어. 그런데 그 경비 아저씨는 뭐가 그렇게 두려운지, 담배를 피는데도 손을 덜덜 떨고 있는 거야. 시체를 처음으로 발견한 나보다도 훨씬 더 무서워하는 것 같더라고.

괜찮냐고 내가 물어보니까, 고개는 끄덕였지만 얼굴 모습은 전혀 괜찮은 표정이 아니었어. 혹시 시체로 발견된 사람이 아는 사람이냐고 물어보자, 지나치다 싶게 버럭 화를 내면서 전혀 모르는 사람이라고 황급히 말을 하는 거야.

그때는 좀 이상하더라. 화를 내는 것도 이상했고, 몇 되지도 않는 입주자를 모르는 것도 좀 이상했고, 너무 끔찍한 시체를 봐서 그러려니 하고 더 이상 경비 아저씨에게 말을 건네지 않았어. 가만히 앉아 경찰이 오기만을 기다렸지.

경찰을 기다리면서 다시 한번 그 참혹한 광경을 어디에서 본 것일까 생각해보았어. 그 광경 역시 날 무표정하게 바라보던 여자의 얼굴처럼 어디선가 본 장면이 틀림없다고 느껴졌지. 그런데 이번에는 좀더 구체적으로 떠오르기 시작했어. 내가 그 여자와 그 살인 장면을 어디서 보게 되었는지 대충 짐작이 가기 시작한 거야. 그럴지도 모른다는 생각이 들자, 소름이 끼치고 겁이 나기 시작했지.

내 생각이 맞나 알아보기 위해 내 방으로 올라가려는 순간 경찰이 도착했어. 어쩔 수 없이 나는 경찰들을 이끌고 시체가 있던 방으로 갔지. 그러고는 지겨울 정도로 계속 내가 봤던 일들을 말하고 또 말했어. 나중에는 그 끔찍한 장면을 몇 번이나 반복해서 묘사하는 것도 짜증이 나더라. 더구나 경찰은 살인 현장을 처음 목격한 나를 범인 취급하듯이 심문하는 거야.

나중에 알고 보니 그때 상황으로는 경찰도 나를 의심할 수밖에 없었더군. 나와 경비 아저씨의 발자국을 제외하고는 그 방을 드나든 사람의 자취를 찾아볼 수 없었다니까……. 그렇게 잔인하게 살해당한 피해자는 삼십대 초반의 컴퓨터 프로그래머였대. 경비 아저씨의 말로는 요즘 일거리가 없는지 오피스텔에서 나가는 걸 거의 보지 못했다는 거야.

내 진술을 듣던 형사의 말에 따르면 그 남자를 살해한 살인범은 잔인하게도 피해자를 산 채로 묶어놓고 사지를 잘랐대. 묶어놓은 줄에 남겨진 핏자국과 살점 등을 보면, 피해자가 얼마나 고통스럽게 몸부림을 쳤는지 알 수 있다는 거야.

그 얘기를 들으니 소름이 끼치더라고. 도대체 어떤 살인자이기에 그런 식으로 사람을 죽이는지. 그때 나는 자꾸만 신경 쓰이던 일이 다시 떠올랐어. 그 여자 귀신과 살해 현장이 눈에 익었던 이유가.

경찰의 조사는 밤 두 시가 넘어서야 끝났어. 나는 내 연락처를 남겨주고 내 방으로 돌아왔어. 복도는 사건 관계자로 아직도 북적이고 있었어.

나는 방으로 돌아오자마자 침대에 쓰러지듯 누웠어. 그러다가 내 자료들을 생각해냈지. 만약 경찰들이 나를 더 의심해 내 방까지 수색을 한다면 문제 될 것 같은 자료들을. 그런 생각을 하자 갑자기 불안해지기 시작했어. 지금이라도 당장 경찰들이 들이닥쳐서 내 방을 뒤질 것 같았어.

피곤한 몸을 이끌고 책상 앞에 앉았어. 그리고 모아놓은 자료들을 꺼냈어. 컴퓨터도 켰지.

자, 이제 너희들이 궁금해하던 나의 사업 아이템에 대해 이야기하게 되었구나.

솔직히 말하기가 좀 그런 일이지. 쉽게 말하면, 좀 희귀한 것들을 원하는 사람들을 위해 그런 상품들을 인터넷을 통해서 대리 구매해 주거나 그런 자료들을 보여주는 거야. 일종의 마니아 층을 겨냥한 것이지.

좀 이상하지? 일명 마니아라는 사람들이 자신들이 원하는 자료를 직접 구하지 않고 나 같은 놈을 통해 굳이 돈을 내면서까지 자료를 구하려는지. 답은 간단해. 구하려는 자료들이 드러내놓고 구하기는 좀 이상한 것들이기 때문이지. 뭔지 알겠어? 너희들은 지금쯤 포르노사이트나 포르노CD 정도를 생각하겠지만, 절대 그런 것은 아니야. '인간의 호기심을 충족시키고, 감추고 싶어하는 욕망을 자극한다' 라는 점에서 공통점이 있긴 하지만.

얼마 전에 통신 게시판에서 시체 사진 사이트니, 잔혹한 살해 장면 사진을 볼 수 있다는 사이트들이 난리였어. 많은 사람들이 폭발적인 관심을 보였지. 그것을 보고 나는 이 사업을 생각하게된 거야. 바로 그들이 갈구하는 시체 사진들이나 잔혹한 사진들을 구해주는 거지. 보고 싶지만 구하기 힘든 자료들을 말야.

사실 요즘 포르노나 야한 사진들은 누구든 쉽게 접할 수 있잖아. 하지만 이렇게 잔혹한 사진들은 쉽게 구할 수 있는 것이 아니거든. 그래서 그만큼 그것을 보고 싶어하는 욕구들이 억눌려져 있는 거지. 나는 사람들의 이런 욕구를 충족시켜 주기로 마음먹었어. 떳떳한 일은 못 되지만, 잘만 되면 짧은 기간에 꽤 많은 돈을 벌 수 있을 것 같았거든.

시험삼아 각 통신망의 공포물 게시판에 '시체사진과 잔혹사진을 봤는데, 너무 끔찍하더라' 정도의 짧은 감상문을 올려놓았지. 결과는 예상했던 것 이상이었어. 그 사이트를 가르쳐 달라거나 그 사진들을 보내 달라는 메일을 이백 통이 넘게 받은 거야.

그때부터 이 사업에 자신이 생겼지. 이 세상에는 정말 이상한 놈들도 많더라. 나야 돈 벌려고 하는 짓이지만, 그런 사진들을 좋아하는 놈들이 그렇게 많다니. 하긴 그런 잔혹사진을 찾는 사람들 대부분은 어린애들이야. 순수한 호기심으로 찾곤 하지. 그렇지만 개중에는 정말 마니아처럼 그런 사진을 모으고 즐기는 사람들도 꽤 있어.

여하튼 공포 관련 아이피를 하나 개설하고, 겉으로는 평범하게 이런저런 공포물 게시판을 만들고, 마니아들만을 위한 회원제 게시판을 하나 더 만들었지. 바로 그런 사진들을 구매할 수 있는 게시판이야. 처음에는 뜸하더니, 입 소문이 퍼졌는지 많은 사람들이 그런 사진을 구매하겠다고 요청을 해왔어. 나는 그만큼 양질의 사진들을 제공했고.

그런 것들을 어디서 구했냐고? 뻔하지. 인터넷이야. 한 일주일만 검색하고 다니면 그런 것을 전문적으로 다루는 사이트, 그런 사진의 마니아 개인 홈페이지를 알 수 있게 되고, 그런 사람들과 메일 좀 교환하다 보면 무궁무진한 자료들을 구할 수 있어.

솔직히 외국에는 그런 것만 보면 환장하는 변태들이 많거든. 그네들을 좀 치켜세우면서 나도 공감한다는 듯한 메일을 쓰면 금세 자랑하듯이 자기가 수집한 사진들을 보내주지. 그러면 나는 그것을 엄선된 수요자들에게 공급하고.

이런 사업이 다 그렇듯이, 절대적으로 구매자의 신원을 보장해

주었어. 그래서 결재는 온라인 송금 위주로 했고, 그 이외의 개인 신상 정보에 대해서는 묻지도 않았어. 물건 배달도 원하는 방식으로 해주었지. 파일 전송, 소포, 편지, 배달까지.

꽤 짭짤한 일거리였어. 주문이 많아져서 도저히 집에서는 일을 할 수가 없을 정도였으니까. 피범벅이 된 사진들을 집에 늘어놓을 수도 없고. 그래서 집을 나와 오피스텔을 얻은 거야.

여기까지 듣던 성준이는 이해할 수 없다는 표정으로 인석의 말을 가로막으면서 쏘아붙였다.

"야, 임마! 그거 불법 아냐? 내가 듣기로는 포르노테이프 파는 거랑 다를 것도 없는데, 그러다가 걸리면 어떡하려고?"

나도 한마디 거들었다.

"네 방에서 본 잡지들이 그런 자료들이었구나. 어쩐지… 여하튼 내 생각에도 좀 위험한 사업 같아. 지금이야 아는 사람이 별로 없어서 그렇지만, 좀 알려지기 시작하면 곧장 구속일걸. 안 그래도 요즘 통신이나 인터넷을 통해 하는 불법 거래 때문에 난린데……."

인석이는 우리들의 걱정에도 아무렇지 않은 듯 대답했다.

"나도 알아, 그래서 이 장사를 오래할 생각은 아니었어. 한 서너 달 해서 돈 좀 번 다음에, 그 자금으로 다른 사업을 할 생각이었지."

인석의 얘기를 듣던 나는 갑자기 불길한 생각이 뇌리를 스쳤다.

"인석아, 너 혹시 스너프 같은 것도 취급하니? 그리고 그런 게 정말 있는 거니?"

스너프란 말에 인석의 표정이 굳어졌다.

성준이 그 말을 처음 듣는다는 표정을 짓길래, 내가 조금 설명해 주었다.

"스너프라는 건 사실 그것을 다른 영화들 때문에 대중들에게 알려지기 시작한 말이야. 현실에서 사람을 폭행하고 죽이는 장면을 실제로 찍은 비디오 테이프인데, 비밀리에 고가로 거래가 된다는 거야. 사실인지 아닌지는 모르겠지만 말이지. 스너프에 대한 영화는 〈무언의 목격자〉, 〈떼시스〉, 최근의 〈8mm〉 등등 꽤 되는 편이야. 그래서 사람들은 스너프가 정말로 있을지도 모른다고 생각을 하고 있지. 실제로 스너프라는 것이 진짜로 있다면, 아마도 그것은 인간의 야만성을 가장 적나라하게 드러내는 것이 될 거야. 쾌락을 위해 사람을 죽이고, 그 장면을 보고 즐기는… 정말 인간이 아닌 새끼들이지. 뭐, 여하튼 그래서, 인석이 너도 설마 스너프 필름 같은 거 취급한 건 아니겠지? 엉?"

내가 추궁하자 인석이는 얼굴이 벌개지며 부인했다.

"무슨 말도 안 되는 소리야! 내가 그런 개 같은 물건을 취급할 사람 같냐? 아무리 돈에 환장했다 하더라도 그런 건 손도 안 대!"

스너프가 뭔지 감을 잡은 성준이는 인석이를 계속 몰아붙였다.

"야, 임마, 돈을 벌려면 좀 깨끗하게 벌어라. 그게 뭐냐? 이상한 사진이나 자료 팔아서. 내가 보기에는 청량리에서 포르노 파는 거랑 똑같아 보인다. 그리고 네 말대로 네가 상대하는 사람들은 전부 이상한 또라이라며? 그런 애들도 스머프인지 스너프인지 알 거 아냐. 너한테 그런 것 부탁한 적 없어? 있지? 그래서 너도 구해보려고 했고? 솔직히 말해봐!"

성준의 다그침에 인석이는 머뭇거리면서 대답을 하지 못했다. 우리들 사이에는 어색한 침묵이 흘렀다.

인석이는 뭔가 두려운 생각이 떠오르는 듯이 갑자기 손을 덜덜 떨면서 담뱃불을 붙이려고 했다. 내가 손을 뻗어 라이터를 켜주었다. 라이터 불빛에 반사되는 인석이의 눈동자는 지옥을 들여다본 사람처럼 겁에 질려 있었다.

인석이는 담배연기를 한숨을 쉬듯이 뿜어내고, 우리의 질문에 대답을 해주었다.

"스너프라… 아마 악마가 인간에게 준 파멸의 선물일 거야. 내가 경험한 모든 괴기한 일들이 이것과 관련 있을지도 모르지. 그 참혹한 시체를 발견한 밤으로 돌아가자. 아까 얘기한 것처럼 내가 모아둔 자료나 사진들을 경찰이 보면 나를 의심할 것 같아서 그것을 빨리 치울 생각을 했지. 그래서 인터넷에서 캡처해서 프린트해두었던 사진들을 정리하고 있는데, 뭔가 불길할 정도로 나의 시선을 끄는 사진을 발견하게 된 거야. 그 사진을 보는 순간, 몇 주 전에 내게 이상한 주문을 하던 어떤 미친놈이 생각났어. 정말 생각지도 못한 괴상한 주문이었지."

인석은 진지한 표정으로 얘기를 이어갔다. 나는 인석의 장황한 말을 그대로 믿어야 하는지 확신을 할 수 없었지만, 잠자코 그의 얘기를 끝까지 듣기로 했다.

그 사람의 이상한 주문이 떠오른 것은 바로 그날 밤, 사진 자료를 챙기던 중이었어. 그때는 정말 당장이라도 경찰이 들이닥칠 것만 같았지. 생각해봐라. 그런 끔찍한 살인이 일어났고, 그것을 목격한 사람이 나 혼자라면, 일단 목격자인 날 의심하는 것은 당연한 일 아니니. 게다가 그 목격자의 방에서 잔인한 시체 사진들이 발견된다면, 제대로 짜여진 각본이 아니겠어. 잘못하면 변명의 여지도 없이 살인범으로 몰린 판국이었지. 그렇다고 애써 모은 그 사진과 자료들을 그냥 없앨 수는 없으니, 어떻게든 숨길 수밖에.

우선 그것들을 챙기기 시작했어. 그런데… 그 많은 사진들 가운데, 갑자기 눈에 띄는 것이 있는 거야. 이런 말을 하면 너희들이 날 더 이상하게 생각할지도 모르겠지만, 그 사진에는… 잔인하게 살해당한 시체의 모습이 담겨 있었어. 수많은 사진 중에 그 사진이 나의 시선을 끈 이유는, 바로 그 사진 속 모습과 그날 밤 살해당한 채로 발견된 시체의 모습이 똑같았기 때문이야.

우연이라고 하기에는 너무 똑같았어. 피범벅이 된 침대에 묶여진 채로 사지가 절단되어 있는 모습이란……. 사실 처음 그 사진을 봤을 때는 단순히 기막힌 분장술의 승리라고 생각했어. 이렇게 말하면 날 나쁜 놈으로 생각하겠지만, 나는 내가 모으고 취급하는 사진들을 전부 진짜 시체들의 사진이라고 생각하지 않았었어. 그저 공포 영화처럼 분장으로 꾸며낸 조작 사진쯤으로 생각하고 있었지.

물론 그 사진들이 모두 조작이 아닐 수도 있지만, 스스로 편하게 생각하기 위해서 모두 조작된 것이라고 믿으면서 취급을 한 거야. 개중에는 끔찍한 사고로 죽은 시체들의 사진도 있었지만, 그런 것들은 잔인할 뿐 아무 문제도 없는 사진들이잖아. 하지만 이런 식으로 살해당한 형태의 사진들이 전부 실제 상황이었다면 문젯거리가 될 수밖에. 그래서 나는 그런 사진들의 사실 여부는 따지지 않고 단지 마니아들의 조작 사진으로 치부해버리려고 노력했지. 실제로 대부분이 한눈에도 알아볼 수 있는 조잡한 조작 사진들이었고.

그런데 그 사건을 목격한 뒤에 그 사진을 보니 조작 같지가 않더란 말이야. 그것을 깨닫는 순간 소름이 머리끝까지 돋고 두려워지기 시작했어. 자세히 그 사진을 살펴봤지. 사지가 잘려나간 부분하며, 묶여 있는 형태하며, 모든 것이 내가 목격한 그 시체와 똑같은 거야. 단지 다른 점은 사진 속 시체는 얼굴을 알아볼 수 없을 정도로 처참하게 짓이겨져 있다는 거였어. 피범벅이 되어 있지만, 시체의 가는 팔목을 보면 여자인 것 같기도 하고, 큰 키로 봐서는 남자처럼 보이기도 했고. 아무튼 이리저리 살펴봐도 우연이라고 하기에는 너무나 똑같았어.

그 사진을 어디서 구했는지 알아내기 위해, 장부처럼 사진들을 기록해 놓은 엑셀 파일을 뒤졌지. 기록해 놓은 사진 번호로 찾아보니, 거기에는 내가 입력한 기록이 나왔어. 그 기록을 보니 그 이상한 주문이 기억나는 거야.

휴… 그 이상한 주문은 'KillYou' 라는 재수 없는 아이디로 온 것이었어. 그런데 그 주문이 이상했던 건, 자기가 소장하고 있는 사진을 무료로 제공할 테니 그 사진들보다 더 자극적이고 잔인한 사진을 구하면 보내달라는 거야. 소위 물물교환 요청이지. 가끔 변태들이 그런 교환요청을 하기도 하거든.

메일 내용이 영어로 되어 있지 않은 것을 보니, 우리 나라 사람 같았어. 사실 이런 사진들을 모으는 사람들은 전세계 곳곳에 퍼져 있더라. 인터넷이라는 혁명적인 도구가 그런 놈들을 묶어놓는데 큰 기여를 했고. 특이한 것은 안 그럴 것 같은 우리 나라 사람들도 이런 사진들에 은근히 관심이 많다는 것이었어. 아니, 꽤 많은 사람들이 그런 사진들을 모으고 있는 것 같아.

그건 그렇고, 그 주문이 좀 특이했던 것은, 돈을 줄 테니 자기가 보낸 사진을 홈페이지에 공개하고, 모든 회원들에게 보내달라는 거야. 좀 황당하더라. 그런 사진을 모으는 사람들이 좀 독특한 건 알았지만, 돈까지 주면서 자기가 제공하는 사진을 남에게 보여주고 싶다는 것은 마치 노출증 환자의 증상 같더라고. 대개의 고객들은 모든 거래를 비밀리에 하고 싶어했거든. 가끔 자기의 수집물을 자랑하고 싶은 사람들도 있었지만, 이처럼 노골적으로 자기의 것을 보여주려고 하는 사람은 없었거든.

나는 호기심을 느끼며 'KillYou' 라는 사람이 보내온 사진을 봤어. 그렇게 많은 사진을 봐온 나도 그 사진을 처음 볼 때는 등골이 오싹할 정도로 끔찍했어. 사람을 처참히 난도질한 사진이었지. 엄청난 사진들이었지만 당시에는 분장술이나 사진의 조작으로 믿고 심각하게 생각하지 않았어. 단지 돈을 준다고 해서 약속대로 홈페이지에 올리고 회원들에게는 서비스라며 사진을 담아 메일을 보냈어.

그리고 KillYou라는 사람에게는 수수료 입금을 확인한 뒤, 가지고 있던 사진 중에 세로누 달로치라는 그 업계에서 좀 유명한 놈의 사진 하나를 보내주었어. 분장술인지 진짜인지는 모르지만, 달로치의 사진들은 정말 끝내주게 실감나고 잔인했어.

달로치는 지금까지도 잔혹사진의 전설적인 인물로 남아 있는 사람이지. 1990년대 초까지 활약했던 이탈리아의 잔혹사진사라는데 그 사람의 얼굴을 본 사람은 거의 없대. 달로치는 사람을 잔인하게 죽이는 방법에 통달한 사람처럼 매번 새롭고 기상천외한 방법으로 살인을 저지르는 장면을 사진에 담아냈다는 거야. 아직도 그의 사진이 진짜였는지 분장술이나 사진 조작이었는지 밝혀지지 않았다는 거야. 인터넷이나 지금처럼 복제 기술이 발달하지 않았을 때는 달로치의 사진이 한 장 당 몇백 불까지 하기도 했대.

나도 그 사람의 사진을 몇 장 가지고 있었는데, 요즘이야 컴퓨터를 이용한 사진 복사야 누워서 떡먹기니까 그 중에 쓸 만한 것 하나를 보내주었지. 그러고는 KillYou의 주문에 대해서는 잊고 있었어.

그런데 며칠 뒤 그 KillYou에게서 메일이 왔더군. 추가 주문일지도 모른다는 막연한 기대와 함께 그 메일을 열어봤지. 정중한 어조였지만 내용은 그렇지 않았어.

> 운영자 님께
>
> 보내주신 달로치의 사진은 잘 받았습니다. 하지만 매우 실망스럽군요. 제 작품을 달로치의 사진 정도로 생각하시다니. 아니면 그쪽 수준이 달로치 정도밖에 안 되는지. 적어도 제 작품을 만들기 위해서는 수많은 피와 노력이 필요했습니다. 그런 작품을 한물 간 삼류 사진사의 조악한 사진과 교환하다니.
>
> 이번에 보내드리는 작품은 제발 그런 식으로 처리하지 말아주십시오. 이번에도 지난번 작품처럼 똑같이 처리해주십시오. 그리고 수준 높은 작품으로 보내주시길 바랍니다. 보수는 지난번과 같은 금액으로 드리겠습니다.
>
> 저를 실망시키지 말아주시길 바랍니다. 그럼…….
>
> – KillYou

정중한 말투의 메일이었지만 내용은 은근히 협박을 하고 있더라고. 달로치의 사진을 알아보고 무시하는 것을 보니 그 방면으로는 광적으로 관심이 많은 사람 같았어.

그리고 재미있었던 것은 자기가 보내오는 사진들을 '작품'으로 부른다는 것이었지. 한낱 잔혹사진에 지나지 않는 것들을 작품이라고 부르다니… 그걸 보고 약간 맛이 간 놈이라고 생각이 드니까 약간 무서워지기까지 하더라.

하지만 별 힘든 일없이 보내온 사진만 회원들에게 발송하고 홈페이지에 올리는 것으로 짭짤한 수입을 얻을 수 있는 일이니 당연히 그렇게 했지. 그때 보내온 사진도 만만치 않게 잔인했어.

첫 번째 사진과 비슷한 희생자로 보이는 사람인데, 얼굴을 가리고 두 팔과 한 다리가 잘려나간 채로 피를 뿜으며 천장에 거꾸로 대롱대롱 매달려 있는 모습이었지. 너무 실감나는 장면이어서 보는 순간, 등골이 오싹해지고 구토를 할 것 같았어. 도무지 사진 조작 같지가 않았어.

그런데 이상한 것은 그 잔혹한 사진을 보는 것이 두렵고 고통스러웠는데도 자꾸만 보게 되는 거야. 눈앞에 아른거리고. 마치 롤러코스트가 무섭다는 것을 알면서도 자꾸 타게 되는 것처럼.

이렇게 잔인한 사진을 그의 요구대로 공개해야 할지 한참을 고민했어. 하지만 설마 실제 장면을 찍은 사진은 아닐 거라는 생각으로 그 사진을 게재하고 회원들에게 보냈지. 그 사진을 보내고 난 뒤, KillYou라는 놈에게 마땅히 보내줄 사진이 없는 거야. 언뜻 보기에도 엄청난 변태 같은 놈인데, 이번에도 섣불리 사진을 보낼 순 없었어.

고민 끝에 사진 하나를 골랐지. 사실 그 사진을 보낸다는 것은 좀 위험한 일이었어. 그 사진은 진짜 살인 장면을 찍은 사진이거든. 내가 취급했던 사진들의 진위 여부는 솔직히 상관하지 않았어. 전부 사진조작으로 생각하고 거래를 주선했지. 모르는 것이 면죄부라고 생각하고 그런 사진들을 전부 조작된 그림으로 보았던 거야.

하지만 이 사진만은 확실히 실제 살인 장면을 찍은 것이라는 것을 알고 있었어. 신문 기자가 기사를 쓰기 위해 살해된 시체를 찍은 것이 아니라, 살인자가 피해자를 죽이면서 찍은 것이야. 미친놈이 만든 정말 미친 사진이지.

더욱 흥미로운 것은 그 사진 속의 피해자가 바로 달로치야. KillYou에게 보내주었던 사진을 찍은 장본인이 이번에는 시체가 되어 사진에 찍혀있는 것이지. 더구나 실제로 살해된 상태로.

달로치의 사진에 감동을 받은 어떤 미친놈이 그 사진처럼 달로치를 잔혹하게 찢어 죽였다는 거야. 그 미친놈은 자신이 찍어왔던 사진의 주인공처럼 끔찍하게 죽어 가는 달로치의 모습을 영원히 간직하고 싶어서 달로치를 살해하고 카메라에 담았던 거지. 진정한 시체 사진이 된 거야. 그 사진은 쾌락을 목적으로 살해 장면을 찍은 스너프 종류라 할 수 있어.

나는 그 사진을 보내주기로 했어. 그 정도 사진이면 그 변태놈도 만족하리라 믿었지. 쳇, 돈은 많은 놈인지, 입금은 바로 해주더라고. 좀 망설였지만 그 KillYou라는 놈의 비위를 맞추어주면 돈이 좀 나올 것 같아 보내기로 결심한 거야.

그런데 각 회원들에게 두 번째 사진을 보내고 얼마 지나지 않아 많은 메일들이 오기 시작했어. 나는 호기심을 가지고 그 메일들을 하나씩 읽어보았지. 수십 통의 메일은 모두 이번에 보내준 사진을 극찬하는 내용이었어. 정말 훌륭하다, 짜릿하고 자극적이며 흥분되는 사진이었다, 인간의 한계를 뛰어넘은 예술의 극치다 등등 하나같이 칭찬하는 말뿐이더군.

그런 메일들을 받아보니 어안이 벙벙해졌어. 그 동안 아무리 잔인한 사진들을 보내주었어도 이런 반응은 없었거든. 그런데 이번에는 당혹스러울 정도로 열렬한 반응이 나온 거야.

너무 이상한 기분이 들어서 나도 다시 한번 그 사진을 자세히 봐야겠다 생각했지. 아까 얘기했던 것처럼 그 사진을 보자마자 느끼는 감정은 극도의 혐오감과 공포심, 그리고 구토였어. 하지만 보면 볼수록 이상할 정도로 그 사진에 매료되는 느낌이었어. 뭐라고 말로 표현할 수 없는 느낌이었지. 그 끔찍한 사진이 마치 어떤 신비한 마력을 가진 것처럼 보는 이를 끌어들이는 거야. 참 기괴한 느낌이었어.

한동안 그 사진에서 눈을 떼지 못하고 바라보았어. 꼼꼼히 사진을 들여다보는 것도 아니고 그저 멍하니 바라보는 것뿐이었어. 뭔가에 홀린 듯이 말이야. 그러다가 새로운 메일이 도착했다는 메시지를 받고 나서야 정신을 차릴 수 있었어.

새로 도착한 메일은 바로 그 KillYou라는 놈한테 온 것이었어. 그의 메일이 도착한 것을 보자 기분이 묘해지는 것을 느꼈지. 두려움과 기대감, 그리고 호기심이 뒤섞인 혼란스러운 감정이었어. 메일을 열려고 마우스를 움직이는 내 손이 나도 모르게 떨려왔어. KillYou가 보내온 메일의 제목은 다름 아닌 'Not yet' 이었어.

메일을 열려는 순간, 나는 이유 없는 두려움이 느껴졌어. 떨리는 손으로 KillYou에게서 온 메일을 열었지. 거기에는 사진 파일이 하나 첨부되어 있었고, 예의 그 정중하지만 섬뜩한 어조의 글이 있었어.

운영자 님께

이번에 보내주신 사진은 지난번 것보다는 좀 나아졌네요. 사진에 생명감이 있고, 실감도 나는 것 같고. 하지만 아직 제 사진보다는 한참 떨어지네요. 이번에 보내는 사진을 참고하시고 더 괜찮은 사진이 있으면 보내주세요. 그런 작품이 없다면… 실망이 크겠네요.

하나 정도는 직접 제작해서 보내주시는 것도 괜찮겠죠. 감상의 즐거움을 그 동안 많이 느끼셨을 테니 창작의 쾌감도 한번 직접 느껴보시죠. 어렵게 탄생한 예술은 그만큼 가치가 있는 것입니다. 기대하겠습니다.

이번에도 대금은 지난번과 똑같은 조건으로 지불하겠습니다. 저를 감탄시키는 작품을 보내주신다면, 돈은 열 배를 지불하겠습니다. 잊지 마세요. 항상 제가 지켜보고 있다는 것을.

— KillYou

언뜻 읽어보면 예술을 사랑하는 무슨 화가나 사진 작가의 편지 같았지만, 내용을 가만히 들여다보면 무시무시한 거였어. 게다가 날 항상 지켜보고 있다잖아!… 마치 나보고 잔혹한 사진을 만들어 자기의 천박한 욕구를 충족시켜 달라는 것 같았어. 아무리 이런 사진에 푹 빠졌다고 하더라도, 실제 사람을 죽이고 찍은 사진마저 아무렇지도 않게 즐기다니…….

점점 내가 상대하고 있는 놈이 정말 미친놈이라는 생각이 들었어. 하지만 그놈이 보내온 사진은 몹시 궁금하더라. 그놈의 메일을 통째로 지워버릴까도 생각했지만 그 사진에 대한 호기심이 악마의 속삭임같이 달콤하게 나를 유혹하는 바람에 넘어가고 말았지.

사진 파일을 열어봤어. 그 사진이 바로 그 남자의 살해장면과 똑같은 사진이었던 거야. 그때는 또 하나의 잔인한 사진이라고 생각했어. 너무 잔인한 시체의 장면이라, 이번에는 조작이 확실하다고 생각했지.

생각을 해봐라. 사람을 침대에 묶어놓고 마디마디를 잘라놓은 모습을… 여하튼 그 사진은 그 참혹성 때문에 조작으로 치부하고 싶었어. 그리고 더 이상 그놈이 바라는 대로 해주지 않기로 했지. 원래 조건은 그 사진 역시 회원들에게 보내고 홈페이지에 등록을 해야 돈을 받기로 되어 있었지만, 사람들의 광적인 반응이 두려워져서 공개하지 않았지.

그렇다고 그 사진을 지우지는 않았어. 몇 번을 그 KillYou가 보내온 사진들을 지우려 했지만 그때마다 이상하게 지우면 안 될 것 같은 기분이 들었어. 그리고 자꾸 보게 되는 거야. 그거 있잖아, 밤에 혼자서 공포영화 볼 때, 무서워서 눈을 가리면서도 자꾸 무서운 화면으로 시선이 가는 것처럼.

하지만 이미 올려놓은 사진들은 삭제해 버렸어. 그 사진을 본 사람들은 정말 빗발치듯 메일을 보내왔어. 다시 보여달라, 다음 사진은 뭐냐, 그 사진을 얼마면 살 수 있겠냐, 어떤 천재의 작품이냐 등등. 사람들의 반응이 폭발적이면 폭발적일수록 그 사진과 KillYou에 대한 두려움도 더불어 커졌지. 나는 잊으려 노력했어.

내가 약속을 이행하지 않았기 때문에 당연히 KillYou는 대금 지

불을 하지 않았지. 그러던 어느 날, 그 KillYou로부터 메일이 왔어. 그 메일을 읽고 나는 큰 충격을 받았어. 경고성 메일인 거야. 솔직히 겁이 나더라.

> 운영자 님께
>
> 고객을 그런 식으로 무시하시다니… 같은 예술을 사랑하는 사람에게 이런 대접을 하시면 안 되죠. 저의 부탁을 이행하지 않으시겠다면, 제가 드릴 수 있는 것은 당신의 무지와 소심함에 대한 경멸뿐입니다. 한 번의 기회를 더 드리죠. 내일까지 제 부탁을 무시한다면, 그 대가는 반드시 치르셔야 할 것입니다. 제 아이디를 잊지 마세요.
>
> – KillYou

그 메일을 받아보니, 그 KillYou라는 놈은 완전히 또라이 같더라. 그 정도로 그런 사진에 집착하고 자기 사진을 과시하고 싶어하다니. 글자 그대로 무시무시한 사이코가 연상되는 거야. 하지만 설마 그놈이 진짜로 날 찾아와 해코지를 할까? 하는 생각이 들어서 그 협박성 메일은 무시하기로 했지. 솔직히 그놈에 대한 생각은 하고 싶지가 않았어. 잊고 싶은 기억이었지.

그러던 중에 그날 밤 놈이 보낸 사진이 눈에 띈 거야. 나는 파일로 보내온 사진들을 고해상도의 프린터로 인쇄해서 보관하고 있거든. 그 인쇄된 사진을 보면 볼수록, 내가 목격했던 살해 장면과 너무 똑같은 거야.

시체의 잘려진 부위, 묶여진 매듭 형태, 시체의 눕혀진 자세… 마치 그 시체를 찍은 사진 같더라고. 아니, 오히려 어떤 미친놈이 그 사진을 보고 똑같이 살인을 저지른 것 같았어. 우연이라고 하기에는 너무 끔찍하고 괴기한 일이잖아.

그래서 나는 경찰에게 꼬투리를 잡히지 않기 위해 사진을 없애버리려고 했던 중이라는 것도 잊어버리고 뚫어지게 그 사진을 살펴보았지. 드디어 나는 사진과 내가 발견했던 시체와의 차이점을 찾아냈어. 바로 시체의 크기였지.

내가 복도 끝 방에서 발견한 남자의 시체는 침대를 가득 채울 만한 거구였거든. 그런데 사진 속의 시체는 침대의 반도 차지하지 못할 정도로 자그마한 체구였어. 사진 속의 침대가 작을 수도 있겠지만, 확실히 사진 속의 시체가 더 작았어. 그리고 또 다른 점은 사진 안의 시체는 여자 같았어. 둘 다 온몸이 피투성이가 되어 있어 분명치는 않았지만 몸의 굴곡이라든지 길어 보이는 머리카락이라든지 뭐 이런 걸 보았을 때 말이야.

하지만 이런 사진들이 대부분 그렇듯이 얼굴은 보이지 않았어. 스너프라고 불리는 사진들은 대부분 공포에 질린 피해자의 표정들이 적나라하게 나오는 게 대부분인데, 이 사진은 우연인지, 사진을 찍은 미친놈의 연출 때문인지 시체의 얼굴이 카메라 반대쪽으로 돌아가 있었어.

아무리 뚫어지게 봐도, 사진 속의 얼굴은 알아볼 수가 없었어. 하지만 뭔가 의문을 풀어줄 단서가 이 사진 안에 들어 있을 것이라는 예감이 들었어. 아무런 근거가 없는 예감이었지만 웬일인지 확신이 생기는 거야.

컴퓨터에 들어 있는 그 사진 파일을 찾아내서, 확대해 봐야 뭔가가 좀 발견될 것 같았어. 모니터에 나타난 사진을 우선 열 배로 확대해서 샅샅이 살펴보기 시작했지.

확대해 보니 그 시뻘건 시체의 피가 21인치 모니터 가득히 보이는 거야. 처음에 그 화면을 보니 구역질이 다 나더라. 사진을 찍은 놈이 보통 카메라로 찍어 스캔을 받은 것인지, 확대를 하니까 사진의 선명도가 현격히 떨어졌어.

하지만 뭔가를 알아내야겠다는 생각에 모니터에 보이는 사진을 핥듯이 살펴갔어. 얼마나 피범벅이 되었는지, 그렇게 확대를 해놓았는데도 맨살이 그대로 보이는 부위는 하나도 없더라고.

그래도 혹시 사진을 찍은 놈이나 사진 속의 시체의 신원이라도 알아낼 수 있을지 몰라 역겨움을 참으면서 확대된 사진을 살펴봤어. 피 때문에 알아볼 수 있는 것은 거의 없었지만, 그 시체가 여자라는 것은 알 수 있었어.

피범벅이 되었지만, 가느다란 목덜미며 긴 머리칼을 보니 남자보다는 여자라는 것이 확실해진 거야. 더 확실한 근거는 그 시체의 잘려나간 손가락들에 여러 개의 반지가 껴 있는 것이었어. 하지만 잘려나간 머리가 카메라 반대쪽으로 돌아간 상태에서 찍혔기 때문에 사진에서는 시체의 얼굴을 알아볼 방법이 없었어.

한참 동안 그 사진을 들여다보며, 뭔가 이 괴상한 일들의 답이 될 수 있는 단서를 찾아낼 방법을 생각했어. 내 주변에 나타나던 그 무표정한 여자의 유령, 가끔씩 들려오던 정체를 알 수 없는 흐느낌, 끔찍한 사진을 보내오던 KillYou, 그놈이 보내온 사진과 똑같은 모습으로 잔인하게 살해된 복도 끝 방의 시체…

이 모든 사실이 뭔가 연관돼 있는 것 같기도 한데, 전혀 그 연결

고리를 찾을 수가 없는 거야. 경찰의 의심을 피하기 위해선 이런 사진들을 없애야 한다는 사실도 까맣게 잊고 나는 그 괴기한 일에 대해 점점 더 깊이 생각하게 되었어.

그런데 그때… 등뒤로 무언가가 쏟아지는 기분이 들었어. 그 무언가는 바로 기분 나쁜 싸늘한 시선이었지. 갑자기 온몸에 나도 모르게 소름이 쫙 끼치면서 뒤를 돌아보기가 두려워졌어. 시뻘건 핏빛으로 가득 찬 내 모니터에 내 등뒤로 뭔가가 희끗하게 비치는 것 같았거든. 등뒤에 뭔가가 있다고 생각하자, 온 머리끝이 쭈뼛 서더라.

하지만 아무리 두려워도 뒤를 돌아보지 않을 수는 없었어. 그 기분 나쁜 시선이 점점 다가오는 것 같은 느낌에 무서워서 죽을 것 같았으니까. 심호흡을 하고 천천히 고개를 돌렸지. 나도 모르게 손에서 땀이 흐르고 있었어.

뒤를 돌아본 순간 나는 겁에 질려 심장마비로 죽는 줄 알았어. 등뒤에는 바로 그 여자가 그 퀭한 눈으로 나를 바라보며 서 있는 거야. 머리에서 발끝까지 피를 뒤집어 쓴 채로……. 그 얼굴은…

휴, 정말 무서웠어. 솔직히 너무 무서워서 아무 생각도 안 나더라. 더 무서웠던 건 그 여자가 나를 향해 천천히 다가오고 있었다는 거야. 정말 귀신 영화에서 봤던 것처럼 내게로 스르륵 다가오는 거야. 그런데 나는 손가락 하나도 움직일 수가 없고… 정말 미치겠더라.

점점 더 가까이 왔지만, 나는 그 끔찍한 얼굴에서 시선을 뗄 수가 없었어. 본능적으로 비명에 가까운 소리를 질렀지.

"안돼! 제발! 아아악!"

내 비명에도 그 여자는 아랑곳하지 않았지. 오히려 날 비웃는 듯 더욱 바짝 다가왔어. 피비린내 나는 그 여자의 얼굴이 내 눈앞으로 다가오는 순간, 갑자기 사방이 깜깜해졌어. 그리고는 정신을 잃었어.

시간이 얼마나 지났는지 전혀 감을 잡을 수 없었어. 갑자기 암흑 속에서 '쾅! 쾅!' 소리가 들렸어. 간신히 눈을 뜨니 스크린 세이버가 작동되어 있는 모니터 앞에 엎드려 있었어. 몸을 일으켜 주변을 돌아보았지만 아무 것도 보이지 않았어.

분명히 두 눈으로 똑똑히 본 그 여자 귀신의 모습은 흔적도 찾아볼 수 없었어. 그 여자의 끔찍한 모습이 생각나자, 나도 모르게 몸이 부르르 떨리고 소름이 쫙 끼쳤어. 생각하기도 싫고 무서워서 진저리가 쳐졌어.

나를 깨웠던 쾅! 쾅! 소리가 또 들렸어. 누군가가 다급하게 오피스텔 문을 두들기는 소리였어. 이 깊은 밤에 누굴까 생각하며 문을 향해 걸어가서 어안렌즈로 문밖을 내다보았지. 문밖을 내다본 순간 내 심장은 빠르게 요동치기 시작했어. 문밖에는 형사처럼 보이는 사람이 험악한 표정을 하고서 문을 두드리고 있는 거야. 고개를 책상 쪽으로 돌리자 모니터와 책상에 그 살인 현장과 똑같은 모습의 사진들이 널려 있는 것이 눈에 띄었어.

문밖에 있던 남자는 도저히 안 되겠다는 표정을 짓더니 주머니에서 뭔가를 꺼내 문 열쇠구멍에 집어넣는 거야. 그 순간 나는 도대체 무엇을 어떻게 해야 할지 몰랐어.

생각해 봐라. 만약 그 사람이 경찰이었다면, 꽐 없이 나는 살인 용의자로 몰릴 판이었어. 시체를 제일 먼저 발견한 것도 나였고, 수많은 잔혹사진들을 가지고 있었고, 더구나 살인 현장과 똑같은 모습의 사진을 가지고 있으니. 정확한 물증은 없어도 이 상황에서 가장 유력한 용의자였을 거 아니야. 생각할 것도 없이 책상으로 달려가 펼쳐져 있던 사진들을 대충 서랍에 집어넣고 컴퓨터를 꺼버렸어.

문 쪽에서는 열쇠를 집어넣는 소리가 계속 들렸지. 나는 대충 정리된 것을 확인하고 '누구세요?' 하며 방문을 열었어. 갑자기 문을 열자, 열쇠 비슷한 것을 들고 문 앞에 서 있던 남자가 당황한 듯한 표정을 지었어.

나는 이 시간에 무슨 일이냐고 물었지? 그 사람은 옷 주머니에서 신분증을 꺼내 보여주며, 이번 살인 사건을 담당한 형사인데, 몇 가지 더 질문할 것이 있어서 찾아왔다고 하더라고. 그가 문을 강제로 열려고 했던 걸 내가 이상하게 생각하는 눈치니까 그 사람이 말했어. 내가 방안으로 들어가는 걸 자기가 분명히 봤는데 아무런 대답이 없길래 이상해서 열려고 했다고.

잠깐 들어와서 얘기해도 되겠냐고 하더라. 안 된다고 하고 싶었지만, 그럼 더 의심을 받을 것 같아서 그냥 들어오라고 했지.

형사는 내 방을 의미심장한 눈초리로 둘러보며 다짜고짜 질문들을 해댔어. 엘리베이터에서 수상한 사람을 본 적이 있느냐, 사건이 난 방에 들어가 본 적이 있느냐, 그 방에 드나드는 사람을 본 적이 있느냐 등등, 이미 몇 번이나 대답했던 질문을 또 해대는 거야. 처음에는 좀 성의껏 대답했지만 나중에는 짜증이 나더라고.

그런데 그 형사라는 사람이 갑자기 좀 이상한 질문을 하기 시작했어. 그 시체로 발견된 사람은 잘 알지도 못한다고 분명히 얘기했는데, 그 사람이 죽기 전에 뭐 주고받은 것은 없느냐, 시체를 발견했을 때 기분이 어땠냐, 마침내 사람을 죽여봤느냐 등등 뭐 이런 식으로 무례한 질문을 하는 거야. 화가 나더라. 그래서 당신 형사 맞냐고 소리를 질렀어.

그 형사는 내가 그렇게 난리를 치는데도 개의치 않고 침착하게 그런 질문을 해서 미안하다는 말만 하고는 다시 형식적인 질문을 하는 거야. 나는 기분도 잡치고, 그 사람이 형사인지 확신도 안 가서 그만 얘기하자고 했어. 그 형사는 알았다고 하더니 자리에서 일어났어.

그런데 그는 문 쪽으로 가는 것이 아니라 내 책상 쪽으로 향하는 거야. 당황한 나는 그 형사 앞을 가로막으면서, 이제 나가달라고 했어. 그런데도 그 형사는 가만히 서서 내 책상 주변을 살펴봤어.

나는 그 형사가 뭐라도 찾아낼까 두려워 거의 밀듯이 그를 막았어. 그는 알았다고 하면서도 책상 귀퉁이를 뚫어지게 쳐다보며 자리를 뜰 생각을 안 하는 거야. 나는 그의 시선이 가는 곳을 돌아보았어.

아뿔싸! 거기에는 내가 미처 감추지 못한 사진 한 장이 책상서랍 밖으로 삐죽 튀어나와 있는 거야. 나는 더 이상 그 형사를 가만둘 수 없어서 강제로 문 쪽으로 밀었어. 지금 생각해봐도 거의 미친 짓이었지. '날 의심해 줘요' 하는 식의 행동이었잖아. 하지만 그때는 그럴 수밖에 없었어.

그런데 형사는 이상하게도 아무런 저항도 없이, 더 이상 묻지도 않고 가만히 문 쪽으로 돌아갔어. 나는 속으로 다행이라고 생각하고 있었어.

문을 연 형사는 방문을 나가다가 걸음을 멈추고 뒤를 돌아보더니, 자기는 모든 것을 다 알고 있다는 듯한 기분 나쁜 웃음을 지으며 내게 섬뜩한 얘기를 하는 거야.

"인석 씨, 협조 감사합니다. 제가 협조에 보답하는 셈치고, 재미있는 얘기를 하나 들려드리죠. 이 동네는 전국 평균 범죄율보다 훨씬 낮은 범죄율을 자랑하고 있습니다. 살인사건도 아마 일 년만에 처음 일어난 일이죠. 그만큼 안전한 동네입니다. 전국에서 몇째 안 가는 안전한 곳일 거예요.

그런데 이렇게 안전한 동네에 좀 이상한 일이 있어요. 한 일 년 전부터 괴기한 사건들이 일어나기 시작했죠. 사람들이 사라지는 겁니다. 처음에는 종합병원의 시체들이 없어지기 시작했습니다. 그것도 한 달 간격으로 없어지는 것 같더니, 시간이 지날수록 점점 그 주기가 짧아졌어요. 어떤 때는 일 주일 간격으로 시체가 없어질 때도 있었어요. 수법은 다양했지만 주로 영안실에 안치됐던 시체가 없어졌어요.

경찰도 처음에는 병원 측의 과실이라고 생각했지만, 비슷한 사건이 자꾸 일어나고 시체를 잃어버린 유족들의 항의도 점점 거세져서 수사를 시작하게 되었죠. 병원에서 일어나는 도난이나 분실사건은 끽해야 약품이나 기기에 관련된 사건 정도였지 시체가 없어지는 것은 처음이었어요. 수사를 해도 사건은 해결될 기미가 전혀 안 보였죠. 단서도 없었고 동기도 불분명했죠.

시체를 훔친 다음 유족들을 협박해 돈을 뜯어내려 했을 수도 있겠지만 실제로 그런 협박을 받았다는 사람은 나타나지도 않았고, 설사 그렇게 해서 돈을 받아낼 거라 해도 많은 돈을 받을 수 있는 범죄도 아니었지요. 위험 확률도 높고, 돈도 안 되고, 처리도 쉽게 할 수 있는 일이 아닌데 왜 시체를 훔쳐갔는지 이유를 알 수가 없었어요. 없어진 시체도 남녀노소 가리지 않고 없어졌고요. 알 수 없는 일이었죠. 좀 으스스한 이야기지만.

그러다 갑자기 시체분실사건이 뚝 그쳤어요. 무슨 이유였는지 한 6개월 계속되어 오던 시체 분실사건이 더 이상 발생하지 않았어요. 하지만 6개월 동안 없어진 시체는 6개월이 지난 지금까지 한 구도 발견되지 않았어요. 물론 그 범인도 잡지 못했고요. 경찰로서는 부끄러운 일입니다.

얘기는 여기서 끝나지 않아요. 그 사건들이 미궁에 빠진 채 세인들의 뇌리에서 사라질 즈음, 한 젊은 형사가 이상한 사실을 발견했어요. 그 사건이 멈춘 뒤부터 이 근방 30킬로미터 반경에서 실종사건이 급증한 거예요. 예년의 같은 기간 동안보다 두 배의 사람이 실종되었어요. 시체가 없어지던 기간보다도 역시 두 배 정도의 사람이 더 실종된 거예요. 이번에도 남녀노소 가리지 않고 사라졌어요.

그 사실을 발견한 그 형사는 예전의 시체 분실사건과 눈에 띄게 증가한 실종사건이 뭔가 연관이 있다고 확신을 했죠. 그는 시체들과 실종자들의 사진과 자료들을 쌓아놓고 며칠 밤을 새며 연관성을 찾아내려고 했어요. 출신지, 식구, 나이, 성별, 가정 환경, 성장 환경 등등에서 하나의 연관성을 찾아보려고 했지만, 워낙 무차별적으로 없어져서 그런지 어떤 연관성도 찾아낼 수 없었어요.

거의 포기 상태였던 그 형사는 한 가지 말도 안 되는 연관성을 찾아냈어요. 그것은 바로 없어진 시체나 실종자들은 모두 자기 연령의 평균 체중보다 약간 무겁다는 것이었습니다. 보통 자기 또래의 평균 체중보다 5킬로그램에서 10킬로그램이 더 나가는 살찐 사람들이었어요. 하지만 그게 다였어요. 두 달 동안 밤새워 발견해낸 단서란 고작 그것뿐이었죠.

마침내 형사는 그 사건을 포기하기로 했어요. 주위에서도 말렸고, 이 사건들이 범죄라는 뚜렷한 증거도 없었기 때문에 더 이상 수사할 수 있는 명분도 없었으니까요. 결국 없어진 시체 열한 구와 실종자 열두 명을 남기고 수사는 중단된 거죠.

그러던 중 그 형사가 새로운 사건을 맡게 되었어요. 이 구역에서 일 년만에 처음 발생한 아주 끔찍한 살인사건을요. 그런데 그 형사는 그 살인 현장을 보자마자 이유는 모르지만 이상한 생각이 들었어요. 그 살인 사건과 실종사건이 무슨 연관성이 있는 것 같은 거였죠. 그래서 그 형사는 다시 결심했어요. 무슨 일이 있더라도 이 사건을 해결하겠다고. 무슨 일이 있더라도…….

제 얘기는 여기가 끝입니다. 그럼 푹 쉬세요. 만약 살인사건에 대해 작은 기억이라도 다시 떠오른다면 언제라도 연락주세요. 그럼, 이만."

그러더니 문을 닫고 나섰어. 황당하더라고. 그러면서도 왠지 소름이 끼치고 무서워지더라, 그 형사는 분명히 나를 범인으로 의심하는 것 같았어. 그리고 그 시체 실종 애긴 이유도 모르게 무서웠어.

나는 한참동안 그 형사가 나간 문을 멍하니 쳐다보고 있었지. 그냥 멍하니 이젠 뭘 어떻게 해야 하나 생각하고 있는데, 갑자기 눈길이 책상 쪽으로 향하게 되었어. 쿵! 심장이 내려앉는 줄 알았어. 내 사진… 아까 그 사진… 아까 그 형사가 유심히 보던 그 사진이 없어진 거야.

나는 미친 듯이 책상을 모두 뒤졌지만 사진을 발견할 수 없었어.

없어진 사진은 바로 살인 현장과 똑같은 장면을 담은 사진이었어. 그 형사 놈이 가져간 게 분명했지. 이제 곧 경찰이 날 잡으러 오겠구나 생각하니 불안해서 살 수가 없겠더라.

그런데 곧 뭔가 이상하다는 것을 깨달았지. 만약 그 형사가 그 사진을 몰래 가져가서 봤다면, 이제까지 안 올 리가 없잖아. 그 사진을 보자마자 다시 내게 왔어야 하는 게 정상 아냐? 그렇지 않고는 나중에 그 사진을 내 방에서 발견했다고 말할 근거가 희미해지는 거지. 몰래 훔쳐간 것도 문제고, 아무런 증인도 없었고, 내가 나중에 모른다고 시치미를 떼버리면 그 사진은 아무런 효과도 없을 텐데…….

그럼 그 형사 놈이 안 가져갔나? 어떻게 없어진 걸까? 만약 그 형사 놈이 가져갔다면 무슨 생각을 하고 있는 것일까? 도대체 아무것도 알 수가 없었어. 모든 것이 뒤죽박죽이고 도무지 감을 잡을 수 없었어.

여하튼 그 상황에서 내가 할 일은 분명했어. 더 이상의 위험을 피하기 위해서 모든 사진들을 없애야 하는 거, 그게 내가 할 일이었지. 컴퓨터를 다시 켜고, 저장되어 있던 사진들을 지우려고 했어. 그러다가 그 문제의 사진 파일이 생각났어. 이 상황에서 날 구출해 줄 수 있는 무슨 단서가 있을지도 모른다는 생각에, 파일을 지우기 전 마지막으로 한 번 더 살펴봐야겠다고 마음먹었지.

사진을 확대해서 다시 살펴봤어. 역시 아무 것도 발견할 수 없었어. 너무 많은 일을 겪었고, 긴장해서였는지 피곤함이 몰려왔어. 포기하고 그 파일을 지울 결심을 했지.

그때… 갑자기 뭔가가 눈에 띄었어. 정신을 바짝 차리고 그 부분을 더 확대해서 봤어. 그 부분이 뭔가를 알아차리는 순간, 나는 뒤통수를 둔기로 맞은 것 같은 큰 충격을 느꼈어.

그건 사진의 오른쪽 귀퉁이에서 발견한 거였어. 아까도 말했듯이, 그 사진 속 시체의 고개는 사진기 반대쪽으로 돌아가 있어서 시체의 얼굴을 볼 수가 없었거든. 그런데 사진을 확대해서 자세히 보니, 시체의 고개가 돌아간 쪽에 희미하게나마 작은 거울이 일부 보이는 거야.

혹시나 하고 그 부분을 확대해 봤어. 이미 열 배 정도로 확대된 사진을 더 확대하니까 아무리 화질을 보정해도 흐릿하고 거칠게 보였어. 하지만 한 가지 확실한 것은 그 거울에 뭔가 비쳐 있다는 거야. 언뜻 보았을 때는 무엇인지 알 수 없었지만 자세히 보니 사람의 얼굴처럼 보였어, 형체는 전혀 알아볼 수 없었지만 사람의 얼굴인 것만은 확실했어. 시체의 얼굴일 수도 있고, 어쩌면 이 사진을 찍은 미친놈의 얼굴이거나, 아니면 살인자의 얼굴일 수도 있다고 생각했지.

생각이 거기까지 미치자, 갑자기 소름이 쫙 끼쳤어. 사진만 취급하던 내가 진짜 살인에 관련되기 시작했다는 게 실감이 나더군. 죽고 죽이는 그 끔직한 일에……. 몇 번을 확대하고 보정 작업을 했지만, 내가 가진 컴퓨터와 소프트웨어로는 더 이상 선명해지지 않았어. 누군가의 도움이 필요했지.

한승이 형이 떠오르더라. 일한이, 너도 알지? 우리 영화제 했을 때 도와줬던 사진광 형. 한승이 형이라면 그 사진을 좀더 정확히 확대해서 보여줄 수 있을 거 같았거든.

인석이가 한승이 형 얘기를 꺼내니까, 갑자기 그 끔찍했던 스티커 사진이 생각났다. 은미와 여러 명의 생명을 앗아갔던 그 원혼의 스티커 사진이. 한승이 형과는 그 사건을 이유로 가끔 연락을 했다. 그 사건으로 한승이 형도 그런 사진에 대해 좀더 공부를 했다는 얘기만 들었는데.

한승이 형은 영화제 준비를 하다 만난 사람인데, 사진 공부를 하기 위해 유학까지 갔다와서 지금은 사진 작가로 일하고 있었다. 한승이 형은 예술 사진을 잘 찍을 뿐만 아니라. 사진에 대한 기술적 지식이 전문가 이상이어서 그 스티커 사진 사건 때 나도 많은 도움을 받았다. 그런데 인석이도 한승이 형에게 도움을 청한 것 같았다.

인석이는 목이 마른지 남은 맥주를 단숨에 들이키고 얘기를 계속했다. 뭔가 불안한 듯 계속 주위를 두리번거리는 인석의 모습이 마음에 좀 걸렸지만, 얘기는 계속되었다.

한승이 형에게 도움을 청할 생각을 하고, 그 사진들을 지우지 않기로 결심했어. 좀 위험한 일이지만, 여기서 모든 것을 없앤다면 이 모든 의문에 대한 답을 찾는 걸 포기한다는 의미 같았거든. 그렇게 하기로 결심을 하고 창밖을 보니 어느새 동이 트고 있었어. 벌써 새벽 다섯 시가 넘어있었어. 거의 밤을 꼬박 샌 격이었어.

시간이 그렇게 지나간 것을 보니 갑자기 피로가 몰려오더라. 태어나서 그렇게 피곤하고 긴 밤은 처음이었어. 혹시 누군가가 들어올지도 모른다는 생각에 방문을 꼭꼭 잠가놓고 침대에 쓰러지듯 누웠어. 얼마나 피곤했는지. 정말 눕자마자 잠이 든 것 같아. 한 다섯 시간 정도를 잤을 거야. 아니, 악몽에 시달렸다는 말이 맞지.

내가 이제까지 봐왔던 온갖 잔혹한 사진들이 꿈속에서 나를 괴롭혔고, 내 주변에 나타나던 그 여자는 계속해서 나를 쫓아왔어. 결국은 내가 침대에 묶여 그 여자에게 온몸이 잘려나가는 장면에서 비명을 지르며 잠에서 깨어난 거야.

너무 끔찍했던 악몽이어서, 잠도 제대로 못 잔 거 같고 머리만 깨질 듯이 아팠어. 하지만 이 일을 해결하기 위해서는 가만히 있을 수 없었어. 몸을 일으켜 한승이 형에게 전화를 걸었어. 다행히 형은 스튜디오에 있더라. 급한 일이라고 좀 도와달라고 하니, 선선히 그 사진을 가지고 오라고 하더라. 형의 자신감 넘치는 목소리를 들으니 좀 마음이 놓였어.

사진과 사진 파일을 담은 집드라이브를 챙겨 가지고 나갔어. 저쪽 복도 끝에는 아직도 조사할 것이 남았는지 경찰들이 왔다갔다하더라고. 그 방 쪽을 보니, 어젯밤 그 끔찍했던 살인 현장이 떠올랐어. 나도 모르게 두려움으로 몸이 부르르 떨리더라.

엘리베이터를 혼자 타니, 갑자기 어디선가 그 여자가 튀어나올 것 같은 생각이 들었어. 대낮에 그런 생각을 하고 무서워하는 내 모습을 보니 한심한 생각마저 들더라.

복도를 나서다 보니, 경비실 쪽에서 뭔가 다투는 소리가 들렸어. 걸음을 멈추고 경비실을 들여다보니, 어젯밤 나를 찾아온 그 형사가, 나와 같이 시체를 발견한 경비 아저씨를 조사하고 있는 거 같았어.

그 경비 아저씨는 몹시 기분이 상했는지, 싸우듯이 언성을 높이고 형사에게 대들었어.

"나는 정말 아무 것도 모른다니까요! 아무도 왔다갔다한 사람이 없고, 받은 것도 준 것도 없어요! 당신도 알잖아! 왜 나를 그렇게 안 믿는 거야! 그런 식으로 나를 의심한다면, 나도 당신을 의심할 거야! 어떻게 보면 당신이나 나나 똑같은 입장이잖아! 안 그래?"

형사는 어제 나를 대할 때와 전혀 딴판인 흥분된 모습으로 그 경비 아저씨에게 소리를 치더라.

"그런 식으로 무성의하게 대답하지 말라니까요! 여기서 진상을 밝혀내지 않으면 다음 희생자는 당신이 될 수도 있소. 그러니 아는 것 있으면 모두 얘기하라니까요!"

경비 아저씨의 얼굴에는 좀 겁이 난 것 같은 표정이 스쳤지만, 지지 않으려는 기색으로 더욱 크게 소리쳤어.

"뭐라고? 다음이 내 차례라고? 지금 협박하는 거요? 만약에 내가 그렇게 된다면, 당신도 온전할 수 없을 거야! 형사면 다야!"

둘이 싸우는 얘기를 계속 들어봤자 아무런 소용이 없을 것 같아 현관을 나섰어. 두 사람은 싸우느라 내가 지나가는 것을 못 봤어. 형사의 그런 태도를 보니 좀 안심이 되었어. 좀 이상하게 들릴지도 모르지만, 나만 의심받는 거 같지 않았기 때문이야.

한승이 형에게 가다가 갑자기 그 형사의 행동에서 이해할 수 없는 점이 떠올랐어. 만약에 어젯밤 내 방에서 그 형사가 사진을 가져갔다면, 나에게 왜 아무런 조치를 안 했느냐는 것이지. 그 형사에게는 그 사진이 별 의미가 없어 보였는지, 아니면 그 사진을 가져간 사람이 그 형사가 아니었는지……. 답을 찾을 수가 없었어. 단지 내가 확신할 수 있는 것은, 내가 가진 이 사진이 이 모든 의문에 대한 답을 제공할 수 있다는 것이었어.

한승이 형은 오랜만에 찾아온 나를 반갑게 맞아줬어. 내 얼굴을 보고 무슨 일이 있었던 것을 알아챈 형은 내가 자리에 앉기가 무섭게 내 주변에 일어났던 일에 대해 물어보았어. 나는 그 여자를 보게 된 일부터 시작해서 모든 것을 얘기해 주었어. 나를 정신병자로 취급할지 모른다는 애초의 걱정과는 달리 형은 진지한 표정으로 내 얘기를 끝까지 들어주었어.

내 얘기가 끝나자, 형은 담배를 한 개비 꺼내 물며 일한이 네 얘기를 하더라.

"휴, 전에 일한이도 그런 사진을 들고 와 내게 부탁을 하더니……. 그때도 결국 아무 것도 밝혀내지 못 했는데… 정말 세상에는 불가사의한 일들이 많나 봐. 그런데, 인석이 네가 그런 일을 할 줄은 몰랐다.

내가 너에게 이런 충고를 할 입장이 되는지는 잘 모르겠지만, 그런 사진들을 팔고 사고하는 것으로 돈을 벌겠다는 것은 정말 위험한 생각이야. 사진은 신문 따위를 위해서 있는 그대로를 찍어내는 기능도 있지만, 사물을 좀더 아름답게, 의미를 부여해서 찍는 예술적 기능도 있는 거야. 그런데 네가 취급했던 사진들은 사진이 가지는 기능을 인간의 어두운 본성과 욕구를 충족하기 위해 악용하는 일이야.

휴, 내가 찍는 사진이 항상 아름답고 훌륭한 사진이라고 자신할 수는 없지만, 적어도 나는 인간의 아름다운 점을 부각시키려고 노력해. 대부분의 사진이 다 그렇지.

여하튼 일이 거기까지 갔다고 하니, 내가 도와줄 수 있는 일은 도와줄게. 대신 나와 약속은 하자. 앞으로는 더 이상 그런 사진을 취급하는 일들은 절대로 안 한다고. 인간의 말초적 감각을 자극해서 잔혹성을 일깨우는 그런 사진들은 이 세상에서 없어져야 돼. 그런 사진들은 포르노 사진보다 훨씬 악영향을 미칠 수 있는 사진들이거든. 아무튼 그 문제의 사진 좀 보자."

형의 말에 나는 부끄러움으로 얼굴이 화끈거렸어. 나는 가져온 그 문제의 사진들과 파일을 형에게 내밀었어.

형은 아무 말 없이 사진을 살펴보더니 심각한 표정으로 말했어.

"이 사진들은 정밀 조사를 해봐야 알겠지만, 그냥 보기에는 조작된 사진 같지는 않아. 무슨 얘기인지 알아? 어떤 미친놈이 진짜 이런 끔찍한 장면을 그대로 사진으로 찍었다는 거야. 어떤 악마 같은 놈이……."

나는 형에게 내가 발견했던 부위를 확대해서 좀더 깨끗하게 보여 달라고 했어. 작업실로 나를 데려간 형은, 그 사진을 모니터로 보고 확대해 봤어 내 컴퓨터로 본 것보다 훨씬 선명하고 또렷하게 볼 수 있었어.

거울에 비친 것은 사람의 얼굴이 확실해졌어. 하지만 어떤 얼굴인지는 뚜렷이 드러나지 않아 여전히 잘 알 수가 없었어.

형은 한참 컴퓨터를 조작하며 이리저리 검사해 보더니 얘기해 주더라.

"이 사진은 네 말대로 일반 카메라로 찍은 사진이라, 얼굴을 알아볼 정도로 선명하게 보기 위해서는 하루 정도 걸릴 것 같아. 그리고 내 나름대로 좀 조사해 볼 것도 있고 하니 내일 다시 올래? 그때까지는 내가 확실한 사실을 밝혀줄 수 있어."

형은 마치 자기 일인 것처럼 그 사진을 분석해 주기로 했어. 한 번에 사실을 알 수가 없어 좀 아쉬웠지만, 너무 고맙더라.

사진 분석이 끝나는 대로 연락을 주기로 하고, 형 스튜디오를 나섰어. 형은 작업실을 나서는 나에게 고뇌에 찬 모습으로 이렇게 말했어.

"나도 처음에는 이런 사진들을 취급하기 싫었어. 그리고 믿지도 않았지. 하지만 일한이가 예전에 가져다 준 스티커 사진이 내 사진에 대한 믿음을 송두리째 바꾸어버렸어. 사진은 결코 인간의 눈으로 보는 것만을 보여주는 것이 아냐. 때로는 저 건너편의 무언가를 보여주지. 그것이 암흑의 것인지, 광명의 것인지는 모르지만……."

형의 그 말은 내게 뭔가 찜찜함을 남겨줬어. 하지만 형이 뭔가 진실을 밝혀주리라 믿고 거기를 나섰어.

거리는 어느새 어둠에 싸여 있었어. 시계를 보니, 밤 아홉 시가 다 되었어. 오피스텔로 돌아오는 지하철에서 이런저런 생각을 했어. 한 가지 확실한 것은 이 일이 마무리된 뒤에는 절대로 그런 사진을 취급하지 않겠다는 거야.

너희들에게도 얘기하는데, 그 동안 나는 돈에 눈이 어두워 무엇이 옳고 무엇인 그른지 헷갈렸던 같아. 그 놈의 돈이 뭔지… 휴…….

오피스텔에 혼자 일찍 들어가기 싫어, 근처 포장마차에서 저녁 겸 술을 한잔 걸치고 들어가니 밤 열두 시가 넘었더라. 피곤한 몸에 술을 마셔서 그런지, 소주 한 병도 안 마셨는데 알딸딸하고 좀 취기가 돌더라.

경비실 안은 불이 켜져 있었지만, 경비 아저씨는 보이지 않았어. 엘리베이터를 기다리는데, 어디선가 '퍽! 퍽!' 하는 소리가 조그맣게 들리는 거야. 지하실에서 들리는 것 같기도 하고, 엘리베이터 안에서 들리는 것 같기도 하고 감이 잘 잡히지 않았어. 사실 어떤 소리인지 알 수는 없었지만, 뭔가가 내리치는 소리였어. 괜히 겁이 나더라.

엘리베이터가 내려오자 얼른 올라탔어. 문이 닫히니 그 소리는 들리지 않더라. 하지만 혼자 엘리베이터에 오르니 또 그 여자 얼굴이 떠오르는 거야. 엘리베이터 어디선가 나를 지켜보고 있는 것 같아 무서웠어.

너희들이 보면 비웃을지도 모르지만, 겁이 난 나는 엘리베이터 벽에 등을 붙이고 빨리 엘리베이터가 올라가기만을 빌었어. 한층 한층 올라갈 때마다, 지난번처럼 문이 열리고 그 여자가 그 무시무시한 모습으로 내 앞에 서 있을 것 같아 겁이 났어.

하지만, 그날은 다행히 아무 일도 없었어. 아무 일 없이 9층까지 올라온 엘리베이터의 문이 열리자, 나는 잽싸게 내렸어. 복도에 서서, 살인이 났던 복도 끝의 방을 보니 이제 더 이상 조사할 것이 없는지 아무도 없었고 불도 꺼져 있었어. 보이는 것은 출입금지를 나타내는 테이프뿐이었어.

그것을 보니 등골이 오싹해지더라. 도망치듯이 복도 반대편에 있는 내 방 쪽으로 뛰어갔어. 어두운 복도 구석에서 누군가가 내 뒷덜미를 낚아챌 것 같았어. 복도 주위를 돌아보며 떨리는 손으로 방 열쇠를 들었어.

그런데 이게 웬일이니. 분명히 낮에 잠그고 나간 방문이 스르르 열리는 거야. 그 순간 얼마나 겁이 나던지… 움직일 수가 없더라. 심장 박동이 갑자기 빨라지는 것이 느껴졌어. 심호흡을 하고 문을 열었어.

방안은 칠흑 같은 어둠에 싸여 있었어. 혹시 뭔가가 튀어나올지도 모른다는 생각이 드니 주먹에 힘이 가더라. 식은땀이 흘렀어. 벽을 더듬어 방안 전등을 켰어. 방안이 환해지는 순간, 나는 너무 놀랐어. 누군가가 방을 엉망으로 만들어 놓은 거야. 도둑이 들어왔는지, 책상이며 옷장 할 것 없이 안에 있는 것들이 다 꺼내져 있고, 온 방안이 뒤집혀져 있는 거야.

불길한 예감이 들어 책상을 보니 컴퓨터가 통째로 없어졌어. 그리고 문제의 사진들이 한 장도 남김 없이 다 없어진 거야. 내가 이제까지 모아왔던 잔혹사진과 자료들이 모두 없어졌어. 더욱 이상한 건 그것들 말고는 없어진 게 하나도 없는 거야. 없어진 것들이 그런 사진들이었으니 경찰에 신고할 수도 없었어.

혹시 경비 아저씨가 누가 왔다갔다한 것을 알지도 모른다는 생각에 인터폰으로 경비실에 연락했어. 그런데 자리에 없는지, 한참 신호가 가는데도 대답이 없는 거야. 나는 초조한 마음으로 인터폰을 들고 있었어. 갑자기 '딸각' 하는 소리와 함께 인터폰을 받는 거야.

나는 다급한 목소리로 인터폰에 대고 내 방에 누가 들어왔었다고 얘기했어. 그런데 이상하게도 인터폰 저편에서는 아무 대답이 없는 거야. 단지 '시… 식, 시… 식' 하는 귀에 거슬리는 낮은 신음소리만 들리는 거야. 나는 계속해서 경비 아저씨를 불렀지만 역시 아무런 대답이 없었어. 불길한 예감이 엄습했어.

그때였어. 인터폰을 통해 찢어질 듯한 처절한 단말마가 들리는 거야. 얼마나 끔찍한 소리였는지, 소리만으로도 그 비명의 주인공이 당하는 참혹한 고통이 눈에 보이는 것 같았어. 그 소리를 듣는 순간, 나는 너무 충격을 받아 움직일 수가 없었어. 인터폰은 누군가의 손에 의해 끊어졌어.

나는 본능적으로 복도로 뛰어갔어. 공포와 두려움이 뒤섞인 감정은 내 이성을 거의 마비시켜 버렸어. 단숨에 엘리베이터 앞까지 뛰어갔어. 숨을 몰아쉬며 엘리베이터 버튼을 눌렀어. 일층에 있던 엘리베이터는 고장이 났는지, 버튼을 눌렀는데도 움직일 생각을 안 했어.

잠시 망설이다가, 계단으로 뛰어내려가려고 하는 순간이었어. 기다렸다는 듯이, 한참을 일층에 서 있던 엘리베이터가 올라오기 시작했어.

그런데… 그런데 말야. 지금 그때를 생각해 봐도 참 이상해. 올라오는 엘리베이터를 보니, 그 엘리베이터를 꼭 기다려야 한다는 생각이 들었어. 그 다급한 상황에서도 뭔가에 홀린 것처럼 멍하니 올라오는 엘리베이터 층수만 보고 서 있었던 거야. 발이 바닥에 붙은 것처럼 움직일 수가 없더라.

엘리베이터는 5층, 6층, 7층… 천천히 올라왔어. 이윽고 '땡!' 하는 소리와 함께 내가 서 있는 9층에서 엘리베이터가 멈췄어. 그리고 문이 스르륵 열렸어. 엘리베이터가 열렸을 때, 나는 내 앞에 벌어진 광경을 보고 온몸이 얼어붙은 듯한 충격을 받았어.

엘리베이터 안 천장에 경비 아저씨가 두 팔과 한 다리가 잘려나간 채로 피를 뿜으며 대롱대롱 매달려 있는 거야. 경비 아저씨는 바로 내가 이전에 KillYou에게 받은 사진과 똑같이 처참하게 찢겨나간 모습이었어. 마치 그 사진 속에서 걸어나온 것처럼 너무 똑같았어. 단지 다른 것은 엘리베이터에 매달려 있다는 것이었지.

그런데 이상한 것은 처음 봤을 때는 심장이 얼어붙는 듯한 충격을 느꼈지만, 금세 침착해 지더라. 물론 두려움도 느꼈지만, 뭔가 이상야릇한 감정이 일었어. 뭐랄까… 항상 사진으로만 보던 것을 실제로 보면 더 좋은 느낌 있잖아?

비유가 적당한지는 모르지만, 여하튼 그때는 생각보다 여유 있게 대처한 거 같아. 하지만 다음 순간, 두려움보다 불안함이 느껴졌어. 이번에도 내가 시체를 발견했으니, 까딱하면 가장 유력한 살인범으로 몰릴 것 같았어. 생각이 거기까지 미치자 다급해지기 시작했어. 엘리베이터는 고장이 났는지, 문이 닫히지도 않고 움직일 생각도 안 했어.

우선 난장판이 되어 있는 내 방으로 돌아와 경찰에 신고했어. 방안은 발 디딜 틈도 없었지만, 뭐 하나 잘못 만졌다간 나중에 더 의심을 받을 것 같아 가만히 앉아서 담배를 꺼냈어. 나도 모르게 담배를 든 손이 떨리더라. 무서워서 그런 것이 아니었어. 내게 돌아올 의심이 두려웠던 것이지.

그때였어. 나 혼자 있는 방안에서 누군가가 나를 지켜보는 듯한 시선이 느껴졌어. 서늘하고 기분 나쁜… 어떻게 생각하면 그 느낌에는 익숙함도 포함되어 있어. 지난번에도 느꼈던, 바로 그 여자가 내 주변에 나타났을 때 느껴왔던 그 등골이 오싹한 느낌이었지. 자동적으로 시선은 방안을 돌아 창밖을 향했어.

순간, 나는 머리끝이 쭈뼛 서고, 손에 든 담배까지 놓쳤어. 창밖에는… 그 여자가 무시무시한 표정을 하고 나를 노려보고 있었어. 내가 더욱 무서웠던 것은, 그 여자가 머리 위부터 발끝까지 온통 새빨간 피를 뒤집어쓰고 있는 모습이었어. 소름 끼치는 그 여자의 모습에 나는 움직일 수도, 그렇다고 시선을 뗄 수도 없었어. 그 증오와 살기가 가득 찬 눈 속으로 빨려 들어가는 것 같았어. 어떻게 해서라도 이 방에서 뛰쳐나가고 싶었지만 몸이 말을 듣지 않았어. 정말 미칠 것 같더라.

얼마 동안 그 여자를 보고 있었는지 기억이 나지 않아. 내가 기억할 수 있는 것은 복도에서 발자국 소리가 들려오는 순간, 어느새 그 여자의 모습도 창밖에서 사라졌고, 나 역시 몸을 움직일 수 있게 된 것이지.

웅성거리는 소리와 발자국 소리들이 복도 쪽에서 들려오자, 나는 몸을 일으켜 복도로 나섰어. 뭔가에 홀린 듯한 느낌은 지울 수 없지만, 내가 급한 것은 나를 위협하는 귀신보다는 살인 누명을 벗어야 하는 것이었어.

복도로 나가보니, 경찰들이 모여서 엘리베이터에 매달려 있는 시체의 사진을 찍느라 부산을 떨고 있었어. 천천히 다가가면서, 내가 신고한 사람이라고 밝히자 경찰들이 다가와 쉴 새 없이 질문을 해대기 시작했어. 나는 내가 보고 들었던 것을 그대로 얘기했어. 물론 창밖에서 그 여자를 보았다는 얘기는 빼고.

그런데 경찰의 질문에 답하면 답할수록, 나를 보는 경찰들의 눈빛이 심상치 않게 느껴졌어. 내 말을 믿지 못한다는 눈치였어. 나도 모르게 필사적으로 내가 목격한 상황을 설명했지만, 경찰들은 노골적으로 나에 대한 의심을 드러냈어.

나중에는 화가 나더라. 그래서 나중에는 그렇게 나를 의심한다면 증거를 가지고 와서 나를 잡아가라고 소리 지르고 내 방으로 돌아왔어. 내가 그렇게 흥분한 모습을 보이자, 나를 심문하는 경찰들은 어안이 벙벙한 표정이었어.

방에 돌아와, 불안한 마음을 억누르며 차분히 생각해 봤어. 최대한 나 편한 쪽으로 생각한다 하더라도, 경찰 입장에서는 당연히 내가 가장 유력한 용의자로 보이는 거야. 한 가지 물증만 발견된다면, 나는 꼼짝없이 잔인한 이 연쇄 살인의 범인으로 몰리게 된 판인 거야. 그러다 보니 어질러진 방안이 눈에 띄었어.

그 사진이 없어진 것이 생각나자, 불안감은 금세 두려움으로 변했어. 누군가가 가져간 거라면, 내가 살인사건과 똑같은 사진을 가지고 있다는 것을 아는 사람의 소행이지. 그런데 도대체 누가 방문까지 뜯고 그것을 가져갔는지 감을 잡을 수 없었어.

그때 나로서는 도무지 풀 수 없는 문제였어. 생각하면 생각할수록 모든 일이 의문 투성이었어. 내게 남은 단 하나의 희망은 한승이 형이 그 사진을 통해 뭔가를 밝혀주는 것뿐이었어. 저절로 한숨이 나오더라.

그때였어. 누군가가 문을 세차게 두들기며 소리치는 것이 들렸어. 웬만하면 모른 척하고 혼자 있고 싶었어. 하지만 정말 문을 부서져라 두들기는 거야. 곧이어 '안 나와! 이 살인마 새끼야!' 하는 분노에 찬 목소리가 들렸어.

무슨 일인가 하고 어안렌즈로 내다보니, 어제 왔던 그 형사가 엄청 흥분한 모습으로 문을 두들기고 있는 거야. 나는 단지 목격자라는 얘기를 해주기 위해서 문을 열었지. 그런데 문을 열자마자, 그 형사는 성난 표정으로 방으로 뛰어들더니 다짜고짜 내 멱살을 잡고 소리를 치는 거야.

"이 새끼야! 네가 사람을 그렇게 죽인다고 우리가 겁먹을 줄 알아! 우린 네 생각처럼 그렇게 만만하지 않아! 허튼 수작을 부리면, 다음 차례는 네가 될 거야!"

그 형사는 어제의 침착했던 모습과는 전혀 딴판으로 살기 띤 표정을 한 채 씩씩거렸어. 나는 그 형사가 그렇게 흥분하는 이유를 도무지 알 수가 없었어.

"무슨 얘기를 하는 거예요? 나는 아무 짓도 안 했다니까요! 단지 무능력한 당신들이 못 잡은 그 범인이 갈기갈기 찢어놓은 시체만 발견한 것이라니까요!"

나도 화가 나서 한 마디 쏘아붙였어. 그랬더니 그 형사의 얼굴이 분노로 새하얗게 변하더니 온몸을 부르르 떠는 거야. 다음 순간, 그 형사가 휘두른 주먹에 나는 뒤로 나동그라졌어.

"네가 무슨 일을 해도 내 손아귀를 벗어날 수는 없을 거야! 여기서 죽어라! 살인마야!"

그러고는 권총을 꺼내, 쓰러진 나를 향해 겨누는 거야.

얼마나 당황하고 놀랐는지…….

다행히 달려온 동료 경찰들이 그 형사를 덮쳐, 총알이 내 머리를 뚫는 비극은 막을 수 있었어. 그 형사는 동료들에 의해 억지로 끌려 나가면서도, 계속해서 나를 향해 소리치는 거야.

"다음 번에 네가 먼저 사람을 죽이기 전에, 내가 먼저 너를 죽여 줄 거야! 반드시!"

그 형사가 끌려나가자 다른 경찰들은 황당한 표정을 한 채 내게 미안하다고 그랬어. 정의감 넘치는 그 형사가 살인마에 대한 맹목적인 분노를 엉뚱한 데 표출한 것일 뿐이라며 내게 용서를 구했어. 내가 그 형사의 행패를 확대시킬 것이 걱정되는지, 모두들 머리를 숙이며 사과했어. 하지만 나는 끌려나가면서도 흥분을 감추지 못한 그 형사의 얼굴이 다시 떠올랐어. 정말 나를 죽일 기세였거든.

그런데 그 형사는 살기와 더불어 뭔가를 두려워하는 듯한 느낌을 주었어. 마치 겁에 질린 자기 모습을 감추기 위해 더욱 과격한 행동을 하는 것 같은…….

괜찮다며, 경찰들을 내 방에서 내보냈어. 방을 나서던 경찰들은 어질러진 내 방을 의심스러운 눈길로 한 번씩 쳐다보며 나갔어. 그런데 방을 나서던 경찰들이 나누던 얘기가 내 귓가에 비수처럼 꽂혔어.

"박 형사 지난번에도 이러지 않았어?"

"그러게 말야. 한 이 년 됐지. 그때도 용의자를 거의 반죽음 만들었지. 그 용의자가 범인으로 판명됐으니 다행이지. 휴, 정의감도 지나치면 문제야."

그 얘기를 듣고 나니, 그 형사의 이상한 행동이 약간은 이해가 갔다. 잔혹한 살인을 하는 살인마에 대한 무조건적인 증오와 적개심을 가진 형사라……. 하지만 그 형사의 두려운 표정은 좀 이해가 되지 않았어. 어쩌면 그 잔혹한 살인을 무서워하는 것일지도 몰랐어.

여하튼 모두 빠져나가고, 다시 어질러진 방안에 혼자 남게되자 이런저런 생각이 들었어. 모든 것이 뒤죽박죽이었지만, 뭔가 실마리가 보이는 것 같기도 했어. 하지만 그 실마리가 무엇을 의미하는지는 아직 확신이 가지 않았어.

이 방 주변, 아니 내 주변을 맴도는 그 끔찍한 여인의 혼령,

KillYou라는 미친놈으로부터 온 기괴한 의뢰와 잔혹한 사진들, 그리고 연쇄적으로 발생하는 사진 속의 처참한 살인들……. 이 모든 것은 분명히 서로 연관성을 갖고 있는 것 같았어. 하지만 생각하면 할수록 그 의문을 풀기는커녕 더욱 복잡해지는 것 같았어. 도저히 답을 찾아낼 수 없었어.

나는 이 모든 것에 대한 해답을 한승이 형이 줄 사진 분석 자료에서 찾아내길 바라며, 지친 몸을 이끌고 침대에 누웠어. 침대에 누워서 그 생각만 하다가 잠이 들었어.

다음날.

간만에 그 여자 방해 없이 잠을 푹 자고 있었는데, 요란한 전화벨 소리에 놀라 잠이 깼어. 잠이 덜 깬 상태로 어질러진 방안에서 간신히 전화를 찾아내 수화기를 들었어.

한승이 형이었어. 형의 심각한 목소리를 듣는 순간, 나는 충격과 함께 잠이 확 깼어.

"인석아, 네가 준 사진을 분석해 봤는데… 이게 네가 원하는 답이었는지 모르겠지만, 나도 내 눈을 믿을 수 없다. 여하튼 만나서 얘기하자."

문을 나서는데, 아직도 복도에서는 경찰들이 왔다갔다했어. 내가 나타나자, 경찰들은 못 본 척 했지만 그들 사이에 풍기는 의심의 분위기를 알아차릴 수 있었어. 나 역시 경찰들의 심상치 않은 분위기를 애써 못 본 척하고 걸어나갔어. 계단으로 나가다 보니, 검붉은 피가 사방으로 튄 채 말라붙은 엘리베이터 안이 보였어. 어제의 그 참혹했던 경비 아저씨의 시체가 연상되니, 나도 모르게 온몸이 부르르 떨렸어.

오피스텔을 나서는데 기분이 묘하더라. 한편으로는 한승이 형이 나의 모든 의문을 풀어줄 것에 기대가 되기도 했지만, 그 답을 아는 것이 두렵기도 했어. 어떤 충격적인 사실을 알게 될지…….

지하철을 타고 한승이 형의 스튜디오를 가는데 자꾸 이상한 느낌이 드는 거야. 누군가가 나를 지켜보고 따라오는 듯한 기분 나쁜 느낌 말이야. 주위를 여러 차례 둘러봤지만 수상한 사람은 발견할 수 없었어. 괜히 내가 과민 반응하는 것으로 생각했어.

하지만 그 기분은 스튜디오로 가는 동안 느껴졌어. 그래서 스튜디오가 있는 건물에 들어가다가 휙 뒤를 돌아보았어. 그때 나를 지켜보던 수상한 두 사람이 눈에 띄었어. 그들은 갑작스럽게 내가 돌아서자, 애써 당황함을 감추며 시선을 다른 곳으로 돌렸어.

짧은 순간이었지만, 그들이 나를 지켜보고 있다는 것을 확신했어. 그들이 어디서부터 나를 따라왔고, 대체 그들이 어떤 사람인지는 전혀 알 수 없었어. 하지만 그 사실 자체는 내게는 너무 두려웠어. 형 스튜디오를 올라가는데 다리가 후들후들 떨리더라고. 그들은 경찰일까? 아니면 누굴까?

경찰이라면, 나는 심각하게 살인범으로 의심받는 것이었고, 경찰이 아니라면, 더욱 일이 심각해지는 것 같았어. 복도에 난 창문으로 밖을 내다봤는데, 역시 그 사람들은 건물 입구에 있었어. 속이 답답해지며 미칠 것 같더라. 아무런 잘못도 없는데 괜히 불안해지기 시작했어. 그래도 내게 무엇보다도 중요한 것은 한승이 형이 밝혀줄 수 있는 진실이었어.

스튜디오 문 앞에 서서 심호흡을 하고 문을 열고 들어갔어. 형은 밤새 작업을 했는지 피곤한 모습으로 20인치 모니터 앞에서 뭔가를 뚫어지게 바라보고 있었어.

형은 나를 보자 지친 표정으로 한 마디 했어.

"너 이 기괴한 사진, 정말 어디서 구한 거야?"

"전에 말한 대로 어떤 사람이 보내준 거예요. 그런데 형, 제가 어제 드린 사진 다 가지고 있죠? 어젯밤에 정말 골 때리는 일이 있었어요. 아니, 정말 끔찍한 일이었어요."

나는 형에게 전날 밤에 있었던 것을 모두 말해주었어. 사진들이 모두 없어진 거하며, 엘리베이터에서 발견된 경비 아저씨의 끔찍한 시체며, 그 시체가 두 번째 사진과 똑같다는 걸 모두 얘기해 주었어. 형은 도저히 믿을 수 없다며 고개를 절레절레 흔들었어.

"휴, 그런 일이 정말 일어났니? 믿을 수 없다, 믿을 수 없어. 하긴 이 사진도 믿을 수 없는 사실을 보여주고 있으니까."

형은 나를 옆자리에 앉히고 그 문제의 사진을 보여주면서 정말 믿을 수 없는 사실들을 얘기해 주었어.

"지난번에 일한이가 이상한 사진을 갖다주어서 찜찜하게 하더니, 이번에는 인석이 네가 그러는구나. 이런 사진을 조사할 때, 가장 먼저 하는 일은 이 사진이 조작된 것인가 아닌가를 알아보는 거야. 그것을 알아보는 방법은 여러 가지야. 아무리 컴퓨터가 발달하고 조작기술이 발달해도, 가짜 사진을 알아낼 수 있는 방법은 항상 있는 법이지. 딴 것은 몰라도 그것은 이제 내 전문분야가 되었어.

여하튼 이 사진은 진짜였어. 몇 가지 방법으로 테스트해봐도 이 사진은 가짜가 아니었어. 그리고 나서 이 사진의 시체 부분을 선명하게 확대해서 법의학 전공하는 친구에게 이메일로 보냈지. 시체가 진짜인지를 알아봐 달라고 했어. 다행히 그 자식이 별로 안 바쁜지, 오늘 아침에 답신이 왔어.

사진만으로 사실 유무를 정확히 알 수 없지만, 사진에 찍힌 시체는 마네킹이 아니라 진짜 사람일 확률이 높다는 거야. 결론적으로 말하자면 이 사진은 진짜고, 진짜 시체를 찍은 것 같다는 것이지.

그리고 내 나름대로 네가 부탁한 분석을 해 봤어. 자, 이 부분을 잘 봐. 네가 발견한 거울 부분이야. 거울에 비친 것을 확대하고 선명하게 하는 작업은 별로 힘든 일이 아니었어. 시간이 좀 걸려서 그렇지. 잘 봐, 이것이 네가 보고 싶은 것이었니?"

형이 확대시켜 준 것을 처음 봤을 때는 무엇인지 잘 알 수가 없었지만, 형의 설명을 듣고 보니 뭔지 알 수 있었어.

"여기를 잘 봐. 이 부분이 사람의 코야. 나도 처음에는 분간이 잘 안 가더라. 피범벅이 되어 있는 바람에."

형의 말대로 그것은 사람의 얼굴 일부분이었어. 하지만 얼굴 전체가 피범벅이 되어 있고, 코와 입 부분만 드러나 있어서 누구인지 알아 볼 수 없었어. 갑자기 온몸의 힘이 쫙 빠지고, 실망감이 몰려오더라. 여기서도 아무 것도 알 수 없다니…….

하지만 이상한 것은, 얼굴을 알아볼 수 없는 상태였는데도 왠지 모르게 눈에 익었어. 그러자 소름이 또 끼치더라.

형은 나의 실망스러운 표정을 읽었는지, 다시 한 번 모니터를 보라며 얘기를 계속했어.

"인석아, 나도 이 부분을 보고 좀 실망했어. 이 부분에 뭔가 있을 거 같았거든. 그래서 사진의 다른 부분도 내 나름대로 꼼꼼히 살폈어. 한두 시간 정도 살폈지. 특별히 이상한 것이 눈에 띄지 않아 포기하려 했어. 그러다 이 부분을 발견했지. 자 봐."

형이 확대해 준 부분은 사진의 윗부분이었어. 그러니까 시체의 천장 부분이었어. 하지만 내 눈에는 특별한 것이 하나도 안 보였어.

"별로 이상한 것이 눈에 띄지 않지? 하지만 이렇게 사진에서 색깔을 빼고 명암을 넣어봤어. 그러니까 좀 선명하게 보이더라. 자, 보이지?"

형이 조작을 하자, 그 천장 부분에 뭔가 시커먼 것이 희미하게나마 보이기 시작하는 거야.

"흔히 이런 부위는 사진 찍을 때 플래시가 터지면서 나오는 그림자일 경우가 많거든. 그런데 이 경우는 사진을 찍는 방향과 천장의 전등 방향을 보면, 그림자일 리가 없어. 그림자가 생길 방향이 아니거든. 그래서 뭔가 있다는 것을 확신했어. 다음에는 사진의 선명도를 극도로 높이고 부분부분 확대해 봤어. 그러니까 이런 모습이 나왔어. 휴……."

형이 보여준 사진을 보고, 나는 충격으로 움직일 수가 없었어. 그 검은 부위가 사람의 형체를 하고 있는 거야. 피투성이가 되어 있는 시체 위로, 사람 모양의 검은 형체가 떠 있는 거야. 얼마나 무섭던지…….

그런데 형의 작업은 거기서 끝나지 않았어.

"이렇게 반투명으로 찍힌 피사체는 선명하게 그 모양을 알아보기 힘들어. 그래서 편법을 썼어. 그 반투명 피사체를 불투명 피사체로 전환시키는 작업을 했지. 쉽게 얘기하면, 빛이 투과되어 선명하지 못한 피사체를 불투명하게 하고 마치 실제가 있는 것처럼 만들어 더 뚜렷이 보이게 하는 것이지. 쉽지 않은 노가다였어. 그렇게 해서 나온 것이 바로 이 모습이야. 나도 처음에는 내 눈을 의심했어. 그것의 모습을 알아보는 순간, 온갖 사진을 봐왔다고 자부하던 나 역시 소름이 쫙 끼쳤어. 그 섬뜩한 모습에……."

나도 형이 보여준 그 사진을 보고 온몸이 얼어붙는 듯한 전율이 느껴졌어. 그 시체 위 천장에 어떤 여자가 떠 있는 거야. 형이 집어넣은 색깔이 붉은 색이어서 그런지, 아니면 원래 색깔이 빨간지, 머리에서 발끝까지 핏빛을 띤 여자가 머리를 길게 늘어뜨리고 천장에 둥둥 떠있는 거야.

얼마나 소름끼치는 사진이었던지 숨쉬기가 힘들었어. 나는 떨리는 목소리로 형에게 물어보았어.

"한승이 형, 도대체… 이게 뭐죠? 이것이……."

"휴… 나도 잘 모르겠어. 어떤 사람들은 이런 것을 보고 심령사진이라고 하지. 나는 꼭 그렇다고 하지는 못하겠지만 정말 유령이나 귀신이 찍힌 것일지도 몰라. 지난 번 일한이가 가져온 스티커사진 중에도 이런 불가사의한 것이 찍힌 것이 있었거든. 그때도 그 정체를 밝혀내지 못한 채 어느 순간 사진만 사라져 버렸지. 일한이 그 자식 말로는 원한을 품은 원귀의 모습이 찍힌 거라고 하지만…….

어디선가 읽은 적이 있는데, 사람이 억울한 죽임을 당하면 그 원혼이 자기 몸에서 빠져 나와, 시체인 자기 모습을 보고 악귀로 변한대. 네 얘기를 들어보고 이 사진을 보니, 이 사진 속의 시체도 꽤나 고통스럽게 억울한 죽임을 당한 것 같아. 그렇다면 이 허공에 떠 있는 것은 시체의 원귀라 할 수 있지. 나도 원래 이런 얘기는 믿는 사람이 아닌데, 내 눈으로, 그것도 사진으로 보니 다른 말을 할 수가 없다. 너도 이런 것이 찍혔는 줄 알았니?"

나는 고개를 저으며 모니터에 보이는 그 오싹한 모습을 뚫어지게 보았어. 자세히 보니, 뭔가 마음에 걸리는 것이 있었어.

"형, 이것의 얼굴 좀 확대해 주시겠어요."

형은 내 말대로 그것의 얼굴 부위를 확대해 주었어. 점점 확대되는 사진을 보니, 그 소름끼치는 얼굴이 드러날수록 등골이 오싹해졌어. 이윽고 얼굴을 알아볼 크기로 확대되자, 나는 그 핏빛 얼굴이 익숙해 보였던 이유를 알아차릴 수 있었어. 그 사진 속의 얼굴은, 내 주변을 맴돌던 여자 귀신의 얼굴이었어. 충격으로 숨을 쉴 수가 없더라. 한승이 형이 어깨를 잡아 흔들 때까지, 아무 생각 없이 멍하니 있었어.

난 쉰 목소리로 형에게 물었어.

"형…이 사진에 찍힌 것은 정말 뭐죠?"

"그걸 나에게 물어보면 어떡하냐? 한 가지 확실한 건 이 사진에는 분명히 그 무엇인가가 찍혀있다는 거야. 그것이 뭔지는 몰라도……."

나는 그 사진을 보고 뭔가 생각나는 것이 있어서 형에게 한 가지 더 부탁했어. 어떻게 보면 좀 무례한 부탁일 수도 있었지만, 그때 나로서는 형이 단 하나의 희망이었어. 그리고 형에게 KillYou가 보내왔던 나머지 사진들을 프린트해 달라고 부탁했어. 내가 가지고 있던 사진들은 다 없어졌지만, KillYou가 보내왔던 사진들은 다행히 형이 가지고 있었거든.

나머지 사진은 두 장이었어. 하나는 엘리베이터에서 발견된 시체와 똑같은 사진이었고, 나머지 하나는 KillYou라는 미친놈이 제일 먼저 보내온 사진이었어. 이미 두 장의 사진은 실제의 살인사건으로 나타났고, 남은 것은 한 장뿐이었어.

형이 내가 부탁한 작업에 집중할 수 있도록 나는 그 사진을 들고 스튜디오를 나섰어. 스튜디오를 나서는 순간, 이제까지 잊어버리고 있던, 나를 미행하던 수상한 사람들이 생각났어. 하지만 별로 신경 쓰지 않았어. 아니, 솔직히 신경 쓸 여유가 없었어. 그때 내 머리 속은 그 여자 악귀의 모습과 이 모든 사건이 어떤 연관이 있냐는 해답을 찾는 것에만 집중되어 있었어.

지하철 안에서도 오직 그 생각만 했어. 쉽게 생각할 수도 있는 문제였어. 그 여자가 진짜 그런 식으로 끔찍하게 살해되고, 원한을 품은 악귀가 되어서 자기가 죽은 방식으로 잔인하게 사람을 죽여가는 거야.

그런데 왜?… 희생자들이 내 오피스텔에 있는 주변 사람들이냐고… 그리고 그 여자는 왜 내 주변에 나타나는 것이고……. 또 KillYou라는 놈의 정체는?

형은 조심스럽게 내 의문에 대해 이런 얘기도 해주었어.

"어쩌면, 어쩌면 말야, 네가 본 그 여자 원귀는 네 환각 속에서 존재하는 것인지도 몰라. 너는 이미 이 사진을 여러 번 봤어. 하지만 이렇게 감춰진 여자의 모습은 못 봤겠지. 그런데 네가 의식하지 못했지만, 잠재의식 중에 그 여자의 모습을 인식했을 수도 있어. 그 희미한 의식 속에서 그 여자의 모습을 계속 봐 온 거야. 실제로 그런 일이 발생하거든. 볼 때는 인식하지 못한 모습이, 데자부처럼 의식이 희미해질 때 보이는 경우가. 흔히들 꿈이나 잠들기 직전에 그런 모습을 볼 수가 있대. 너도 그런 경우에 해당하는지도 몰라.

물론 한승이 형의 말이 일리가 있을지도 몰라. 그 여자의 모습은 항상 내가 피곤할 때 나타났고, 그 모습을 보고 정신을 잃은 적도 여러 번 있었거든. 그렇지만 내가 환각을 봤을 거라고는 생각하지 않았어.

지하철 안에서도 그 수상한 사람들이 따라오는 것 같았지만, 별로 개의치 않았어. 나를 의심하는 경찰이나 형사라고 생각했어.

연쇄 살인이 일어나는 오피스텔로 들어가기는 죽기보다 싫었지만, 이 모든 의문을 풀기 위해서는 반드시 돌아가야 할 것 같은 생각이 들었어. 그리고 한승이 형의 전화를 기다려야 하는 입장이니 들어갈 수밖에 없었지.

주인 잃은 경비실은 덩그러니 비어 있었고, 엘리베이터는 작동이 중단되어서 걸어서 올라가야만 했어. 뒤를 돌아보니, 나를 따라오던 사람들의 모습은 더 이상 보이지 않았어.

수사가 대충 진행되었는지, 전날까지 북적대던 경찰들의 모습이 하나도 보이지 않고, 출입금지를 표시하는 테이프만 붙여져 있었어. 어두컴컴하고 아무도 없는 곳에 테이프만 덩그러니 붙여져 있는 것은 글자 그대로 음산함이었어. 당장이라도 어둠 속에서 뭔가가 튀어나올 것만 같은 불길함이 느껴졌어.

복도에는 아무도 없었어. 불꺼진 내방으로 들어와 불을 켰어. 방안은 난장판 그대로였어. 대충 자리를 잡고 스탠드를 켠 다음, 떨리는 손으로 가져온 사진을 꺼냈어. 처음 봤을 때도 그 끔찍함에 전율을 느꼈지만, 그때와는 느낌이 또 달랐어. 어쩌면 이 사진 그대로의 살인이 또 발생할지 모른다는 생각이 드니 더 무서워지는 거야.

그 사진의 모습은 다시 보기가 꺼려졌어. 사진에는 얼굴은 나오지 않고, 대상의 상체와 하체만 찍혔어. 벽에 세워놓고 찍은 사진 같았어. 얼마나 많은 곳을 찔렸는지, 온몸에 수십 개의 구멍이 나 있었고 피가 분수처럼 쏟아지는 장면이었어. 찌르고 나자마자 찍은 사진인지, 피가 쏟아지는 것이 적나라하게 사진에 찍혔어. 얼마나 잔인한 미친놈이 저지른 일인지 몰라도 사람을 아주 난도질해 놓은 거야. 그리고 사진을 찍고…….

이 사진을 찍을 때의 모습을 상상해 보니, 온몸이 부르르 떨리더라. 광기 어린 얼굴로 희생자를 사정없이 찔러놓고, 자신의 범죄를 음미하듯 사진을 찍고, 그 사진을 자랑스럽게 공개하는 그놈의 광기가 느껴지는 것 같았어. 그러다가 그 희생자가 여자라는 생각이 들자 불쌍하다는 생각도 들었어. 어디서 뭐하다 희생된 여자인지는 모르지만, 난데없이 이런 처참한 일을 당한 것이…….

나는 그 끔찍함에 구토를 느꼈지만, 꾹 참고 사진을 보면서 생각했어. 뭔가가 떠오를 듯 했어. 모든 퍼즐을 맞출 수 있는 단서가…….

그 순간 전화벨이 울렸어. 깜짝 놀라며 전화를 받았더니 한승이 형의 흥분된 목소리가 흘러나왔어.

"인석이니? 네가 부탁한 것 해봤더니, 휴… 세 사진 모두에서 그 여자의 모습을 발견했어. 하나 같이 증오와 분노로 가득 찬 무시무시한 모습이었어. 어쩌면 이 세 사진의 희생자는 그 여자 하나일지도 몰라. 잔인한 놈! 한 희생자를 한 번도 아니고 여러 번 그런 식으로 훼손하며 사진까지 찍어대다니… 그런데 또 하나 중요한 사실을 사진에서 알아냈어. 이 사진을 찍은 범인의 모습인데…….

형이 결정적인 얘기를 하려는 그때, 나는 등뒤에서 싸늘한 살기와 불길한 시선을 느꼈어. 형의 얘기를 들으며, 등뒤에 있을 것 같은 그 무엇의 정체를 보기 위해 몸을 돌렸어. 그런데…

뒤에서 나를 노려보고 있는 사람은 바로 전날 나를 폭행하려 했던 형사였어. 그는 미친 사람처럼 광기가 이글거리는 눈빛으로 나를 노려보고 있는 거야.

귀에 대고 있는 수화기 너머로 형의 얘기가 계속 들렸어.

"사진을 정밀 조사하다 보니, 그 끔찍한 일을 저지른 놈의 단서를 찾아낼 수 있었어. 그놈은……."

중요한 얘기를 하는 때였지만, 형사는 나를 가만두지 않았어. 다짜고짜 내게로 달려와 나를 쓰러뜨렸어. 들고 있던 수화기는 저쪽으로 내던져지고, 형의 '여보세요! 여보세요!' 라고 외치는 소리만 들렸어.

그 형사는 내가 뭐라고 말을 꺼내기도 전에 품에서 권총을 꺼내 나를 겨누는 거야. 그리고 형이 뭐라고 소리치는 전화기 선을 뽑아 버렸어.

나는 갑작스런 그 형사의 발작에 화가 났어.

"뭐하는 거예요? 당신!"

몸을 일으키며 소리쳤지만, 돌아선 그 형사의 눈을 보고는 그에게서 풍겨 나오는 살기에 등골이 오싹해졌어. 그의 그 광기 어린 차가운 눈빛은 어디선가 자주 접했던 익숙한 두려움이었어. 그 형사에게 화를 내려고 했던 나는, 그의 그 무시무시한 모습에 주춤할 수 밖에 없었어.

그 형사는 다시 한 번 권총을 든 채 나를 무지막지하게 때렸어. 나는 저항하려 했지만, 상대방이 권총을 들고 있어서 그냥 맞을 수 밖에 없었어. 간신히 그 형사를 밀쳐내고 정신을 차렸지만, 그는 씩씩거리며 총을 겨눈 채 아직도 나를 노려보고 있는 거야.

그런데 이상한 것은 그의 눈빛에 두려움이 담겨있는 거야. 곧 그가 흥분된 목소리로 소리쳤어.

"이 개새끼야! 오늘은 네가 죽을 차례야! 내가 그렇게 앉아서 당할 줄 알았어! 이 살인마 새끼!"

나는 그가 도대체 무슨 말을 하는지 이해할 수가 없었어. 단지 짐작할 수 있는 거라곤, 그가 나를 살인범으로 알고 죽이려고 한다는 거야. 전날 들은 것처럼, 용의자만 보면 이성을 잃고 폭력을 행사하는 열혈 형사라는 생각이 들었어. 처음에는 황당한 생각이 들어 어찌할 줄 모르다가, 거의 미친 것 같은 형사에게 간신히 말했어.

"무슨 얘기예요? 난 죽이지 않았다니까요! 도대체 무얼 가지고 이런 불법 행위를 하는 거예요!"

내가 절규하듯이 소리쳤지만, 그는 내 말을 무시하고 다시 나를 덮치듯이 다가왔어. 다시 한 번 나는 이번 살인과 아무 관계도 없다고 소리쳤어.

그는 나를 다시 공격하려다가, 발악하는 듯한 내 목소리를 듣더니 자리에 멈춰 서서 나를 물끄러미 바라봤어. 그러더니 품에서 뭔가를 꺼내 바닥에 던지면서 나를 보며 광기 어린 얼굴로 소리쳤어.

"이걸 보고도 그래, 이 새끼야! 네가 두 명을 죽였지만, 우리는 그렇게 만만하지 않아!"

나는 그가 던진 것이 뭔가 봤어. 그것은 바로 전날 내 방에서 없어진 잔혹사진 자료들이었어. 그 중에서도 KillYou가 보낸 사진들이었어. 나는 더욱 혼란스러워졌어. 도대체 이 사람이 왜 이렇게 흥분하는 것인지, 이 사람이 어떻게 이 사진들을 가지고 있는지, 상황 파악을 할 수가 없었어.

그는 총을 들어 정말 나를 쏠 자세를 취하고는 내게 떨리는 목소리로 물어 봤어.

"죽기 전에 솔직히 털어 놔! 어떻게 우린지 알았어? 엉?"

그의 말을 들으니, 더 황당해지더라.

그는 흥분해서 얼굴이 시뻘개졌고, 권총을 든 손이 바들바들 떨리기까지 했어. 언제라도 총알이 튀어나올 것 같아, 나도 모르게 온몸이 덜덜 떨렸어.

"아까부터 도대… 체… 무슨… 얘길 하는… 거예요… 나는… 안… 죽였… 다니까요!"

그는 권총을 내 목에 바싹 들이댔어. 권총의 차가운 감촉은 정말 소름끼치더라. 그러고는 흥분된 목소리로 소리쳤어.

"그러면 이 사진들은 어디서 구한 거야! 엉?"

"그것들… 은… 메일로… 받은… 거예요…"

"메일? 누구한테서?"

"KillYou라는 사라… 람… 으로부터요…"

KillYou라는 대답을 듣자, 갑자기 그 형사는 내 목에 들이댔던 권총을 빼더니 놀란 표정을 짓더라. 그러고는 확인하듯 다시 묻는 거야.

"KillYou라고 했나?"

"그렇다니까요! KillYou라는 미친놈이 보낸 거예요! 이번 사건의 범인은 아마 KillYou라는 놈일 거예요! 그놈이 보낸 사진대로 살인 사건이 일어나고 있다는 거예요!"

나는 그의 분위기가 좀 바뀐 것을 알아채고 필사적으로 얘기했어. 그런데 내 대답을 들은 그 형사의 표정이 묘하게 바뀌었어. 그러더니 정말 의외의 질문을 하는 거야.

"그러면… 혹시 너 Enjoy Killing과 관계 있어?"

이번에는 내가 황당해지더라. Enjoy Killing이라는 것은 내가 운영하던 그 잔혹사진 사이트 이름이거든. 그가 그걸 아는 것이 이상했어.

내가 사이트를 운영한다고 하자, 그 형사의 표정은 이상하게 일그러졌어. 나는 긴장을 풀지 않은 채 그가 갑자기 왜 그렇게 이상해지는지 살펴봤어. 뭔가를 생각하는 듯한 표정을 지으면서 차가운 미소를 띠는 거야.

나는 영문을 알 수가 없었어. 그는 뭔가를 깨달았다는 듯한 표정으로 다시 한 번 물어봤어.

"야! 너 정말 안 죽였어?"

"그렇다니까요! 나는 단지 그 사진을 받았을 뿐이라니까요!"

내 대답을 듣자, 그는 허탈한 웃음을 터뜨리는 거야. 그러자 나도 조금 안심이 되더라고. 그가 오해를 푸는 것 같아서……. 하지만 그것은 나의 착각일 뿐이었어. 다음 순간, 그는 권총을 겨누며 아무 말 없이 천천히 내게 다가왔어. 얼굴에는 미소를 띠고.

나는 와락 겁이 났어. 그의 미소 띤 얼굴을 보니, 이상할 정도로 소름이 끼쳤어. 아무 말도 하지 않고 웃는 얼굴이었지만 정말 무서웠어.

그가 권총을 겨눈 채 다가오자, 나도 모르게 목소리가 떨렸어.

"권총… 내려… 놓고… 뭐…를 원… 하는… 거예요? 말… 좀 해 봐요……."

내가 겁에 떠는 것을 보자, 그는 싸늘한 미소를 지었어. 얼마나 섬뜩한 미소였는지, 그 웃음을 보니 온몸에 소름이 쫙 끼치더라. 미소 끝에 그가 나지막히 한 마디 뱉었어.

"그랬구나. 재미있는 우연이야. 네가 Enjoy Killing의 운영자라니……."

처음에는 무슨 말인지 잘 알아들을 수 없었어. 아무튼 그 사람의 모습에서 나를 어떻게 할 것 같은 생각이 들었어, 하지만 내 가슴을 겨누고 있는 권총 때문에 어떻게 할 도리가 없는 거야.

그는 다시 한 번 권총을 내 머리에 겨누고 기분 나쁜 미소를 띤 채 얘기하는 것이었어. 난 그 얘기를 듣고 충격으로 몸을 가눌 수가 없었어.

"우리가 그 KillYou였거든. 우리가 보낸 사진을 받은 게 바로 네 놈이었구나. 하하!"

그러더니 갑자기 권총으로 내 뒤통수를 내리쳤어. 충격으로 머리가 멍해지더니, 다리의 힘이 풀리며 그대로 쓰러졌어. 희미해지는 의식 속에 그의 소름끼치는 웃는 모습이 보였어. 그 순간 그에게 느꼈던 두려움이 익숙했던 이유를 깨달았어. 그의 얼굴에서 풍기는 음산함은 바로 내가 수없이 많이 봐왔던 사이코 연쇄 살인자들의 미소에서 느꼈던 거야.

그의 기분 나쁜 미소가 시선에서 흐릿해지며, 주위는 어두워졌어. 의식을 잃기 전에 마지막으로 본 것은 그의 입가에 흐르는 이유 모를 탐욕스런 미소였어.

갑자기 코에 역한 냄새가 나면서 정신을 차리게 되었어.

눈을 떠보니, 내 방이었어. 몸을 움직이려다가, 내 몸이 자유스럽지 못하다는 것을 깨닫게 되었어. 주위를 둘러보니, 어느새 내가 결박당한 채 의자에 앉아있는 거야. 그 사실을 깨닫자 두려움이 몰려왔어.

그때 음산한 목소리가 들려왔어.

"정신 차렸나……."

목소리가 들린 쪽을 쳐다보니, 그가 기분 나쁜 미소를 띠고 나를 쏘아보고 있었어. 나는 고개를 흔들며 정신을 차리려고 애썼어. 몸을 뒤틀며 움직이려 했지만, 온몸이 꽁꽁 묶여 고개만 흔들 수 있었어.

"무슨 짓이에요!"

내 소리에 그는 대답 대신 빙그레 웃었어. 그 웃음은 지옥에서 나온 악마처럼 음산했어. 그러더니 말없이 손에 들고 있는 것을 들어 올렸어. 그의 손에는 날카로운 사냥칼이 들려 있었어.

난 본능적으로 위험을 느꼈어. 그리고 말로 표현할 수 없는 두려움이 느껴졌어. 짧은 순간, 내가 이제까지 생각 없이 봐오고 취급했던 잔혹사진들이 떠올랐어. 산 채로 팔다리가 잘려나가고, 내장이 튀어나오고, 사방으로 피가 튀는 시체들……. 그런 사진들이 현실의 공포로 다가왔어. 움직일 수 없으니, 도와달라는 비명을 지를 수 밖에 없었어. 하지만 덩그러니 메아리만 울릴 뿐이었어.

내가 비명 지르는 모습을 기분 나쁜 비웃음을 머금은 채로 바라보던 그가 천천히 말문을 열었어.

"아무리 소리쳐도 소용없을 걸. 알다시피 입주자는 없잖아? 그러고 보면 세상에는 참 이상한 우연도 많아. 네놈이 Enjoy Killing의 운영자였다니… 언젠가 그 운영자 놈을 잡아 손볼까 했는데, 이렇게 만나게 되네. 미안하네. 내가 결정적으로 착각한 것에 대해… 우리는 네 놈이 우리를 노리고 있는 줄 알았어. 그 사이코 컴퓨터 프로그래머하고 그 멍청한 경비 놈도 네가 손 봤는 줄 알았는데… 괜히 엉뚱한 놈 붙잡고 지랄한 셈이네."

"도대체 무슨 얘기하는 거예요? 이거나 풀어줘요! 경찰이 무슨 짓 하는 거죠!"

"이 아저씨 아직 아무 것도 눈치 못 채고 있는 거 아냐? 나, 네 말대로 경찰 맞지. 하지만 지금은 퇴근하고 취미 생활을 즐기는 중이지."

그 말과 함께 그는 징그럽게 웃는 거야. 그 웃음을 보니 소름이 쫙 끼치더라.

결국 그 처참한 시체로 발견된 그 두 사람은 이 형사 놈과 같이 난도질당한 그 여자의 사진을 찍었다는 거야.

그럼 이 연쇄 살인은 정말 악귀의 복수일지도 모른다는 생각이 들었어. 하지만 동시에 나는 그가 그 끔찍한 사진들을 보낸 KillYou라는 생각을 하니, 그놈이 나에게 어떤 짓을 할까 무서웠어.

"당신이 KillYou라면 그 사진들은?"

나는 조금이라도 말을 시켜 시간을 끌 생각으로 그놈에게 물었어. 그놈은 당장 나를 어떻게 할 생각은 아닌지, 담배를 빼어 물면서 자랑스럽다는 듯이 말했어.

"어땠어? 그 사진들? 죽여줬지? 내가 생각해도 그 사진들은 작품이었어. 걸작! 마스터피스! 우리도 그 작품을 만들어 놓고 감동했어. 벤헌가 뭔가 하는 영화를 만든 감독 놈이 그런 말을 했다며… 신이여, 우리가 진정 이 작품을 만들었습니까? 바로 그런 기분이었어!"

그놈은 미친놈처럼 지껄여댔어. 그 광기 어린 눈빛을 보니 미친놈 그 자체였어. 나는 계속해서 그놈을 치켜세우면서 시간을 끌 생각을 했어. 의문도 풀고…….

"그래요. 그 사진을 게시판에 올리니 사람들이 난리가 났어요. 다들 다음 사진을 기대하고, 어떤 천재가 그걸 만들었냐고 물어보고 그랬어요. 정말 좋아하는 것 같더라고요."

"그렇지? 내 그럴 줄 알았어. 네 사이트에 보내자고 한 것은 그 프로그래머 아이디어였지만, 그 사진을 만든 것은 거의 내가 한 일이었지. 그 여자를 우리 것으로 만든 것도 나였고, 그런 식으로 난도질하자고 한 것도 내 아이디어였어. 경비 놈은 그냥 보고 즐기기만 했어. 소심한 놈… 그렇게 될 줄 알았지."

그놈은 좀만 구슬리면 자기 자랑하는 데 정신이 팔릴 것 같았어.

"나도 그런 사진을 많이 봤지만, 당신네들이 만든 작품이 최고였던 것 같아요. 어떻게 그런 작품을 만들게 되었어요?"

질문을 던지면서, 나는 내 상황이 정말 황당하게 느껴졌어. 그런 미친 놈 앞에 묶인 채로, 기자가 무슨 예술가를 인터뷰하는 것 같았거든. 하지만 그놈은 자기가 정말 어떤 위대한 예술가라도 된 것처럼 신이 나서 떠들어댔어.

"나에게 그런 재능이 있는지 나도 몰랐어. 이 년쯤 됐나? 그때 어떤 용의자 놈을 심문하다가 화가 나서 족쳤지. 처음에는 그저 위협하는 정도로 몇 대 때렸는데, 그놈의 얼굴에서 피가 튀자 흥분되기 시작하는 거야. 피와 함께 살점이 튀고 그놈의 얼굴이 뭉개지는 걸 보니 쾌감도 느껴지는 거야. 그때까지 한 번도 느껴보지 못한 느낌이었지. 정말 짜릿했어. 휴……."

거기까지 얘기하던 놈은 그때의 느낌이 다시 떠오르는지 몸을 부르르 떨면서 얼굴까지 상기되는 거야. 그리고 묻지도 않은 얘기를 꺼내는 거야.

"그 쾌감을 찾기 위해 나는 뭔가 대상을 찾아야 했어. 그래서 찾아간 것이 병원 시체실이었어. 거기는 생각보다 시체를 들고 나오기가 쉽거든. 몇 번 시체를 가지고 나와 마음대로 난도질하고 때리고 잘라봤어. 재미있더구만.

그러다 보니 그 순간을 영원히 간직하고 싶더라고. 사진을 찍었지. 찍어 놓은 사진을 들고 다니며 시간 날 때마다 봤어. 그 사진을 볼 때마다 온몸이 쾌감에 휩싸이는 것 같았어. 내가 만든 그 훌륭한 사진들을 혼자만 즐기기에는 아까웠어. 그래서 남 몰래 인터넷에 올리고, 그런 것을 좋아하는 사람들을 만나게 되었지.

그러다가 같이 해보자고 모인 것이 우리들이었어. 마음에 드는 놈은 한 놈도 없었지만, 그래도 같이 하는 것이 더 훌륭한 작품을 만들 수 있기에 같이 작업했지. 시체보다는 진짜 살아 있는 사람을 가지고 즐기는 것이 더 좋다는 것을 그 분이 우리에게 가르쳐

준거야.

역시 죽은 것보다는 팔팔한 놈들이 최고였어. 꿈틀거리며 싱싱한 피를 쏟아내고, 겁에 가득 찬 그 얼굴들……. 정말 한 단계 높은 쾌감이었어. 한 명씩 돌아가며 작품의 소재가 될 사람을 구해오기로 했어. 프로그래머 놈은 그래도 순서에 맞게 지켰는데, 그 경비 놈은 한번도 제대로 지킨 적이 없었어. 그래서 거의 내가 구했지.

그 여자는 경비 놈이 찍어놨지만, 아무 짓도 못하고 있던 참이었어. 그걸 내가 채왔지. 그런데 그년은 그때부터 싹수가 좀 이상했어. 처음에는 보통 놈처럼 겁에 질려 정신을 못 차리더구만. 헌데 칼로 몸을 그어대기 시작하자, 고개를 숙이고 모든 걸 체념하는 것 같더라. 우리는 아무런 반응도 없어 기절한 줄 알고 실망했어. 좀 비명을 지르고 무서워하는 모습을 봐야 더 흥분이 되거든.

그런데 갑자기 고개를 든 그년의 얼굴은 예상 밖이었어. 무서워하기는커녕 우리 모두를 싸늘하게 노려보는 거야. 눈빛으로도 우리를 죽일 듯했어. 아마 그년이 보통 년이 아니어서 그런 훌륭한 작품이 나온 걸 거야. 앞으로도 그런 년 구하기는 쉽지 않을 거야.

그런데 너 이거 알아? 그년을 죽일 때 좀 이상한 기분이 들었어. 누군가가 천장에서 우리를 지켜보는 듯한 기분이었어. 좀 으스스하기도 했지만, 우리들 작품을 보여준다는 기분도 들어서 흐뭇하기도 했지.

그 얘기를 듣자, 나는 한승이 형과 같이 본 사진이 떠올라 머리끝이 서는 것 같은 느낌이 들었어. 피를 뒤집어 쓴 것 같은 그 여자의 끔찍한 모습이 생각나자 몸이 부르르 떨리기까지 했어.

하지만 더 심한 것은 그런 기분 나쁜 시선을 느끼면서 더 쾌감을 느꼈다는 그 형사 놈 패거리였어. 나는 그놈의 눈치를 살피면서 몇 가지 더 물어보았어.

"그러면 그 시체들은 다 어떻게 처리했어요? 한 구도 아니고 수십 구의 시체인데 어떻게 감췄어요? 모두 한강에 버렸나요?"

형사는 나를 가소롭다는 듯이 보면서 얘기했어.

"이봐, 그래도 내가 명색이 경찰인데, 그런 식으로 멍청하게 처리하겠어? 이 동네가 좋은 게 뭔 줄 알아? 개발이 한참 되고 있는 곳이기 때문에 항상 공사로 붐비지. 사방에 공사장도 널려있고. 그냥 콘크리트에 집어넣어 버리면 끝이야. 몇 십 년 뒤에 그 아파트나 건물들을 허물기 전에는 아무도 못 찾지. 이름하여 완전범죄지. 안 그래?"

그놈이 그 모든 것을 그렇게 자세히 얘기해 주자, 나는 다시 겁이 나기 시작했어. 자기 범죄 사실을 그렇게 다 털어놓는다는 것은 나를 살려둘 생각이 없다는 것같이 느껴졌어. 점점 절박해졌어. 지푸라기라도 잡는 심정으로 어떻게든 시간을 끌어야만 했어.

"그럼 그 동료 분들을 죽인 살인범은 누구예요?"

그 질문을 하는 순간, 나는 내 실수를 깨달았어. 그놈은 내 질문을 듣는 순간, 자만심 가득 찼던 얼굴이 순식간에 어두워지더니 뭔가를 두려워하는 모습이었어. 흥분되었는지 말까지 더듬었어.

"그건… 나도… 모르겠어. 난… 넌… 줄… 알았는데……. 그 사진과 똑같이 살인을 저지른 걸 보니, 범인은 그 사진을 본 놈이 확실해. 너를 통해 그 사진을 본 사람이 많다고 하더라도 우리들 관계를 아는 놈은 이 세상에 아무도 없거든. 그런데 너는 살인 현장마다 나타났고, 거기다 우리의 작품을 가지고 있었으니… 아무리 뭐라고 하더라도 내 생각에는 너야!"

"몇 번을 말해야 나를 믿어주겠어요? 나는 아니라니까요! 설사 내가 사진을 봤다고 하더라도, 어떻게 당신들 관계를 알 수 있느냔 말이에요! 난 아니에요!"

내 항변에 그놈은 잠시 혼란스러운 표정이었어. 자기도 생각해 보니, 범인이 나라는 것을 입증할 수 없었나 봐.

갑자기 그놈은 고개를 들더니 뭔가를 깨달은 것 같은 표정이었어. 그리고는 흥분된 목소리로 중얼거렸어.

"사진을 알고 있고, 우리의 관계를 아는 놈이 범인이라면… 설마 그 분이……."

거기까지 중얼거리던 형사는 두려워하는 모습이 역력해졌어. 그런 잔혹한 살인을 저지르던 그놈도 범인에 대해서는 무서워하는 것 같았어. 뭔가 범인에 대해 의심이 가는 것이 있는지 고개를 숙이고 잠시 뭔가를 생각하는 듯 했어.

나는 눈치를 보면서, 온 힘을 다해 결박을 풀고 있었어. 다행히 오른손을 묶은 결박이 좀 헐렁해지기 시작했어.

그때까지 가만히 있던 그놈이 뭔가 결심한 듯한 표정을 한 채 갑자기 고개를 번쩍 들었어. 나는 그놈의 얼굴을 보자 가슴이 덜컥 내려앉는 느낌이었어. 그놈의 눈에서는 다시 끔찍한 살기가 감돌고 있었고, 천천히 나를 향해 다가왔어.

"이제 남은 일을 할 시간이야. Party Time이지… 어서 끝내고 진짜 살인범을 찾아가야겠어. 내가 당하기 전에……. 너도 자랑스러울 거야. 내 훌륭한 작품이 되는 것이……."

그러더니 탐욕스러운 표정을 하고 날카롭게 빛나는 사냥칼을 드는 거야. 나는 필사적으로 몸을 비틀고 결박을 풀려했지만 줄만 헐거워질 뿐 여전히 움직일 수 없었어.

그놈은 나의 필사적인 움직임을 즐기듯이 바라보면서 소름끼치는 말을 했어.

“어떻게 잘라줄까? 이번 작품의 주제를 피로 할까, 내장으로 할까 고민이야. 네가 원하는 대로 만들어주지. 각오는 되었겠지? 훌륭한 작품을 만들기 위해서는 시간이 걸리거든. 그 동안 숨이 끊어지면 재미가 없거든. 아무리 괴로워도 자살 같은 건 안 해주었으면 해.”

그 말과 함께, 그놈은 광기 어린 눈을 빛내며 칼을 번쩍 들었어. 나는 이제 죽었다는 생각이 들더라.

그때였어. 그놈 뒤편으로 뭔가가 언뜻 보였어. 그 무엇을 처음 봤을 때는 정말 내 눈을 믿을 수 없었어. 그것이 뭔가를 깨닫는 순간, 죽음에 대한 공포보다도 그것의 모습이 더 무서웠어.

형사 뒤에 서 있는 것은 나를 그렇게 따라다니며 이 악몽으로 몰아넣은 사진 속의 그 여자였어. 온몸에 시뻘건 피를 뒤집어쓴 채 머리를 풀어헤친 모습은 정말 충격적이었어. 더 무서운 것은 그 여자의 섬뜩한 눈빛이었어. 그 눈빛으로 우리 쪽을 노려보고 있는 거야.

형사 놈은 나의 공포에 질린 눈이, 자기 때문인 줄 아는지 더욱 황홀해하는 표정을 하고 손에 든 칼을 높이 치켜드는 거야.

나는 공포로 떨어지지 않는 입을 간신히 뗐어.

“저 뒤에… 그 여자가…….”

그놈은 내가 무슨 얘기를 하는지 처음에는 잘 못 알아듣는 것 같았어. 그러다가 자기도 뭔가 이상한 느낌을 받았는지 뒤로 획 돌아보았어. 그러고는 그 여자를 보고는 ‘악!’ 하는 비명을 질렀어.

그 여자는 순식간에 그 놈 앞으로 다가와 뭔가로 목을 그었어. 형사의 목이 갈라지고 피가 분수처럼 튀기 시작했어. 형사는 피가 나오는 자기 목을 붙잡고 비틀거리며 그 여자로부터 필사적으로 멀어지려고 애를 썼어.

그 순간 나는 형사의 눈과 마주쳤어. 그때 본 극도의 공포에 질린 그놈의 눈빛을 나는 평생 잊을 수 없을 거야.

형사의 비틀거림도 잠시뿐, 그 여자가 앞에 서자 뭔가에 홀린 것처럼 움직이지 못하고 있었어. 그 여자는 형사의 손에서 사냥칼을 뺏더니 저쪽 어두운 구석으로 그놈을 끌고 사라졌어.

잠시 죽음과 같은 적막이 흘렀어. 나는 계속되는 심한 충격으로 아무 것도 생각할 수 없었어. 다음 순간, '푹! 푹!' 하는 기분 나쁜 소리가 계속해서 수십 번 들리는 거야. 그 소리는 무슨 고깃덩이를 칼질하는 듯한 소리였어.

나는 그 소리만 듣고 있어도 온몸에 소름이 쫙 끼치며 꼼짝할 수 없었어. 하지만 그때는 정말 가만히 있을 수 없었어. 다음 차례는 나 일지도 몰랐기 때문이야. 온몸을 비틀며 결박을 풀려고 했어. 느슨해진 결박 사이로 오른손이 자유로워졌어. 오른손으로 나머지 결박을 풀고 있는데, 그 '퍽! 퍽!' 하는 소리가 멈추었어.

나는 두려운 마음으로 시선을 그 벽 쪽으로 향했어. 이상할 정도로 어두워졌던 그 구석자리는 다시 밝아져 있더라고.

그런데 거기에 있는 것을 보고, 나는 심장이 얼어붙는 줄 알았어.

거기에는 그 형사 놈이 몸에 수십 개의 칼자국이 난 채 피투성이가 되어 혀를 빼물고 죽어있는 거야. 퀭한 눈에는 지옥을 본 것처럼 두려움이 가득 담겨있었어. 세 번째 사진과 똑같은 모습이었어.

결박을 풀다 만 나는, 갑자기 사라진 그 여자 악귀가 어디 있는지 주위를 둘러봤어. 그 여자는 형사의 참혹한 시체를 남겨두고 감쪽같이 사라진 것이었어. 정말 감쪽같이 없어졌어.

나는 딴 생각을 할 겨를도 없이 허겁지겁 결박을 풀었어. 그러다 나를 향해 쏟아지는 섬뜩한 시선이 느껴졌어. 그 느낌만으로도 나는 뼛속 깊은 곳까지 두려움이 느껴졌어. 나는 다리 쪽 결박을 풀던 것을 멈추고, 그 시선이 느껴지는 천장을 향해 고개를 들었어. 그리고 난 극도의 공포심으로 심장이 멎는 줄 알았지.

천장에는 그 여자가 한승이 형과 봤던 사진처럼 그 끔찍한 모습을 하고 나를 내려다보고 있는 거야. 너무나 무서웠어. 그 여자는 움직임도 없이 원한 서린 눈으로 나를 노려보고 있었어. 그 시선은 정말이지 날 옴짝달싹 못하게 할 정도로 섬뜩한 것이었어. 내가 할 수 있는 일은 바들바들 떠는 일뿐이었지.

천장에 떠 있는 채로 나를 바라보던 그 여자는 천천히 내 쪽으로 내려오는 거야. 나는 의자에서 일어나 도망쳐야겠다는 생각을 했지만 몸이 말을 듣질 않았어. 아직도 내가 묶여 있는 것 같더라고.

그 여자의 끔찍한 얼굴은 점점 내게로 다가왔고, 나는 정말 미칠 것 같았어. 그 여자 얼굴이 거의 내 얼굴에 닿을 듯 말 듯 다가왔을 때, 탁!… 난 간신히 의자를 박차고 일어날 수 있었어.

나는 미친 듯이 문 쪽으로 달려갔어. 하지만 웬일인지 문이 꿈쩍도 안 하는 거야. 잠겨 있지도 않은데 열리지가 않았어! 뒤를 돌아보니, 그 여자가 그 형사 놈을 갈기갈기 찢을 때와 똑같은 모습으로 서서 나를 노려보고 있는 거야.

그 눈은 '다음 차례는 바로 너야' 라고 말하는 것 같았어. 그 여자 옆에는 온몸에 난 수십 개의 구멍에서 피를 흘리는 형사의 시체가 서 있었어. 나는 그 여자를 보고 미친 듯이 소리쳤어.

"나는 아니야! 나는 당신 죽음에 아무런 책임이 없단 말야! 나를 그만 놔줘!"

정말 나도 미치는 줄 알았어. 목이 터져라 외쳤지만, 그 여자는 미동도 안 하고 나에게 똑같은 시선을 보내고 있었어.

그 순간, 갑자기 내 머릿속을 스치고 지나가는 것이 있었어. 그 여자가 처음부터 내 주변을 맴돈 이유가 뭘까. 그리고 한승이 형이 그 여자가 나온 사진들을 보면서 내게 해주었던 얘기가 생각났어.

"너 심령사진이 왜 생기는 줄 아니? 영혼이나 귀신 같은 것은 무슨 매개체에 달라붙는다고 하더라. 사진이 그 대표적인 예이지. 쉽게 말하면 사진에 찍힌 그 귀신은 그 사진 주변에서 맴도는 거야. 그래서 귀신 사진을 찍은 사람들은 항상 그런 귀신들을 목격하는 거고. 악마 사진을 찍은 사람들은 해를 입기도 한다고 하잖아. 마치 무서운 얘기를 많이 하는 사람이나 공포소설을 쓰는 사람 주변에 귀신이 모여든다는 얘기처럼.

예전에 날 가르치던 교수님 동생이 신부였는데, 그 신부를 찍은 사진에 악마의 눈동자들이 보였대. 그리고 다음날 이유도 없이 죽었고. 그런 불가사의한 일들은 정말 알게 모르게 발생하고 있거든. 그런 귀신이나 악귀가 찍힌 사진을 보면 수집하거나 보관하기보다는 그냥 태워버리는 것이 최고야.

이런 얘기는 좀 부끄러운 고백이지만, 나도 직업상 그런 사진을 보게 되면 일만 마치고 없애버려. 무섭지 않냐? 하긴, 일한이가 가져온 그 섬뜩했던 스티커 사진들은 자기 스스로 불타서 없어졌지만… 아마 네가 가져온 그 사진들도 그 여자의 원혼을 끌어들이는 작용을 하는지도 몰라."

한승이 형의 얘기가 생각남과 동시에, 그 형사 놈이 바닥에 내던진 그 여자에 관한 엽기적인 사진들이 눈에 띄었어. 내가 여기서 살아나가기 위해서는 어떡해서든지 그 사진을 없애야 할 것 같았어. 말도 안 되는 생각 같지만 그때는 정말 절박했고, 무슨 수를 써서라도 그 무시무시한 곳에서 빠져 나오고 싶었거든.

주머니에 손을 넣어 라이터를 꺼냈어. 그러고는 바닥에 떨어진 그 사진들을 들어 불을 붙이려 했어. 그 여자는 여전히 무시무시한 모습을 한 채 천천히 내게 다가왔어. 피투성이가 되어 있는 한 손에는 그 형사를 난도질한 날카로운 사냥칼이 쥐어져 있었고, 그 칼은 그의 피를 뚝뚝 떨어뜨리고 있었지.

그 모습에 기가 질려 사진과 라이터를 든 손이 덜덜 떨렸어. 손이 너무 심하게 떨려 라이터를 켤 수도 없었어. 몇 번을 시도했지만 라이터는 불꽃만 튈 뿐 켜지지 않았어. 그 악귀는 점점 내게 다가왔고, 당장이라도 나의 목을 딸 기세였어. 나는 그 여자가 다가오는 것을 보면서 불을 붙이려니 더 불을 못 붙이겠는 거야.

그 여자는 손을 뻗으면 닿을 정도의 거리까지 다가왔지. 그 끔찍한 모습을 바로 코앞에서 보니 차마 무서워서 제대로 볼 수가 없었어. 우선 머리에서 발끝까지 새빨간 피가 흐르고 있었고, 그 붉은 피를 뒤집어쓴 얼굴에 원망이 서린 섬뜩한 눈빛은 정말 똑바로 쳐다보면 안 될 것같이 무시무시했어. 너무 무서워지니까 무작정 눈만 감게 되더라.

더 이상 그 섬뜩한 모습을 보다간 무서워서 라이터를 못 켤 것 같았어. 눈을 감으니까 내 심장 고동소리가 너무 크게 들리는 거야. 다시 한 번 정신을 집중하고 라이터를 켜봤어. 눈을 떠보니 이번에는 불꽃이 솟아올랐어. 불꽃 너머로 그 여자 원귀의 모습이 보였어. 떨리는 손으로 사진을 라이터에 갖다댔어.

그 사진들은 순식간에 타오르기 시작했어. 나는 손이 뜨거워지는 것도 모르고 활활 타오르는 사진을 들고 있었어. 그러고는 그 불타는 사진을 바로 앞까지 다가온 그 악귀에게 던졌어.

그런데 이게 웬일이니. 사진과 함께 그 여자에게 불이 옮겨 붙어 삽시간에 활활 타는 거야. 그 여자 원혼의 몸에 기름이라도 발라져 있는 것처럼 순식간에 불이 붙는 거야. 나는 그 광경에 충격을 받아 멍하니 바라보고만 있었어.

그런데 그때 내 눈은 불 속에서 사그라지는 사진과 함께 서 있는 그 여자의 눈과 마주쳤어. 아마 평생 그 모습을 잊을 수 없을 거야. 불이 활활 타오르는데도 아무런 동요 없이 나를 노려보고 있기만 하는… 한없이 가득 찬 분노와 증오를 담은 그 눈… 그러고는 불꽃과 함께 그 여자 모습은 사라졌어.

그렇게 활활 타던 불은 언제 그랬냐는 듯이 말끔히 사라졌어. 그 여자도 없어졌고.

나는 자리에 힘없이 주저앉았어. 내 건너편에는 자기의 죄 값을 받은 듯이 참혹하게 죽어 있는 형사의 시체만 덩그러니 서 있고… 무엇을 어떻게 해야 할지 잘 모르겠더라. 그때는…….

내 발치에는 그 여자가 들고 있던 피묻은 사냥칼이 놓여 있었어. 나도 모르게 그 칼을 들었어. 한참을 멍하게 그 피묻은 칼을 보고 있었어. 지금 생각해 보면, 그때 나는 그 칼을 보면서 자살을 생각하고 있었던 것 같아. 그 칼로 내 목을 그어버리고 싶은 충동마저 느끼고… 그 경험이 내게는 견딜 수 없는 충격이었던 것 같아.

하긴 너희들도 만약 그런 경험을 하게 된다면 어쩔 수 없었을 거야. 정말 뭘 어떻게 해야 할지 모르겠더라. 내가 목격한 이 사건들을 과연 사람들이나 경찰이 믿어줄지 의문이었어. 아무도 믿지 않을 것이 분명했거든. 사실 나라도 믿지 않을 테니…….

얼마를 우두커니 앉아 있었는지 기억이 안 나. 단지 기억나는 것은 창밖으로 해가 뜨는 것이 보였다는 거야. 밤을 샌 것이지. 햇살이 얼굴에 비치자, 이대로 있어서는 안 될 것 같다는 생각이 들었어. 아무 생각 없이 방을 나섰지.

그리고 하루 종일 길거리를 아무 생각 없이 돌아다녔어. 그런데 돌아다니면서 보이는 모든 사람들이 다 무섭게 보이는 거야. 다들 가슴 속 깊은 곳에 그 형사 놈 같은 잔혹하고 악마적인 본성을 숨기고 있는 거 같았지. 나 역시 그들과 똑같아 보였고… 모든 걸 잊고 싶었어, 정말…….

그렇게 돌아다니다가 너희들이 떠올랐어. 너희들이라면 내 얘기를 믿어주진 않아도 들어줄 수는 있을 것 같았어. 그래서 너희들에게 만나자고 한 거야. 그게 어제 일이야.

긴 얘기를 마친 인석은 목이 마른지 다시 맥주를 들이켰다. 나와 성준이는 충격에 멍해 있었다. 난 잠겼던 목소리를 가다듬으며 인석이에게 물어봤다.

"그럼 넌 어제 이후로 그 일이 어떻게 되었는지 모른다는 거야?"

인석이는 모든 것을 체념한 표정을 지으며 힘없이 대답했다.

"그래, 어제 아침에 뛰쳐나온 뒤 뭐가 어떻게 돌아갔는지 아무 것도 몰라. 한승이 형에게는 한 번 전화를 해봤지만, 밖에 나갔는지 전화를 안 받더라."

성준이는 믿을 수가 없다는 어조로 인석에게 말했다.

"그런데 난 좀 못 믿겠다. 왜냐하면 그 정도의 엽기적인 연쇄 살인 사건이 정말 일어났다면, 신문이나 방송에 난리가 났을 텐데. 거기에 대해선 한 줄도 안 났거든……. 그게 좀 이상하다."

성준의 말을 들으니, 정말 그런 것 같았다. 진짜 인석이의 말이 사실이라면 사건도 보통 큰 사건이 아닌데, 너무나 잠잠했다.

인석이는 그 말을 듣고 고개를 끄덕거리며 대답했다.

"그래, 그것은 나도 이상했어. 살인 사건이 발생했을 때부터 생각했는데, 이상하게도 방송이나 신문에는 아무 얘기가 없는 거야, 안 그래도 한승이 형도 그 얘기를 하더라. 그런데 솔직히 나도 그 이유를 모르겠어, 하지만 확실한 것은 내가 본 것은 정말 사실이라는 거야, 하늘에 대고 맹세할 수 있어."

인석이는 단호하게 대답했다.

우리 사이에는 어색한 침묵이 흘렀다. 나는 마음속으로는 인석이를 믿고 싶었다. 사실 나도 비슷한 경험을 한 적이 있고, 인석이가 이렇게 터무니없는 거짓말을 할 놈도 아니었기 때문이었다.

하지만 한편으로는 너무 황당해서 믿기가 힘들었다. 실제로 그런 참혹한 사진들을 올려놓은 사이트들이 있다는 것과 일부 호기심 많은 청소년들이 그런 사이트를 찾아다닌다는 것은 알고 있었지만, 그런 얘기들은 전부 먼 나라 얘기처럼 들렸기 때문이었다. 정말 공포영화에서나 나올 만한 얘기처럼 들렸다.

성준이는 표정으로 봐서 인석이의 말을 전혀 안 믿는 것처럼 보였다. 인석이는 그런 우리 분위기를 눈치챘는지 체념조로 얘기했다.

"휴… 너희들도 믿어주질 않는구나. 하긴 나라도 그런 얘기는 못 믿겠다. 그래도 고마워. 너희들에게 다 얘기하고 나니까 속이라도 후련하다. 기분이 한결 나아졌어."

인석이의 초췌한 얼굴을 보니, 안되었다는 생각이 들었다. 사실 걱정도 되었다.

"그러면 이제부터는 어떻게 할 생각이니? 그래도 경찰서에 가서 네가 목격한 얘기를 해줘야 할 거 같은데… 안 그러면 정말 살인범으로 몰릴 것 같아. 지금 당장이라도 경찰서에 찾아가 믿든 안 믿든 모든 것을 털어놓는 것이 좋을 것 같은데……."

인석이는 내 말을 듣고 땅이 꺼질 듯한 한숨을 내쉬었다.

"네가 경찰이면 이 말을 믿어주겠니? 사진 속의 귀신이 현실에 나타나서 사람을 죽이고 형사까지 죽였다는… 휴… 그리고 이제 더 이상 내가 경찰을 찾아갈 필요도 없겠다. 저기 벌써 나를 데리러 온 것 같네."

인석이는 문 쪽을 보면서 담담하게 말했다. 문 쪽에는 인석이가 말한 것처럼 형사로 보이는 사람들이 우르르 들어와 우리 쪽으로 걸어오는 것이었다. 인석이는 도망칠 생각도 없는지 그냥 앉아서 맥주를 들이켰다. 그 사람들은 우리 테이블을 둘러싸더니, 인석이를 보고 말했다. 그 사람들은 무슨 이유에선지 인석이를 두려워하는 것 같았다.

"조인석 씨죠? 경찰서에서 나왔습니다. 같이 가시죠. 이유는 아시죠?"

인석이는 말없이 고개를 끄덕였다. 다혈질인 성준이는 그 분위기에도 아랑곳하지 않고 항의조로 경찰에게 맞섰다.

"아니, 무슨 이유로 이 친구를 연행하는 거요? 체포영장이라도 가져온 거예요?"

성준의 질문에 형사 중 한 사람이 품에서 뭔가를 꺼내며 차갑게 대답했다.

"여기, 체포영장입니다. 조인석 씨는 김철수, 장석원, 박지석의 살인 용의자로 검거되는 것입니다. 자, 수갑을 차시죠."

인석이는 정말 범인인 것처럼 고개를 숙이고 아무 말 없이 수갑을 찼다. 그러고는 우리 쪽을 돌아보지도 않고 형사들에게 끌려갔다.

나와 성준이는 너무 갑작스럽게 일어난 상황에 당황해하며 멍하니 보고만 있었다.

술집을 나가기 직전, 인석이는 우리를 돌아다봤다. 인석이의 눈은 모든 것을 포기한 자의 눈 같았다. 하지만 나는 그때 왠지 인석의 무죄를 확신했다. 그런 마음이 들게된 이유는 알 수 없었다.

성준은 성이 안 차는지, 아까 체포영장을 들이대던 형사를 붙잡고 따져 물었다.

"도대체 무슨 증거로 이러는 거예요? 저 친구가 살인을 했다는 증거가 있어요?"

그 형사는 기가 차다는 듯이 우리를 돌아보더니 싸늘한 어조로 대답해주었다.

"증거가 있냐고요? 이봐요, 당신 친구는 살인 현장에 온갖 증거를 남겼소. 마치 내가 범인이니 잡아가시오 하는 것처럼. 자세한 것은 나중에 법정에서 들어보세요. 아마 사형선고 받을 거요. 세상에 사람을 그렇게 죽이다니… 그것도 경찰까지…….”

그렇게 말하고 나서 그는 더 이상 우리를 상대할 가치도 없다는 듯이 휙 돌아서 술집을 나갔다. 나와 성준이는 어찌할 바를 모르고 서로의 얼굴만 바라보고 있었다. 성준이가 내게 물었다.

“그 자식, 정말이었을까?”

“나도 솔직히 모르겠다. 하지만 인석이 그 자식이 살인을 저질렀을 리가 있냐?”

“그래도… 그 자식 좀 이상해 보였잖아? 그런 사진을 취급하는 것 봐도…….”

성준이는 인석이가 무죄라는 것에 대해 확신이 없는 것 같았다. 나도 겉으로는 인석이가 무죄라고 얘기했지만, 상식적으로 귀신이 그 사람들을 다 죽였다는 것은 납득하기 힘들었다. 내가 이 정도니, 경찰이 믿어줄 리가 만무했다.

그래도 가만히 있을 수는 없었다. 나는 한승이 형에게 전화를 하기로 했다.

전화로 인석이 얘기를 꺼내자, 한승이 형은 기다렸다는 듯이 내게 충격적인 얘기를 해주었다.

“인석이랑 전화하다가 갑자기 끊긴 이후로 연락이 안 되더라. 그렇잖아도 걱정하고 있었는데… 결국은 그렇게 됐구나. 다른 것은 모르겠지만, 인석이가 맡긴 사진들은 진짜였어. 그 여자 모양의 괴기한 형상도 정말로 나타났어. 그리고 인석이에게 얘기해 줄 것이 있었는데…….

인석이 부탁대로 거울에 비친 그 얼굴 주변을 더 확대해봤어. 인석이 추측이 들어맞았어. 수십 배 확대하고 선명하게 하니, 거울에 비친 것은 그 시체의 얼굴뿐 아니라 다른 것도 있었어, 바로 그 사진을 찍은 사람의 얼굴이지. 카메라에 가려져 전체 얼굴이 나오지는 않았지만, 얼굴의 부분만으로도 그 사람이 누군인지를 짐작할 수 있겠더라……."

한승이 형이 얘기해 준 범인의 정체는 정말 믿을 수 없었다. 정말 믿어지지가 않았다.

나는 멍하니 수화기를 내려놓았다.

한승이 형은 필요하다면 법정에 출두해 증언하겠다고 했다. 하지만 나는 한승이 형의 증언이 인석이에게 얼마나 도움이 될지 확신할 수 없었다. 잘못하다가는 인석이가 그런 참혹한 사진에 광적인 흥미를 가진 사람으로 비칠 위험도 있는데다가, 아무리 귀신 같은 것이 보인다 하더라도 판사가 그것을 조작되어 있지 않은 실제 사진으로 받아들일지도 의문이었다. 도무지 방법이 없어 보였다. 더구나 인석이가 잡혀가는 모습을 보니, 스스로가 무죄를 항변하는 것을 포기한 사람으로 보여 가망은 더욱 없어 보였다.

자리에 돌아와 보니 성준이가 심각한 표정으로 연신 담배를 태워댔다. 성준의 표정도 밝지 않았다.

"야, 일한아, 난 아무리 생각해봐도 그 자식 좀 이상해. 정말 그런 일이 일어났겠어? 귀신이 사람을 죽이고 다니고……. 너 전화하는 동안, 인석이가 했던 얘기들을 곰곰이 생각해 봤는데… 대충 이렇게 추리가 되더라.

우선 인석이가 범인이라고 가정하자. 인석이는 그런 사진들을 취급하다가 그런 사진에 병적으로 집착하게 되었어. 그러다 살인을 하게 되었어. 그 대상이 KillYou가 보내왔다고 얘기한 사진 속의 여자야. 그러니까 애초부터 KillYou라는 놈은 없었던 거야. 인석이 혼자 살인하고 사진을 찍은 것이지. 공범이 있었을지도 모르지만…….

그리고 어떤 이유에선가 그 같은 층에 사는 컴퓨터 프로그래머를 죽였어. 자기가 만든 두 번째 작품이지. 그렇다면 왜 이미 자기가 만든 사진과 똑같은 사진을 찍냐고? 이렇게 이해하면 되지. 원래 예술가나 뭔가 창조를 해야 하는 사람들은 더 좋은 작품을 만들기 위해 똑같이 생긴 것을 여러 번에 걸쳐 만들잖아. 자기 마음에 드는 것이 만들어질 때까지…

인석이 그놈도 그런 심리상태였다고 생각해보자. 그러다가 경비 아저씨가 인석이에게 뭔가 석연치 않는 점을 발견했을 거야. 인석이도 그랬잖아. 그 경비 아저씨와 같이 시체를 목격했다고. 그때 뭔가 의심받을 짓이나 물건이 경비 눈에 띄었을 거야. 그러다가 그 경비가 경찰의 심문을 받는 것을 보고 위기감을 느껴 살해한 거야.

그리고 마지막으로 그 형사지. 인석이 말에 따르면 그 형사는 글자 그대로 '살인범을 극도로 싫어하는 사람' 이었다고 치자. 그렇다면 그 형사는 유력한 살인 용의자로 생각되는 인석이를 가만 놔두었겠니? 몇 대 때리고 윽박질렀겠지. 그러니 그 형사가 자기를 의심하다고 생각한 인석이가 네 번째 살인을 저지른 거고… 어때, 이 정도면 그럴듯한 추리 아니니?"

나는 성준의 말을 듣고 내심 놀랐다. 솔직히 나도 비슷한 생각을 하고 있었지만, 설마 하며 부정하고 있던 것이었다.

"그러면, 인석이가 봤다던 그 여자 원귀는 어떻게 된 거야?"

"그건… 사람을 그렇게 죽였는데 일말의 양심의 가책도 안 느꼈겠니? 그 가책에 시달리다 환영을 본 것일 수도 있잖아. 아니면, 그 귀신을 목격한 얘기는 진짜일 수도 있고."

"그렇다고 해도 한승이 형이 검증한 사진은 진짜라는데… 그런 것은 인석이가 조작할 수가 없잖아."

"그게 있었구나. 그것도 그래. 인석이가 그 여자를 죽여놓고 사진을 찍었는데, 거기서 이상한 것을 발견한 거야. 그래서 한승이 형에게 분석을 의뢰한 것일 거야. 생각해봐, 자기가 죽인 사람의 사진에 이상한 것이 보인다면 얼마나 겁이 나겠냐… 그걸 알아보려고 맞긴 게 아닐까?"

성준이의 논리는 조금 황당한 것 같았지만, 다른 한편으로는 나름대로 일리가 있어 보였다. 나는 성준이와 헤어지면서 한마디했다.

"나는 솔직히 인석이가 그런 짓을 했다고 믿고 싶지가 않아. 그래도 친구인데… 한번 알아볼 생각이다. 우리가 모르는 진실에 대해… 만약 인석이가 정말 무죄라면, 내가 진실을 밝힌다면 자연히 인석이는 풀려날 것 아니니."

나는 잡혀가던 인석의 얼굴이 며칠 동안 떠올라 일을 제대로 할 수가 없었다.

인석이는 살인범으로 기소되어 빕징에 시게 되었다. 나는 혹시나 하고 인석의 변호를 맡은 변호사를 찾아갔다. 유능해 보이는 변호사였지만, 인석이에 대해서는 별로 자신이 없어 보였다.

"저도 간신히 인석 씨에게 모든 얘기를 들었습니다. 솔직히 믿을 수 없더군요. 하지만 변호사의 의무를 다하기 위해 백방으로 알아봤습니다. 우선 한승 씨라는 사진 작가에게서 받은 그 사진 속 여자의 신원을 파악해 봤습니다, 간신히 찾아내긴 했지만, 그리 도움은 되지 않을 것 같습니다.

그 여자는 인석 씨가 살던 오피스텔 3층에 입주해 있던 김주영이라는 여자였는데, 실종신고가 되어 있는 상태입니다. 소설가라고 하더군요. 이 개월 전에 실종신고를 받았지만 아직 못 찾고 있답니다. 시체라도 발견됐다면 모르겠지만, 지금 상태에서는 법정에서 아무 것도 증명할 수 없게 되었습니다. 아직도 그녀의 종적을 찾고 있지만, 가망은 없습니다.

아, 그 여자 쌍둥이 동생이 있던데, 그 동생 말로는 김주영이라는 여자는 소설 쓴다고 가끔씩 연락도 없이 사라진다는 것입니다. 그래서 실종신고는 해놨지만 곧 돌아올 것이라며 걱정도 안 하고 있더라고요.

인석 씨 말대로 그 지역에는 병원에서 시체가 없어지고 실종자들이 급증하는 일이 있었지만, 그 사건들이 이 살인사건과 연관된 것이라고 증명할 수도 없습니다. 그리고 증명할 수 있다고 하더라도, 잘못하면 인석 씨가 그 죄까지 뒤집어쓸 수도 있는 상황입니다.

그렇다고 인석 씨 말만 믿고, 그 지역에 세워진 수십 개의 빌딩들을 모조리 부숴서 그 시체들을 찾을 수도 없는 거고… 또 아무리 찾아봐도 그 살해당한 세 명이 서로 모여서 그런 끔찍한 일을 했다는 증거는 찾을 수도 없고요.

힘든 사건이네요. 사진 작가가 보내준 그 사진들을 봤지만, 도저히 믿을 수가 없어요. 그냥 사진이면 모를까, 우리가 제시할 수 있는 것은 한승 씨가 컴퓨터를 통해 걸러낸 것이라 법정에서 증거로 채택될지 의문입니다. 채택된다 하더라도 판사가 그 황당한 얘기를 믿어줄 리 없습니다. 그러니 한승 씨가 밝혀냈다는 범인의 모습 역시 공개했다가는 사건을 악화시키고 무고죄까지 뒤집어쓸 수 있습니다.

게다가 검찰이 제시할 증거들이 너무 명백합니다. 살해 현장마다 인석 씨의 지문이 발견되었고, 가지고 있던 사진들과 똑같은 모습으로 시체들이 발견되었으니까요. 더욱 결정적인 것은 죽은 박 형사의 증언과 박 형사를 살해할 때 쓰인 것으로 보이는 칼에서 인석 씨의 지문이 발견되었습니다.

솔직히 말해 이 사건은 가망이 없습니다. 인석 씨가 사형을 면하기 위해서는 살인을 인정하고, 정신감정을 받아 금치산자 판정을 받는 길밖에 없습니다. 하지만 그 방법은 인석 씨 본인이 강력하게 거절하고 있어서요. 친구 분이 한번 설득해 보세요. 사실 제정신으로 그런 살인은 못 하거든요. 잘만 하면 정신질환자 판정을 받을 수 있을 것 같습니다. 방법은 그것밖에 없네요. 죄송합니다."

변호사의 얘기를 듣고 돌아서는 발걸음은 무거웠다. 나 역시 이제는 인석이에 대한 믿음이 줄어들고 있었다.

면회로 만난 인석이는 모든 것을 체념한 상태였다.

"내가 아무리 생각해 봐도 여기서 벗어날 수는 없을 것 같아. 그 여자의 저주를 받은 것 같아. 내가 그런 끔찍한 사진을 통해 돈을 벌려고 한 것에 대한 천벌이지. 아냐, 어떻게 보면 나도 그런 사진들을 보고 쾌감을 느꼈는지도 몰라. 이제 다 정리했어. 어떻게 보면

별거 아닌 잘못이었지만, 그 사진 속의 피해자들의 입장에서 보면 나 역시 천벌 받아 마땅할 놈이지. 상상할 수 없는 고통과 공포 속에 죽어간 사람들의 사진을 보고 즐거워했으니 죄 값을 치러야지. 하지만 일한아, 넌 알지? 난 절대로 사람을 죽이지 않았어."

인석이를 면회하고 돌아오면서 내내 인석이를 구할 수 있는 방법을 생각해보았다. 변호사 말대로 상식적으로 생각하면 인석이는 영락없는 잔인한 살인자였다. 힘없이 집에 들어오다가, 길거리에 나도는 신문지들이 눈에 띄었다. 그때 갑자기 잊어버리고 있던 사실이 생각났다.

이 사건이 언론에 알려지지 않은 이유, 인석이 말에 따르면 그 형사가 '그 분' 이라고 부르던 인물, 그리고 한승이 형이 사진을 통해 범인이라고 했던 사람… 그 사람이 진짜 범인이라면 그 사람만이 인석이를 구해낼 열쇠를 쥐고 있는 것이었다. 하지만 그 사람이 범인이라는 것을 밝혀낼 방법은 하나도 없었다. 그리고 그는 쉽게 다가갈 수도 없는 사람이었다.

집에 돌아와서도 그 사람을 통해 인석이의 결백을 증명할 방법을 생각해봤다. 밤늦게까지 한참을 생각해보다가 습관적으로 틀어본 텔레비전에서 정말 충격적인 뉴스가 들렸다.

"…오늘 오후 서울시 ○○동에 있는 신축건물이 집중호우로 붕괴되면서 수십 구의 시체가 발견되어 경찰이 수사에 나섰습니다. 경찰은 발견된 시체들이 모두 형체를 알아볼 수 없을 정도로 심하게 훼손되어 있는 것으로 봐서 살해된 후 유기된 것으로 추정한다고 밝혔습니다. 시체들과 함께 잔혹한 살인 장면을 찍은 사진들을 모아둔 World Most Scary Picture라는 잡지가 발견되어 더욱 충격을 주고 있습니다…"

그 시체들이 바로 인석이가 얘기했던 그놈들이 유기했다던 희생자들 같았다. 하지만 나는 텔레비전에서 보여준 그 잡지에서 눈을 뗄 수가 없었다. 그 잡지는 내가 인석이네 이사를 도울 때 그 집에서 우연히 본 그 잡지였던 것이다.

나는 혼란에 빠졌다. 그럼 진짜 인석이가…

하지만 곧이어 나온 뉴스속보는 나에게 더욱 큰 충격을 주었다.

"…오늘밤 현직 경찰청장이 시체로 발견되었습니다. 최두석 경찰청장은 오늘밤 자택에서 상체와 하체가 잘려나간 채 시체로 발견되었습니다. 소식통에 따르면, 경찰청장의 시체는 손에 잔혹한 살해 장면을 찍은 사진을 든 채로 발견되었다고 합니다…"

바로 그 경찰청장이 인석이의 결백을 밝혀줄지도 모르는 제4의 범인이었다. 한승이 형이 발견한 것도 경찰청장의 얼굴이었고, 그 사건들이 언론에 보도되지 않은 것도 그 때문인 것 같았다.

그런데 그 경찰청장이 살해당한 것이다. 이제 인석이를 사형에서 구해줄 방법은 이 세상에 남지 않은 것 같았다. 그리고 내게는 풀 수 없는 또 하나의 의문이 남게 되었다.

경찰청장을 또 그런 식으로 죽인 범인은 과연 누구란 말인가…….

되돌아온 배낭

유령을 안 믿는다고 했지?
나도 그랬어. 하지만 그것도 이것을 받기 전까지의 얘기야…….
– '승묵의 얘기' 중에서

"넌 귀신이나 유령 믿지?"

오랜만에 만난 승묵의 어리둥절한 첫 질문이었다.

우리가 들어간 노바다야끼에는 술 마시느라고 정신없는 젊은 사람들로 가득 차 있었다. 동훈은 승묵의 괴이한 화두에 무슨 얘기냐며 술을 따랐다. 승묵은 동훈의 핀잔에 아랑곳하지 않고 나를 똑바로 바라보면서 그 질문의 답을 재촉했다.

이상했다.

한 1년 만에 만난 고등학교 동창들인데, 이런 질문을 받다니……. 머릿속으로 내 주변에 일어났던 괴기한 일들이 주마등처럼 지나갔다.

윤석이가 들려준 윤철이 형의 자살, 일본의 연쇄 식인 살인범 얘기, 은영의 혼령, 철규의 부대에 출몰했던 귀신 이야기 등등 …….

하지만 그 많은 체험에도 불구하고, 그런 불가사의한 일들은 좀체로 믿겨지지 않았다, 아니 좀더 나 자신에 대해 솔직해진다면, 믿기 싫은 것일지도 모른다.

"글쎄다… 솔직히 말하면 내 주변에 그것과 비슷한 일이 많이 있었던 건 사실이지만 그리 믿고 싶지 않거든. 그래, 안 믿는다는 것이 솔직한 내 대답이다. 그런데 무슨 일 있니? 그런 걸 다 물어보게……?"

승묵은 대답 없이 잔에 가득 찬 술을 단숨에 비웠다. 나와 동훈은 영문도 모르고, 같이 술을 비웠다. 승묵은 뭔가에 쫓기는 듯한 불안한 모습으로 담배에 불을 붙였다. 그러더니 얘기를 시작했다.

믿을 수 없는, 하지만 실제로 일어났던 그 일을…….

"휴우, 나 이상하지 않니? 오랜만에 만났는데 보자마자 이런 얘기부터 꺼내고……. 하지만 어쩔 수 없게 됐어. 일한아, 너는 이런 종류의 얘기에 관심이 많다고 했잖아. 주변에 이런 공부하는 친구도 있고……. 그래서 얘기를 꺼내는 거야, 술이 취하기 전에. 내 동생 얘기부터 하는 것이 편하겠다. 너희들, 내 여동생 알지? 나랑 여섯 살 차이 나는 막내. 벌써 그애도 대학생이란다. 세월이 빠르긴 하지. 그애가 초등학교 때의 얘기구나. 그때는 나도 안 믿었지만…….

어느날 내 동생 짝이 학교에 왔는데, 얼굴이 하얗게 질려 있더래. 그날부터 그 짝은 한 마디 말도 안 하고, 너무 이상하게 보였대.

그래서 내 동생이 물어봤대.

그애는 처음에는 아무말도 안 하려고 하다가 나중에 얘기를 하더래.

며칠 전날 밤 침대에 누워서 자고 있다가 갑자기 기분이 이상해서 눈을 떴대. 그런데 그애의 눈에 괴상한 것이 보이더래.

바로 무시무시하게 생긴 것이 천장에서 자기를 내려다보고 있더라는 거야. 그애는 너무 무섭고 놀란 탓에 몸을 움직일 수가 없었대.

그런데 그 무서운 사람 같은 것이 천천히 자기 위로 내려오더래. 비명을 지르려고 했는데, 목소리가 나오지 않았대. 꼼짝도 못하고……. 그것은 결국 그애의 몸을 덮쳤대. 그런데 이상하게도, 그 순간 몸이 땀에 흠뻑 젖은 채로 겨우 움직일 수가 있게 되더래. 어떻게 보면 가위에 눌린 것이지.

그런데 그후로 그애는 얼굴이 창백해지고, 사람들에게 말하기를 꺼려하더래. 좀 이상해진 것이지…….

그애는 점점 몸이 허약해졌고, 말수도 더 줄어들고 신경질적으로 변하면서 이상해졌대. 그애의 집에서는 애가 이상해지니까, 병원에 데려갔는데 종합 검진을 받아본 결과, 그애에게는 아무런 이상이 없다는 거야. 눈에 띄게 몸이 약해지는 것이 확실했는데도 불구하고 말야.

그리고 어떻게 되었는 줄 아니? 그애는 한 달도 안 되어서 죽었대. 아무런 이유 없이 시름시름 앓다가…….

그애의 이상스런 죽음 때문에 내 동생도 꽤 충격을 받았는지 학교도 며칠동안 못 나갔어. 꿈에 죽은 그애가 보인다는 둥 한참 애를 먹였었지.

여하튼 나는 그때만 하더라도 죽은 사람의 유령이나 귀신은 떠도는 헛소리로만 생각했어. 내 동생의 경우도 애들이 과장한 것으로 생각했지.

그러다 결국 나도 이런 경험을 하게 되었지만……. 너희들 혹시 최영철이라고 기억나니? 우리 고등학교 동창말야. 나랑은 정말 친한 친구였는데, 다들 잘 모르는구나. 여하튼 그 놈은 나와 같은 대학교에 다녔고, 나한테 당구도 가르쳐주었던 친구였어.

벌써 2년 전 일이구나.

그 자식 군대 간다고 한창 난리였지. 우리 또래치곤 좀 늦게 가는 편이었거던. 나랑도 여러 번 술을 마셨지.

그런데 어느날 나에게 큰 배낭을 빌려달라고 하는 거야. 자기 서클 애들과 군대 가기 전 마지막 여행을 제주도로 가기로 했다면서…….

그러면서 같이 여행 가는 아홉 명이 다 남자인데 한 여자 후배가 낀 것이 기분이 이상하고 찜찜하다고 했어. 그 여자 후배는 같이 여행 가는 사람 중에 남자 친구가 있어서 따라오는 것 같지만, 영철이 생각에는 남자들끼리 가서 재미있게 놀다가 오려고 했는데 그애가 방해가 되는 것 같다는 거였어.

내가 보기에는 오히려 영철이가 이상해 보였어. 그럴 수도 있는 일인데 너무 과민하게 반응을 보이더라고……. 영철이는 계속 해서 그 여자가 따라가는 것이 찜찜하다고만 하더라.

그때쯤 제주도에는 태풍이 올라오고 있었어. 그래서 내가 영철이에게 태풍오는데 괜히 해수욕장 들어갔다가 봉변 당하지 말고 얌전히 놀다 오라고 했지. 그랬더니 영철이는 픽 웃으며 자기가 왕년에 수영 선수였고, 수영에는 자신 있으니까 걱정 말라고 큰소리를 뻥뻥 치더라고. 그러더니 내 배낭을 빌려 여행을 떠났어.

빈 배낭을 메고 돌아서는 그 자식의 모습이 왜 그렇게 이상하고 섬뜩하게 보였는지… 그 녀석을 보내고 이틀 후인가……? 나도 친구들과 동해로 여행 가기로 되어 있어 준비를 하고 있었지. 짐을 싸면서 텔레비전을 보고 있는데, 제주도에 태풍 피해가 심하다는 뉴스가 나오고 있었어. 무심코 듣고 있는데, 해수욕을 즐기던 젊은이들이 높은 파도에 실종되는 사건이 잇따르고 있다는 얘기가 나왔어.

신경 쓰지 않고 들어서 실종자의 이름을 잘 듣지 못했는데, 영철이의 이름이 들린 것 같았어. 하지만 벌써 다음 뉴스가 나오고 있어 확인할 수는 없었지. 친구들이 밖에서 기다리면서 재촉하는 바람에 더 이상 확인해 보지 못하고 찜찜한 마음으로 여행을 떠났어.

친구 녀석의 자가용으로 여행을 떠나며 신나는 음악을 시끄럽게 트니까 찜찜한 기분이 좀 가시더라. 영동고속도로를 한참 달리다 보니, 몇 개의 터널을 지나게 되었는데 한 네 번째 터널을 지나면서 운전을 하고 있던 친구 놈이 그 터널에 얽힌 무서운 얘기를 해주었어. 자기 큰아버지가 그 근처에 사셨는데, 그분이 얘기 해 주신 실화라는 거야.

'이 터널은 말야, 워낙 힘든 공사여서 빡빡한 일정 안에 마치기 위해 공사를 밤낮으로 무리하게 진행하게 됐대. 그러다 보니 많은 사람들이 사고로 죽었대. 한 번은 터널이 무너지는 바람에 십여 명이 한꺼번에 죽은 경우도 있고, 여하튼 많은 사람의 목숨을 앗아간 터널이었다는 거야. 그런데 문제는 터널이 개통되고 나서 발생하기 시작했어.

이상한 사고가 이 터널을 지나는 차들에게 일어나기 시작했다는 거야. 특별한 이유도 없이 교통사고가 많이 나기 시작하는 거야. 특히 늦은 밤에……. 고속도로의 다른 구간에 비해 열 배가 훨씬 넘는 사고 횟수가 발생했다는 거야. 그리고 교통 사고의 대부분의 피해자는 즉사했대. 특히 운전자의 경우는 전부 사망했대. 그런데 이상한 점은 -나중에 밝혀졌지만- 교통사고 피해자 중에 사고가 아닌 쇼크로 인한 심장 마비로 죽은 사람도 있었다는 거야. 그리고 피해 자동차들 모두는 약간씩 창문이 열려진 채로 사고를 당했다는 거야.

고속도록 공사는 괴기할 정도로 많이 발생하는 이 터널의 교통사고를 줄이기 위해 온갖 방법을 다 써보았대. 표지판을 크고 야광인 것으로 갈고, 터널 안의 전구를 밝은 것으로 바꾸고, 도로에 과속 방지 노면에 미끄럼 방지 노면까지 설치했는데도, 사고는 자꾸 발생했대.

그런던 중 사고를 목격했던 트럭 운전사가 괴이한 증언을 했대. 나중에 음주 운전중이었다고 밝혀져, 술 취한 미친놈의 헛소리로 취급받았지만 그렇게 쉽게 넘어갈 얘기는 아니었대.

새벽 한 시를 조금 넘은 시간쯤 술에 거나하게 취한 채로 트럭을 운전하며 터널에 진입을 했대. 서울까지 배달 시간에 늦어 속도를 내고 있는데, 앞차가 천천히 가고 있었대.

답답해진 그 트럭 운전사는 헤드라이트를 켜고 클랙슨을 울려 댔대.

그래도 그 차는 앞길를 막고 천천히 가고 있더래. 술김에 화가 난 그 운전사는 차를 바짝 붙여 앞 차를 위협하는 시늉을 했대. 그런데 가까이 다가가 자세히 보니 앞 차 뒷 유리창에 하얀 천이 매달려 펄럭이는 것이 보이더래. 가만히 펄럭이는 것을 보니, 그것은 그냥 천이 아니라 바로 하얀 옷을 입은 처녀가 긴 머리를 휘날리며 앞 차에 매달려 있는 것이었대.

트럭 운전사는 술이 확 깨는 것을 느끼며, 다시 눈을 비비고 살펴보았대. 아니나 다를까……. 그것은 확실히 긴 머리를 휘날리며 좁은 창 틈을 비집고 차안으로 들어가려고 애를 쓰고 있는 여자의 모습이었대.

트럭 운전사는 그것을 확인하는 순간 온몸에 소름이 쫙 끼쳤대, 그런데 그 앞 차에 매달려 있던 여자가 갑자기 자기를 향해 소름 끼칠 정도로 차가운 웃음을 보이더니, 창문 틈으로 빨려 들어가듯이 들어가더라는 거야. 그러더니 그 앞 차가 갑자기 심하게 비틀거리더니 급기야는 터널 옆 벽을 심하게 들이박고 큰소리를 내며 뒤집히더라는 거야.

놀란 트럭 운전사는 차를 급히 세우고 사고 난 차로 다가갔대. 운전사는 첫눈에 즉사라는 것을 알 수 있을 정도로 심하게 상해 있었대. 하지만 죽은 운전자의 눈은 뭔가 무서운 것을 본 것처럼 겁에 질려 커다랗게 뜨고 있었대. 트럭 운전사는 뒤집힌 차의 뒷자리부터 살펴보았대.

그런데, 뒷자리에는 아무도 타고 있지 않았다는 거야. 겁에 질린 트럭 운전사는 뒷걸음질을 치면서 자기 차로 돌아가는데, 그 사고 난 차 위로 뭔가 흰 것이 휙 지나가는 것을 얼핏 보았대.

놀란 그는 터널 안에 있는 비상 전화를 이용해 경찰에 신고하고 자기 차로 돌아가 그 터널을 빠져나가려 했는데, 시동이 안 걸려 꼼짝달싹하지 못하고 있었다는 거야.

경찰이 도착했을 때 그 트럭 운전사는 트럭 안에서 문을 잠그고 겁에 질려 거의 얼이 빠져 있었다는 거야. 그 사람이 제정신을 차리고 이 이야기를 하기까지는 한참이 걸렸대.

그런데 이상한 것은 늦은 밤이라 경찰이 사고 현장까지 도착하는 데 40분 정도 걸렸는데, 그 트럭 운전사는 그 동안에 무슨 일이 일어났는지 하나도 기억을 못하더라는 거야. 단지 사고가 날 때까지만 기억하고 있더래.

결국 술 취한 사람의 헛소리로 치부되었지만…….

하지만, 그 소문이 퍼져 이 터널 주변 마을 사람들이나 고속도로 관계자들은 불안한 마음을 가지게 되었대.

큰아버지 말씀으로는 그 근처 마을에 역술을 공부하신 늙은 할아버지가 그 얘기를 듣고 터널을 둘러보더니, 이렇게 얘기했대.

물에 빠져 죽은 사람이나 흙에 깔려 죽은 사람들은 혼이 저승에 가지 못하고 이승을 떠돌게 된대. 바로 자기가 죽은 곳 근처에…….
그런데 그 떠도는 혼이 저승에 갈 수 있는 방법은 산 사람을 희생양으로 만들어 자기가 죽은 자리에서 죽여야 한다는 거야. 사람이 익사한 곳에는 물귀신이 있어 자꾸 사람이 빠져 죽는다는 얘기가 전해지는 것도 바로 그것 때문이라나.

터널에서 일어나는 사건도 그런 맥락이고, 그 할아버지는 그런 기괴한 사건을 피하기 위해 무당을 불러 저승에 가지 못한 원혼들을 위로한다고 크게 굿을 벌였대. 그리고 그 터널을 지나가는 사람들에게 창문을 꼭 닫고 다니라고 당부했다는 거야.

고속도로 관리 공단은 그런 표지판을 터널 앞에 설치한다는 것은 말도 안 된다며 그냥 사고 다발 지역이라는 표지판만 설치했대. 하지만 소문이 나서 여기를 자주 다니는 운전자들은 모두 창문을 꼭 닫고 다닌대.

그후에는 사건이 많이 줄었지만, 아직도 불가사의한 일이 이 터널 안에서 많이 발생한대. 어떤 사람은 터널 안에서 죽은 자기 아내를 봤다는 둥 많은 얘기가 있대. 그 얘기가 뭔가 하면……."

그 운전하던 놈은 으스스한 얘기를 계속했고, 우리 차는 어느덧 그 문제의 터널에 들어서게 되었어. 애들은 무섭다면서도 한 번 열고 가보자고 난리였지. 하지만 그 얘기를 해주었던 자식이 정색을 하며 창문을 꼭 닫으라는 거야. 애들은 불만이었지만, 자기들도 좀 꺼림칙하니까 그냥 닫더라.

그런데, 나는 귀신 같은 것 믿지 않잖아. 그리고 내 자리가 뒷자리 창가였거든. 그래서 애들 몰래 창문을 좀 열어두었지. 내 옆자리 놈이 눈치 채고 뭐라고 하려했지만, 내가 그냥 모른 척하라고 했어.

이윽고 터널에 들어섰어. 처음에는 그냥 평범한 터널 같았어. 약간 어둡고 서늘한 느낌은 들었지만.

나는 무슨 일이 일어날까 하고 창문에 반사된 내 얼굴을 우두커니 바라보고 있었어. 그런데 창문에 비친 내 얼굴 너머로 또 하나의 얼굴이 보이는 거야. 나는 너무 놀라 정신을 잃을 뻔했어. 아무 소리도 못 내고 다시 보니 그것은 제주도로 배낭을 빌려 여행을 떠난 영철이의 얼굴이었어.

그 놈은 힘이 풀린 눈을 하고 나를 안타깝게 바라보다가 열어둔 창 틈으로 들어오려고 애쓰는 거야. 나는 무섭고 당황해서 정신없이 창문을 올렸지. 영철이는 나를 한 번 쓰윽 하고 쳐다보고는 창밖에서 사라졌어.

너무 놀라고 무서워서 떨리는 목소리로 옆에 있는 친구들에게 뭔가 보지 못했느냐고 물어보았어. 그런데 옆에 있던 자식들은 나보고 유치한 장난 그만 치라는 둥 아무 것도 보지 못한 것처럼 얘기하는 것이 아니겠니?

아무리 생각해 봐도 뭔가를 본 것 같은데, 주변에서 다 부인하니 그냥 마음 편하게 헛것을 본 셈쳤어.

하지만 그것은 나의 오산이었지…….

실종되었다는 뉴스를 언뜻 들은 것 같아 가뜩이나 찜찜하던 차에 그 자식의 섬뜩한 모습을 보니 그 자식이 어떻게 되었는지 궁금해지는 거야. 하지만 주위의 친구 놈들이 들뜬 분위기로 휩싸여 있으니 어느새 나도 그 찜찜한 일들을 잊고 여행의 즐거움에 빠져들었지.

오후에 서울을 출발해 강릉에 도착하고 보니 벌써 밤이 되었어. 우리는 민박을 정해 짐을 풀고 부둣가로 술을 먹으러 갔지.

태풍이 올라온다는 예보에 모든 배들이 부둣가에 들어와 있었어.

태풍이라는 말에 갑자기 영철이가 생각나긴 하더라.

그러나 곧 술자리에 빠져 모든 것을 잊었지.

엄청나게 마시고 쓰러지듯이 민박집으로 돌아와 잠이 들었어.

정신없이 잠에 빠져들었는데……. 처음에 나는 그것이 꿈인지도 몰랐어.

눈을 떠보니 내 방 침대에 내가 누워 있는 거야. 그런데 갑자기 방문이 열리며 영철이가 문 앞에 서 있는 거야. 아무런 표정도 없이…….

나는 이상한 기분이 들었지만, 그 자식에게 어떻게 된 일이냐고 물었어. 그런데 아무런 대답 없이 물끄러미 나를 쳐다보고만 있는 거야. 답답해서 몸을 일으켜 다시 물어보려고 했지.

그때까지 아무 말 없던 영철이가 갑자기 천천히 자기는 떠나야 한다는 말 한마디를 내뱉었어. 어리둥절해진 나는 무슨 얘기냐며, 일어나 영철이 쪽으로 다가갔지. 그런데 영철이는 떠나야 한다는 그 한마디만을 남기고 문밖으로 나갔어. 나는 영철아 하고 부르며 따라 나갔지만 아무도 없었고, 그때 잠이 깨었어.

눈을 떠보니 낯선 민박집 방이었고, 밖에서는 파도 소리가 은은히 들려왔어.

뒤숭숭한 꿈에 파도 소리까지 들으니 너무 섬뜩했어.

온몸이 땀에 흠뻑 젖었고, 하지만 너무 생생해서 전혀 꿈만 같지가 않았어.

바로 눈 앞에 영철이가 있었던 것 같은 기분이었거던.

기분이 너무 이상해 더 이상 잠을 이룰 수가 없었어. 눈만 감으면 영철이의 무표정한 얼굴이 자꾸 떠올라서…….

이른 시간이었지만, 기분이 너무 이상해서 영철이네 집으로 전화를 해보았지.

아무도 안 받았어. 불길한 예감이 들어 집으로 전화를 해보았지…….

동생이 잠에 취한 목소리로 영철이의 죽음을 알려주었어.

나는 너무나 큰 충격을 받았어.

그 자식이 죽다니. 믿어지지가 않았어.

더 이상 편한 마음으로 여행을 즐길 수가 없어서 친구들에게 양해를 구하고 먼저 서울에 향했지.

버스 안에서 생각을 해보았지만, 실감이 나지 않아 눈물도 안 나고 슬프지도 않았어. 서울에 도착하면 영철이가 술 한 잔 하자고 나타날 것만 같았어.

단지 그 동안 내게 일어났던 괴이한 일들만이 머릿속을 떠나지 않고 있다. 수영에 그렇게 자신이 있어하던 놈이었는데…….

서울에 도착하자마자 영철이의 빈소가 마련되어 있는 병원으로 향했어.

영안실에는 친구들이 무거운 표정으로 자리를 지키고 있었어.

그제서야 그 자식의 죽음이 실감나더구나.

휴……. 친구들에게 영철이의 죽음에 대한 자초지정을 들을 수가 있었어.

내겐 큰 충격이었지.

제주도에서 태풍 때문에 파도가 높은데도 해수욕장에 나갔었나봐.

그런데 영철이가 여행 떠나기전에 그렇게 꺼림칙하게 생각하던 그 여자애가 물에 빠지는 사고가 발생했대. 그러자 그 여자애의 남자친구가 바다에 뛰어들었으나, 높은 파도에 휩쓸리고 말았대. 그래서 수영에 자신있는 영철이가 뛰어들어 여자를 구해 내고, 그 남자 친구까지 구하려고 들어갔다가 지쳤는지 둘이 같이 실종되었다는 거야.

실종된 시체가 발견된 것은 그날 새벽이었대.

괴상하게도 내가 영철이를 꿈에서 본 것과 시체가 발견된 시간이 거의 일치했어. 소름이 쫙 끼치더라.

그리고 영철이가 여행 가기 전에 그 여자애가 오는 것에 대해 그렇게 싫어했던 것이 떠오르자 이상한 기분이 들었어.

이상했지. 영철이는 뭔가 불길한 예감을 느꼈었는지 몰라.

여행을 같이 떠났던 사람들 얘기로는 여행 중에서도 영철이는 줄곧 어두운 표정이었대. 자신을 위한 여행인데도 불구하고.

그리고 민망할 정도로 같이 따라간 여자애를 피하고 거북하게 대했대.

더 이상한 것은 영철이의 유품을 챙기려 했는데, 내가 빌려준 배낭이 어디론지 사라져 못 찾아왔다는 거야.

그때는 그 배낭에 대해 신경 쓰지 않았는데…….

나중에 찾아간 영철이의 어머니는 그 동안 고마웠고, 영철이에게 빌려준 배낭은 장지에서 태운 셈 치라고 하셨어.

영철이의 죽음은 친한 친구의 죽음으로써 내게 큰 충격을 준 사건이었어.

하지만 시간이 흐르고 나도 내 생활에 빠져들다 보니 그 자식을 생각하는 시간이 줄어들기 시작했어.

그리고 2년이 지났지.

그런데 일주일 전의 일이었어.

신문을 보고 있는데, 찜통 더위로 많은 사람이 피서를 떠난다는 신문 기사 아래 조그맣게 사고 기사가 적혀 있었어.

제주도 한 해수욕장에서 발생한 익사 사고 기사였는데, 대충 제목만 보니 제주도에서 죽은 영철이가 생각났어. 자세히 기사를 읽다가 나는 기절할 뻔했어. 피해자는 한 여대생인데, 2년 전에 죽은 남자 친구가 변을 당한 그 자리에서 익사했다는 거야. 이번에는 구조하려고 뛰어든 구조원도 함께 죽었다는 거야. 나는 이유 모를 섬뜩함을 느꼈어.

두 명이 똑같은 자리에서 죽은 게 아니니…….

파도도 높지 않고 수심도 그리 깊지 않았다는데…….

섬뜩함이 느껴지더군. 뭔가 이상함도…….

그리고 그 일이 발생했어. 내가 요즘 술을 먹을 수밖에 없는 그 일이…….

그 기사를 읽은 다음날 내 앞으로 큰 소포가 왔어.

마침 내가 집에 있어서, 직접 그 소포를 받았어.

소인을 보니 제주도로 되어 있었어. 제주도에 아는 사람도 없는데 이상했어. 보내는 사람란에는 아무 것도 안 써 있었거던…….

우체부는 내게 그 큰 소포를 건네주면서, 고개를 갸우뚱거리며 한 마디 했어. 배달 과정에 무슨 일이 있었는지 모르지만 오래 전에 부친 것인데 이제야 도착하게 되었다는 거야.

무슨 얘기인가 하면서 도장을 찍어주고 그 소포를 가지고 집에 들어왔어.

그 소포를 뜯어보기 전에 소인을 잘 살펴보았어.

글쎄, 근데 날짜가 2년 전으로 되어 있는 거야…….

온몸에 갑자기 한기가 느껴지더군.

나는 제발 하는 마음으로 그 소포를 뜯어보았어.

제기랄…….

바로 내가 영철이에게 빌려준 배낭이었어. 그것도 아직도 바닷물

에 젖어 있는 상태로… 그 배낭이 무슨 이유인지 2년 만에 되돌아
온 것이야. 죽은 자로부터.”

다 볼 수 있는 아이

어린이의 눈은 어른들이 볼 수 없는 것을 볼 수 있다고 한다.
그러나…
그것이 꼭 아름다운 것만은 아니다.

그날은 수업이 끝나자마자 곧바로 집으로 향했다. 중간고사를 치르고 나서 사흘 내내 술을 마셨더니 몸도 으실으실 떨리고 기운이 하나도 없었다. 잠을 한숨 푹 자고 나면 기분도 한결 나아질 것 같았다.

피곤한 몸을 이끌고 집으로 향하는데 놀이터에서 어린 여자아이가 혼자서 멍하니 앉아 있는 게 보였다. 낯이 익은 걸로 봐서 우리 아파트에 사는 아이 같았다. 평상시 같았으면 왜 혼자 나와 있느냐고 말을 붙였겠지만 그날은 몸 상태도 안 좋고 해서 그냥 지나쳤다. 아파트 입구로 걸음을 옮기는데 여자애가 중얼거리는 소리가 들려 왔다.

“저기 또 한 명 지나가네. 오늘은 많이 보이는구나.”

뭐가 지나간다는 건지 궁금하기도 해서 뒤를 돌아보았다. 아파트 광장에는 아무 것도 보이지 않았다. 10월의 나른한 햇살만이 단지 안 여기저기에 서 있는 자동차 위에서 미끄러지고 있었다. 소녀를 쳐다보았지만 그 아이는 그 자리에서 꼼짝도 안 하고 앉아 있었다. 나는 그 아이가 무료해서 혼잣말을 한 거라고 생각하고 아파트 안으로 들어갔다.

집에 들어가자마자 나는 침대 위로 쓰러졌다. 몇 시간이나 지났을까. 눈을 떠 보니 사방이 어두컴컴했다. 불을 켜고 시계를 보았다. 저녁 8시였다. 3시쯤에 들어왔으니 거진 다섯 시간가량을 잔 셈이었다.

저녁을 먹고 나서 프린터 용지를 사러 밖으로 나갔다. 문방구에서 용지를 사 가지고 돌아오다 보니 놀이터에 시꺼먼 물체가 보였다. 누군가 해서 보았더니 집에 들어갈 때 보았던 바로 그 꼬마였다. 꼬마는 처음에 보았던 그 자리에 똑같은 자세로 앉아 있었다. 나는 꼬마에게 다가갔다.

“집에 안 들어가고 여기서 뭐하니? 엄마가 걱정하시겠다.”

“엄마요? 아직 안 들어왔어요. 우리 엄마는 제 걱정은 조금도 안 해요, 그러니 아저씨도 신경쓰지 마세요!”

꼬마는 고개를 옆으로 휙 돌리면서 앙칼진 목소리로 대답했다. 나는 그애를 자세히 뜯어보았다. 초등학교 1학년쯤 됐을까. 상당히 예쁘고 귀여운 얼굴이었다. 하지만 얼굴에는 그 나이 또래의 아이들에게서는 찾아 보기 힘든 어두운 그늘이 짙게 드리워져 있었다.

나는 꼬마의 옆에 앉아 말을 걸었다.

"너 엄마한테 혼났구나? 그래서 여기 나와 있는 거지?"

"……."

"엄마에게 꾸중들었다고 집에 안 들어가면 어떡해. 혼자 들어가기 무서워서 그러니? 이 오빠가 같이 가 줄까?"

"정말로 엄마는 집에 없다니까요! 그런데 아저씨는 누구예요?"

"아저씨?"

나는 손바닥으로 볼을 쓸어 보았다. 며칠째 폭음으로 상한 꺼칠꺼칠한 피부가 만져졌다.

"난 말이지 아저씨가 아니라 여기 사는 오빠야. 난 그냥 지나가다가 네가 심심한 것 같아서."

"몇 동 몇 호에 사시는데요? 우리 엄마가 신원이 불분명한 사람과는 말도 하지 말랬어요."

"나 38동 906호. 너 참 똑똑하구나. 이름이 뭐니?"

"나 은희예요. 서은희. 아저씨는 이름이 뭐예요?"

"아저씨? 이제부터는 아저씨가 아니라 오빠다."라고 말한 뒤, 이름을 가르쳐 주려는데 은희가 벌떡 일어났다.

"야, 엄마 아빠다! 아저씨 나중에 봐요."

아이는 주차장 쪽으로 쏜살같이 달려갔다. 검정색 승용차 한 대가 주차할 공간을 찾아서 천천히 움직이고 있는 모습이 보였다. 실내등이 켜진 차 안에는 젊은 남녀가 앉아 있었다.

나는 달려가는 소녀의 뒷모습을 보다가 어깨를 으쓱하고는 집으로 들어갔다. 맞벌이 부부를 엄마아빠로 둔 외로운 아이의 하루를 훔쳐본 것만 같아 기분이 괜히 좀 울적해졌다.

그 뒤로 한동안은 은희와 마주칠 기회가 없었다. 나는 다시 분주한 학교 생활을 시작했고 은희와의 만남은 쉽게 잊혀졌다.

10월이 거의 끝나갈 무렵이었다. 별다른 약속도 없고 해서 일찍 집으로 향했다. 놀이터를 지나서 집으로 들어가려는데 멍하니 앉아 있는 은희가 보였다. 나는 아이가 눈길을 돌릴 때를 기다렸다가 손을 들어 아는 체를 했다. 그리곤 그대로 지나쳐 가려는데 은희가 날 손짓으로 불렀다.

"아저씨, 이리 와 보세요."

"아니 왜?"

집에 들어가도 마땅히 할 일도 없던 차라 나는 은희 곁으로 다가갔다.

"아저씨 뭐 물어 봐도 돼요?"

"마, 아저씨가 뭐냐. 오빠라고 불러."

난 은희의 머리를 가볍게 쓰다듬어주며 옆에 털썩 앉았다.

"알았어요, 아저씨. 근데 아저씨, 저기 그네에 기대고 있는 사람 보여요?"

은희가 손을 들어 그네를 가리켰다. 그네에는 아무도 없었다. 살펴보니 아이들이 놀이터에서 뛰어놀기에는 제법 쌀쌀한 날씨여서인지 그네뿐만 아니라 놀이터 그 어디에도 사람은 고사하고 강아지 한 마리 보이지 않았다.

"그네에 뭐가 있다고 그래?"

"아저씨, 진짜 저 사람 안 보여요? 지금 우리 쪽을 보고 있잖아요. 막 일어났어요. 이쪽으로 걸어오고 있어요."

"임마, 뭐가 보인다고 그래? 너 오빠 놀리는 거지?"

나는 은희가 심심해서 장난을 치는 거라고 판단하고 은희의 두 눈을 들여다보았다. 그런데 예상 외로 은희의 두 눈은 진지했다.

"정말인데… 안경도 썼잖아요."

은희가 풀 죽은 목소리로 말했다. 내가 잘못 봤나 하는 생각이 들어서 주위를 두리번거렸지만 역시 아무도 없었다. 그렇지만 은희가 나를 놀리려고 거짓말을 하는 것 같지는 않았다.

한순간 머릿속에 혼란이 왔다. 내가 제대로 본 것이 맞고 은희가 진실을 이야기한 거라면, 은희의 정신상태를 의심할 수밖에 없었다. 나는 표정을 바꾸어 은희의 눈을 똑바로 쳐다보며 진지하게 말했다.

"은희야, 여기엔 너하고 나밖엔 없어. 네가 뭘 잘못 본 모양인데 여기서 이러고 있지 말고 집으로 들어가거라. 매일 이렇게 멍하니 앉아 있으니 눈에 헛것이 보이지."

나는 자리에서 일어나며 은희를 일으켜 세웠다. 은희는 내 말에 삐쳤는지 입술을 삐죽 내밀었다.

"진짜라니까요! 나는 거짓말 안 해요! 아저씨도 우리 엄마랑 똑같구나! 자기가 안 보인다고 날 거짓말쟁이로 취급하고 난 정말로 봤다니까요!"

은희는 금세라도 울음을 터뜨릴 기세였다. 나는 당황스러워서 재빨리 은희를 구슬리기 시작했다.

"은희야, 오빠는 말이지… 네가 거짓말했다는 것이 아니고… 그러니까… 그래그래, 이 오빠가 잘못 볼 수도 있다는 거야."

"그래요! 아저씨가 잘못 본 거예요!"

"그래, 누가 뭐래니?"

난 다시 주저앉았다. 은희를 남겨 놓고 집으로 들어가 버릴까 하는 생각이 들었지만 왠지 그래서는 안 될 것 같았다. 아이의 정신상태가 더 나빠지기 전에 뭔가 조치를 취해야만 했다. 나는 간단하게 아이의 상태를 체크해 봐야겠다고 마음먹었다.

"은희야, 지금도 그 안경 쓴 사람이 보이니?"

"아니요! 저쪽으로 들어갔어요."

은희가 내가 사는 아파트 입구를 가리키며 말했다.

"그래? 그런데 아까 그 사람에게도 그림자가 있었니?"

"그림자요? 없어요! 난 그래서 알 수 있어요. 그림자가 있는 사람은 다른 사람들도 볼 수 있지만 그림자 없는 사람은 내 눈에만 보인다는 걸요."

문득, 은희가 정상일 수도 있다는 생각이 들었다. 나는 은희가 정상이라는 전제하에서 질문을 던져 볼 필요가 있음을 느꼈다.

"그럼, 그림자 없는 사람들은 자주 보이니?"

"네! 요즘은 하루에도 몇 명씩 봐요. 집에서도 보이고요."

"그런 사람들을 처음으로 본 게 언제니?"

"음 몇 달 전이에요. 할아버지가 돌아가실 때였어요. 아빠랑 엄마랑 병원에 갔어요. 큰아빠랑 사촌오빠들도 모두 왔어요. 할아버지는 침대에 누워 있었는데 나도 못 알아보고, 숨만 헉헉거렸어요. 그러다가 할아버지의 헉헉거리는 숨소리가 커지자, 엄마가 나를 복도로 내보냈어요. 나는 혼자 복도 의자에 앉아 있었어요. 그때 복도 저편에서 검은 옷을 입은 아저씨가 걸어왔어요. 얼굴이 너무 무섭게 생겨서 겁이 덜컥 났어요. 그래서 엄마를 부르려고 병실로 들어가려는 순간, 그 사람은 나보다 한 발 앞서서 병실로 들어갔어요.

문이 닫혀 있었는데 그대로 문을 통과해서 쑤욱 들어갔어요.

저는 잘못 본 줄 알고 그대로 앉아 있었어요. 무서웠지만 병실로 들어가서는 안 될 것 같은 생각이 들었어요. 한참 있으니 이번에는 여러 사람이 다시 복도 저편에서 걸어왔어요. 그 사람들은 모두 할아버지나 할머니처럼 늙은 사람들이었어요. 점점 가까이 다가오는데 발자국 소리가 하나도 안 나는 거예요. 그런데 이번엔 처음에 보았던 사람처럼 무섭지 않았어요. 왠지 낯이 익었어요. 그 사람들은 나를 힐끗 돌아보더니 아까 그 사람처럼 닫혀진 병실 안으로 스르르 들어갔어요.

그러고 나서 얼마 있다가 병실 안에서 슬프게 우는 울음소리가 들렸어요. 나는 왜 우나 궁금해서 병실로 들어가려고 했어요. 그런데 갑자기 병실 안에서 아까 들어갔던 사람들이 스윽 하고 나오는 것이었어요. 저는 깜짝 놀라 뒤로 물러섰어요. 그런데 그 사람들 사이에 아까까지만 해도 헉헉대던 할아버지가 끼어 있는 것이었어요.

할아버지는 병이 다 나았는지 멀쩡해 보였어요. 할아버지는 웬 할머니의 손을 잡고서 검은 옷을 입은 사람의 뒤를 따라갔어요. 그런데 그 기분 나쁘게 생긴, 검은 옷을 입은 사람이 한참 걸어가다가 고개를 갸웃거리더니 저를 뚫어지게 쳐다봤어요. 저는 겁이 나서 얼른 시선을 돌렸어요.

한참 뒤에 그 자리를 다시 보았더니 아무도 없었어요. 나는 울음소리가 더 크게 들려와 병실로 들어갔어요. 그런데 거기 신기하게도 할아버지가 누워 있더라고요. 내가 깜짝 놀라 입을 쩍 벌리고 있으니 엄마가 할아버지가 돌아가셨다며 날 부둥켜안고 우는 거였어요.

난 그래서 아니라고 했죠. 할아버지가 저쪽으로 걸어가는 걸 내가 봤다고 말예요. 내가 목소리를 높이자 사람들이 나를 빤히 쳐다봤어요. 결국 저는 복도로 끌려나가 엄마에게 혼났어요. 쓸데없는 소리한다고… 진짠데."

"그래?"

믿을 수도 없고 그렇다고 해서 무시해 버릴 수도 없는 이야기였다. 나는 은희가 이상한 만화책을 많이 봐서 그런 거라고 판단했다.

"그런데, 아저씨! 나 얼마 전에 큰집에 놀러갔다가 놀라운 사진을 봤어요."

"놀라운 사진?"

나는 은희의 이야기에 자꾸 말려들고 있다는 찜찜함을 지우지 못한 채 물었다.

"할아버지 사진 옆에 할머니 사진이 있는데, 그 할머니는 내가 병원에서 본 할머니였어요. 아버지는 내가 아기 때 할머니가 돌아가셨다고 했는데 그 할머니가 분명해요."

"네가 몸이 약해서 헛것을 본 모양이구나."

나는 어린 소녀의 거짓말치고는 너무도 완벽하다는 생각을 하며 자신 없는 어투로 중얼거렸다.

"아녜요! 내가 본 건 헛것이 아니라 귀신이에요. 전 귀신을 볼 수 있는 아이인가 봐요."

"귀신은 아무도 못 보는 거야. 네가 볼 수 있다고 생각하니까 자꾸 헛것이 보이는 것 뿐이야."

"난 정말로 그런 게 안 보였으면 좋겠어요. 귀신이 얼마나 무서운데요. 요즘은 집에서 자려고 누우면 천장 귀퉁이에 웅크리고 있는 사람들이 보여요. 그들은 나를 뚫어지게 쳐다보기도 하고 웃기도

해요. 내가 무서워 울어도 소용없어요. 엄마가 달려와야지만 그제서야 그들은 쓰윽 하고 사라지곤 해요."

나는 은희의 얼굴을 물끄러미 쳐다보았다. 멀쩡하고 예쁘장하게 생긴 아이가 어쩌다 이 지경이 되었는지 참으로 안타까웠다.

"정말이에요! 한번은 이런 적이 있었어요. 그날은 큰집에서 제사 지내는 날이었는데, 전 그날 마루 소파에서 잠이 들었어요. 잠에서 깨어나 보니 마루 가득 수많은 사람들이 와 있는 거예요. 어떤 사람들은 마룻바닥에 누워 있고, 어떤 사람은 허공에 둥둥 떠 있고, 어떤 사람은 텔레비전을 재미있게 보고 있더라고요.

그런데 더 신기한 것은 부엌에 있던 큰어머니가 그 사람들을 통과해서 안방으로 들어가는 거였어요. 내가 그래서 엄마에게 마루에 이상한 사람들이 많다고 했더니 엄마는 내 말을 믿으려 들지 않았어요. 난 그날 저녁에 집에 와서 엄마에게 되게 혼났어요. 앞으로 한번만 더 그런 소리하면 가만두지 않겠다면서요."

머릿속이 혼란스럽기만 했다. 은희의 정신상태는 내가 예상한 것 이상으로 심각했다. 은희는 자신이 본 것이 실재한다고 확고히 믿는 눈치였다.

"전 그때부터 아무한테도 이런 얘기 안 했어요. 아저씨도 제가 거짓말한다고 생각하죠? 하지만 전 거짓말 안 해요. 저, 유치원 다닐 때는 착한 어린이상도 탄 적 있어요. 아저씨도 오늘 한번 방에 들어가서 자기 전에 불을 끄고 자세히 살펴봐요. 입고 있는 옷을 옷걸이에 걸어놓고 그 옷을 살펴보세요. 그 사람들은 사람들이 입던 옷을 좋아해요. 아마 자세히 보면 옷 안에 사람이 들어가 있는 게 보일 거예요. 진짜라니까요."

나는 은희의 말대로 상상을 해 봤다. 방으로 들어간다. 웃옷과 바지를 벗어 옷걸이에 걸어놓는다. 불을 끈다. 침대에 눕는다. 벽을 보니 이상한 사람들이 내가 벗어놓은 스웨터와 바지를 걸치고 있다. 그들은 벽에 선 채로 나를 빤히 내려다 본다?

갑자기 전신이 오싹해 왔다. 어쩌면 오늘 밤에 잠을 설치게 될지도 모른다는 생각이 들었다.

"그런데 오빠, 그 사람들은 내가 자기들을 볼 수 있다는 걸 모르는 것 같더라고요. 한번은 학교에서 그런 아이를 봤어요. 쉬는 시간에 애들하고 막 떠들고 있는데, 천장으로 한 여자아이가 휙 하고 지나가는 것이 보였어요. 무표정한 얼굴로요. 나는 순간 소름이 쫙 끼쳤어요.

그런데 이상한 것은 시끄럽게 떠들던 애들도 뭔가를 눈치챘는지, 일제히 얘기를 멈추는 거였어요. 한동안 잠잠한 상태에서 서로 보고 있다가 와아! 하고 일제히 웃음을 터뜨렸어요. 그래서 난 애들에게 물어봤어요. 너희들도 그 여자아일 봤냐고 그랬더니 무슨 얘기를 하는 거냐면서 날 상대도 안 해주는 거 있죠?"

나는 은희가 이상한 세계-그것이 은희의 정신 착란에 의한 것이든 정말로 은희의 눈에 보이는 것이든-에 빠져들었다고 짐작했다. 은희의 얘기를 단순한 거짓말로 여기기엔 너무 이상한 점이 많았다.

은희가 말하는 혼령의 이미지와 심령학 공부를 하는 친구 윤석이 나에게 들려 준 혼령의 이미지가 너무도 일치했기 때문이었다. 윤석도 내게 혼령들이 방의 구석진 곳과 입던 옷을 좋아한다는 얘기를 했었다. 그러고 보니, 우스갯소리를 하고 있는 교실로 귀신이 지나가면 갑자기 아이들이 조용해진다는 사실을 일본에서 심령학자와 통계학자가 과학적으로 증명한 기사도 읽은 기억이 났다. 60명이 이야기하다가 동시에 소리가 그칠 확률은 100만분의 1도 안 된다는 것이었다. 언어의 음절 수, 말의 평균 길이 등을 감안한 계산 결과였다. 그런데도 불구하고 우리는 100만분의 1이란 희박한 확률과 종종 마주친다는 것이었다.

윤석은, 눈에 보이지 않는다는 이유로 사람들은 인정하고 있지 않지만 또다른 세계가 분명 존재하고 있으며, 드물기는 하지만 간혹 그런 세계를 눈으로 보는 사람이 있다고 덧붙였었다.

하지만 나는 일단 은희의 말을 덮어두기로 작정했다. 거짓말이라는 것은 오래 지속될 수 없다는 약점이 있다. 시간을 두고 지켜보는 것이 현명할 것 같았다. 나는 계속 이런 이야기를 하다가는 나까지도 이상해질 것 같아 일단 화제를 바꿨다.

"은희야, 너는 왜 매일 밖에 나와 있니? 집에 아무도 없니?"

"네. 파출부 아줌마가 저녁밥을 차려 주러 오긴 하지만 혼자 있는 거나 마찬가지예요. 집에 혼자 있는데 귀신이 나타나면 무서워요. 그래도 여기 이러고 앉아 있으면 지나가는 사람들이 있으니까 괜찮은데."

난 은희가 관심과 사랑을 충분히 받지 못하고 자란 탓에 부모의 관심을 끌기 위해 치밀한 거짓말을 하고 있을 가능성도 있다는 생각을 했다.

"넌 친구도 없니?"

"내 친구들은 모두 학원에 다녀요. 피아노학원, 속셈학원, 영어학원, 글짓기학원, 그림학원, 태권도장, 바이올린 교습."

"너도 엄마한테 보내 달라고 하면 되잖아?"

"나도 전에 다녔는데 재미없어서 그만뒀어요. 친구들이 이상한 애라고 놀리고 그래서."

은희의 처지를 알 것도 같았다. 부모형제는 물론이고 놀아 줄 친구도 없는 은희가 측은하게 느껴졌다. 나는 그날 하루만이라도 은희와 함께 놀아 주기로 작정했다. 그것이 내가 은희에게 해 줄 수 있는 최선의 방법인 것 같았다.

"은희야, 너 이따 우리집에 가서 비디오 보지 않을래? 오빠에게 재미있는 비디오테이프가 있는데."

"엄마가 낯선 사람 따라가지 말라고 했는데."

"내가 왜 낯설어? 우리, 얼마 전에도 만났었잖아."

"그게 다 작전일 수도 있잖아요."

은희의 눈동자가 흔들렸다. 갈등하는 눈치였다.

"그럼 나를 따라와 봐. 저기 관리인 아저씨에게 내가 여기 사는 사람인지 아닌지 물어보면 되잖아."

"좋아요!"

은희는 기다렸다는 듯이 벌떡 일어났다. 나는 관리인 아저씨로 하여금 내 신분을 밝히게 하는 소정의 절차를 거친 뒤에 은희를 집으로 데리고 갔다.

내 방으로 데리고는 왔지만 마땅히 같이 놀 장난감 따위도 없고 해서 곧바로 내가 소장하고 있는 비디오테이프 가운데서 은희가 볼 만한 것을 골랐다. 〈천공의 성 라퓨타〉나 〈이웃의 토토로〉 같은 일본 만화는 자막이 없어서 은희가 보기에는 좀 지루할 것 같았다. 그래서 좀 교훈적이지만 따뜻한 이미지를 담고 있는 자인 프레데릭 백의 〈나무를 심는 노인〉을 보여 주었다.

더빙도 아주 잘 되어 있고 내용도 아름다워서 은희가 보기에는 적합할 것 같다는 나의 예상은 맞아떨어졌다. 처음에는 시시하다는 듯이 화면을 쳐다보고 있던 은희는 이내 부드럽고 따스한 그림과 줄거리에 빨려들어갔다.

만화영화를 보는 은희의 얼굴에는 간간이 천진난만한 미소가 떠올랐다. 놀이터에서 보여 주던 불안과 두려움은 더 이상 찾아볼 수 없었다. 비디오가 끝나고 나서도 은희는 그 나이의 아이답게 맑고 티없는 모습이었다. 함께 컴퓨터로 게임도 하고 옛날 이야기도 해주고 하며 재미있게 놀다 보니 밤이 깊었다. 이제 그만 집으로 가라고 해도 은희는 조금만 더 있다 가겠다며 일어서려 하지 않았다.

결국 아파트 관리인에게 인터폰으로 연락해 은희 엄마에게 연락을 취해 달라고 부탁했다. 연락을 받고 온 은희 엄마는 은희를 한참 찾았는지 아주 불쾌한 표정으로 은희를 데려갔다.

그렇게 그날이 지나가고 은희와 보낸 하루가 언제였냐는 듯 나는 다시 일상으로 돌아왔고 은희도, 귀신도 까맣게 잊어버렸다.

그로부터 일 주일쯤 지난 11월 초였다. 학교를 가려고 아침에 집을 나서는데 놀이터 앞에서 은희와 마주쳤다. 은희는 나를 기다리고 있었는지 나를 계속 따라오며 말을 붙였다.

"너 학교 안 가니?"

나는 졸졸 따라오는 은희에게 물었다.

"네! 오늘 개교 기념일이거든요."

"그래?"

나는 고개를 끄덕인 후에 다시 걸음을 옮겼다. 한참 걷다가 돌아보니 은희는 여전히 뒤에서 일정한 거리를 두고 아장거리는 걸음으로 날 쫓아오고 있었다.

"은희야, 오빠 지금 학교 가는 길이야. 수업 받으러. 알아?"

"아저씨네 학교 무지 크지요?"

은희가 동문서답을 했다.

"조금 크지. 그런데 왜?"

"아, 대학교는 어떻게 생겼을까? 무지무지 궁금하다!"

한마디로 학교에 따라오겠다는 거였다. 나는 걸음을 멈추고 은희를 빤히 쳐다보았다. 두 눈을 반짝반짝 빛내며 나의 대답을 기다리고 있는 은희를 보니 마음이 약해졌다. 내가 거절하면 온종일 풀이 죽어 놀이터에 혼자 앉아 있으리라.

나는 잠시 갈등하다가 은희에게 학교 구경을 시켜 주기로 작정했다. 내가 허락을 하자 은희는 폴짝거리며 좋아했다. 마치 소풍을 가는 기분이 드는지 동요를 흥얼거리도 했다.

좌석버스를 타고 학교 앞에 내렸다. 등교하던 수많은 사람들이 은희와 나를 이상한 눈으로 바라보았다. 마주치는 사람들마다 은희와 어떤 사이냐고 한마디씩 던졌다.

"오빠, 언제 저렇게 귀여운 애를 숨겨서 키웠어요. 능력도 좋수."

"자식아, 아무리 여자친구가 없다기로서니 이렇게 어린아이하고 사귀냐? 임마, 네가 레옹이냐?"

"애가 어째 아빠는 하나도 안 닮았네."

나는 진입로를 따라 올라가면서 별말을 다 들어야 했다. 나는 일단 은희를 맡기고 수업을 들어가기 위해 서클룸으로 갔다.

마침 지영이가 잡지를 뒤적이고 있었다. 지영이는 내 뒤에 따라

들어오는 은희를 보더니 눈이 동그래졌다. 나는 지영에게 간략하게 '레옹이 된 사연' 을 설명했다. 그리고 은희에게는 언니 말 잘 듣고 얌전하게 있으라고 당부했다.

"이 언니가 아저씨 애인이야?"

서클룸을 나서려는데 은희가 재빨리 말했다. 돌발적인 은희의 물음에 지영의 얼굴이 붉어졌다. 나는 당황해서 재빨리 대답했다.

"애인은 무슨… 그냥 후배야, 후배."

그러자 은희가 고개를 갸웃거리며 지영을 빤히 쳐다보았다. 그리곤 혼잣말처럼 중얼거렸다.

"그때 그 언니랑 비슷하게 생겨서 애인인 줄 알았지, 난 뭐……."

"그때 그 언니?"

이번에는 지영이 나서며 물었다.

"응. 보름쯤 전에 이 아저씨가 비틀거리며 놀이터 벤치에 누워 있던 적이 있었어요. 한 손에 술병 같은 것 들고 뭐라고 혼잣말로 중얼거리면서 그때 벤치에 앉아 아저씨 머리를 쓰다듬어 주던 언니랑 닮았어요."

"오빠, 그 여잔 누구야?"

지영이 나에게 물었다. 뭐라고 설명해야 될지 난감했다.

나는 그날을 기억하고 있었다. 은영의 묘에 다녀온 그 다음날이었다. 은영에 대한 그리움을 견딜 수 없어 그날은 초저녁부터 집에서 혼자 술을 마셨었다. 그러다 가슴이 답답해져 무작정 술병을 들고 놀이터로 나갔던 것이다.

사실 은영과 지영은 놀랄 만큼 닮아 있었다. 처음 지영을 봤을 때 은영이 다시 되살아 온 듯한 착각을 했을 정도였다.

나는 다시금 은희를 바라보았다. 어쩌면 유령이나 혼령을 볼 수 있다는 은희의 말이 정말일 수도 있다는 생각이 들었다.

"참, 수업 늦었다."

빤히 쳐다보는 지영의 시선을 외면하며 시계를 보았다. 은희와 지영에게 할 말은 많았지만 길게 얘기할 시간적인 여유가 없었다. 난 다시 한번 지영이에게 은희를 부탁한다는 말을 남겨 놓고 서클룸을 나섰다. 어디선가 은영의 혼령이 나를 지켜보는 것만 같았다.

2시간의 수업시간 동안, 교수님의 말소리는 하나도 귀에 들어오지 않았다. 난 은영에 대한 생각에서 벗어날 수 없었다. 은희의 말이 사실이라면 은영이 아직도 내 주변에 있다는 건데… 은영을 한 번도 못 본 은희가 어떻게.

난 오랫동안 생각하다가 은희가 거짓말을 한 거라고 일단 생각해 버리기로 했다.

수업을 마치고 서클룸으로 들어가니 많은 후배들이 은희 주변에 몰려 있었다. 그들은 나를 발견하자마자 마구 놀려대며 웃었다. 나는 쑥스러워 은희를 데리고 일단 밖으로 나갔다. 지영이 따라나왔다. 시계를 보니 점심 시간이었다. 은희가 스파게티가 먹고 싶다고 해서 학교를 나서는데 지영이 옆구리를 찌르며 한마디 했다.

"오빠, 능력 있어요?"

"걱정 마! 내가 아무려면 점심값도 없겠어?"

"그게 아니고 나이 차를 극복할 자신이 있냐는 거야."

"나이 차 ? 그게 무슨 말이야?"

점심 먹으러 가는데 웬 나이 차가 나오나 싶어 의아했다. 지영은 은희가 듣지 못하게 귓속말로 속삭였다.

"아까 은희가 뭐랬는 줄 알아. 글쎄, 오빠와 결혼하고 싶다는 거야."

"뭐?"

나는 웃으면서 지영을 보았다. 비로소 내가 서클룸에 들어섰을 때 왜들 그렇게 웃었는지 이해가 갔다. 나는 서너 걸음 처져서 걸어오는 은희를 돌아보았다. 사방을 두리번거리면서 걸어오는 은희가 더없이 귀엽게 느껴졌다.

"스파게티 맛있게 하는 집이 어디 있지?"

"글쎄?"

지영과 학교 정문 신호등 앞에서 걸음을 멈추고 이야기를 나누고 있는데 은희가 내 옷소매를 다급하게 잡아끌었다.

"아저씨, 저기요. 저 할아버지 옆에 서 있는, 검은 옷 입은 사람 안 보여요?"

나는 은희가 손가락으로 가리키는 쪽을 돌아보았다. 우리 학교에서 경영학을 가르치는 노교수 한 분이 막 바뀐 신호등을 건너오고 있었다. 아무리 봐도 교수님 곁에는 아무도 없었다.

"은희야! 뭐가 보인다고."

은희가 헛것을 봤거나 거짓말을 한 거라고 판단하고 꾸짖으려는 순간, 빠른 속도로 달려 오던 승용차가 '끼이익' 하고 미끄러지며 교수님을 치었다. 교수님은 공중으로 1미터가량 치솟았다가 보닛 위로 떨어졌다. 차는 2미터가량 더 가서 멈춰 섰고 교수님은 콘크리트 바닥으로 나뒹굴었다.

순식간에 벌어진 일이었다. 멍하니 보고 있던 사람들이 우르르 사고 현장으로 몰려 갔다. 나도 다급히 뛰어가 보았다. 교수님 주변에는 피가 흥건했다. 이마에서 꾸역꾸역 피가 흘러나오고 있었다. 아마도 즉사한 모양이었다.

피범벅이 된 교수님의 모습을 보고 있으니 구역질이 나려 했다. 은희가 옆에서 빤히 쳐다보고 있는 걸 발견하곤 재빨리 은희의 눈을 가렸다. 순간적으로 은희가 한 말이 떠올랐다. 검은 옷을 입은 사람이라.

은희도 교수님의 갑작스런 죽음에 충격을 받은 모양이었다. 은희가 봐서 좋을 것 없다는 생각이 들어 나는 재빨리 사고 현장을 떠났다.

아무래도 제대로 된 식사를 하기는 그른 것 같았다. 간단하게 점심을 때우기 위해 패스트푸드점으로 들어갔다. 은희는 좀전의 일을 잊어버렸는지 금세 쾌활함을 되찾았다. 지영과 은희는 내가 수업을 듣는 동안 서클룸에 있으면서 상당히 친해진 모양이었다. 은희는 햄버거를 먹다가 지영의 것이 맛있어 보인다면서 바꿔 먹자고 제안했다. 지영이 바꿔 주자 은희는 싱긋 미소를 띠었다.

나는 창밖으로 무심하게 지나가는 사람들을 바라보면서 은희가 말한 검은 옷을 입은 사람에 대해서 생각했다. 은희의 말이 사실이라면 검은 옷을 입은 사내는 저승사자임이 분명했다. 저승사자가 정말로 존재한단 말인가? 그렇다면 은영의 영혼도 정말 내 곁에서 맴돌고 있다는 건가?

믿을 수도 없고 부정할 수도 없는 묘한 상황이었다. 머리가 지끈지끈거렸다. 난 한동안 생각에 골몰하다가 지영과 은희가 이상스레 쳐다보고 있다는 것을 느끼고 그제서야 혼자만의 생각에서 벗어났다.

"은희는 몇 학년이야? 일학년?"

"아니, 삼학년!"

지영의 말에 은희가 어깨를 으쓱하며 말했다.

"뭐? 정말 삼학년이야?"

이번에는 내가 물었다. 나 역시 지영처럼 은희를 일학년 정도로 생각하고 있었다. 몸집도 작은데다 유독 귀염성 있고 천진한 얼굴이었기 때문이었다.

"응. 난 빨리 어른이 됐으면 좋겠어."

"왜?"

"아저씨하고 결혼하게."

당돌한 은희의 말에 지영이 까르르 웃었다. 은희는 웃고 있는 지영을 기분 나쁘다는 듯이 바라보았다. 사랑을 제대로 받지 못하고 자랐기 때문에 조금만 정을 주어도 마음이 약해지는 은희가 보기에 안쓰러웠다.

지영이도 나도 오후에 수업이 있었다. 은희를 더 이상 데리고 있는다는 것이 무리인 것 같았다. 나는 수업을 빠지고 은희와 함께 집으로 돌아가야겠다고 작정했다.

"은희야, 잘 가!"

"언니도."

패스트푸드점 앞에서 지영과 헤어지며 은희는 섭섭한 표정을 감추지 못했다. 나는 발길을 돌리지 못한 채 지영의 뒷모습을 쳐다보고 있는 은희의 손을 잡아끌었다.

나는 집으로 향하는 버스 안에서 은희에게 궁금한 것들을 하나씩 물어 보았다.

"은희야, 너 정말 놀이터에서 내 머릴 쓰다듬어 주던 언니 봤니?"

"응, 그 언니 지영이 언니와 너무 닮았어. 그 언니 누구야?"

"……."

"그 언니가 너무 정성껏 아저씨 머리를 쓰다듬어줘서 나는 아저씨 애인인 줄 알았는데… 정말 누구야?"

"그냥 좋아했던 사람이야."

난 은희가 거짓말을 하는 게 아니라는 것을 느꼈다. 말로는 설명할 수 없는 어떤 진실성이 은희가 말하는 억양 속에서 느껴졌다.

"그건 그렇고 말야, 너 아까 보았다는 검은 옷 입은 사람이, 너희 할아버지 돌아가셨을 때 보았다는 검은 옷 입은 사람과 같은 사람이었니?"

"아니, 다른 사람이었어요. 근데, 둘 다 무서운 사람이에요."

"얼굴은 어떻게 생겼는데? 괴물처럼 흉칙하니?"

"아니요. 그렇지는 않지만, 하여튼 무시무시. 아저씨, 저기 봐요! 저기 또 검은 옷 입은 사람이 서 있잖아요!"

창문 바깥쪽에 앉은 은희가 다급하게 창밖을 가리켰다. 재빨리 돌아보았다. 교통사고가 났는지 오토바이 한 대가 무참하게 찌그러져 있었다. 가로등을 들이받은 모양이었다. 바닥에는 피가 흥건했다. 사이렌 소리가 점점 가까이 다가왔다.

나는 사건 현장을 살피며 검은 옷을 입은 사람을 찾아보았다. 하지만 어디에도 검은 옷을 입은 사람은 보이지 않았다.

"아저씨, 저기 가잖아요. 잠바를 입은 사람과 함께. 어, 사라졌네?"

사방을 두리번거리는 은희의 표정을 보며 난 엉뚱한 생각을 했다. 이 애가 진짜로 혼령을 볼 수 있는 것이 아니라면, 뛰어난 연기력을 지닌 영악한 배우라고.

버스에서 내려 아파트를 향해 걸어가면서 나는 은희의 말을 사실로 받아들이기로 작정했다. 은희의 말이 사실인데, 나마저 은희를 믿어 주지 않는다면 은희가 너무 외로울 것 같다는 생각이 들어서였다.

"은희야, 난 지금부터 네 편이 되기로 했어. 앞으로 무서운 일이 있으면, 이 오빠에게 연락해. 그럼 내가 금방 달려가 지켜 줄게. 이건 내 전화번호야."

나는 놀이터 앞에서 은희와 헤어졌다. 은희의 얼굴에 화색이 돌았다. 난 밝은 미소를 띠는 은희를 보며 내가 한 판단이 현명하다고 생각했다.

은희를 집으로 들여보내고 나는 은영이 늘 앉아 있던 자리에 앉았다. 남들이 다 볼 수 없는 것을 볼 수 있다는 것, 결코 행복한 일은 아닐 것이다. 눈이 하나만 달린 사람들이 사는 곳에선 정상인이 병신 취급을 받아야 하듯이, 이런 기이한 능력은 다수에 의해 소외받을 수밖에 없다.

나는 빈 놀이터에서 은희가 느꼈을 외로움과 허전함의 깊이를 재보았다. 그늘진 얼굴을 할 수밖에 없는 은희의 가혹한 운명이 나의 가슴을 한없이 무겁게 만들었다.

그날 저녁이었다. 저녁을 먹은 뒤, 전에 사 두었으나 미처 시간이 없어 읽지 못했던 책들을 뒤적이고 있는데 인터폰이 울렸다.

은희 어머니가 찾으니 나가보라는 어머니의 전언이었다. 무슨 일인가 해서 거실로 나가니 은희 어머니가 초조히 서성이고 있었다.

"저, 저희 집에 좀 와 주셨으면 해서 이렇게… 우리 은희가 몹시 찾아서요."

은희가요? 왜요? 입안에서는 여러 가지 물음이 맴돌았지만 나는 군말 않고 은희 어머니의 뒤를 따라갔다.

"갑자기 은희가 미친 듯이 울면서, 학생을 찾는 거예요. 아무리 달래도 듣지 않고 무작정 아저씨를 데려오라고만 하니."

엘리베이터 안에서 은희 어머니가 변명을 하듯이 중얼거렸다.

은희네 집으로 들어가니 은희의 아버지가 은희를 달래고 있었다. 은희는 나를 발견하곤 쏜살같이 달려와 품에 안겼다. 은희 아버지가 머쓱한 표정을 지었다. 눈물을 글썽이는 은희의 눈동자가 심하게 흔들렸다. 겁에 질린 모양이었다.

"왜 그래, 은희야?"

나는 등을 다독거려 주며 은근한 목소리로 물었다.

"으흑, 아저씨 그 사람이 보였어요."

"그 사람이라니?"

"검은 옷을 입은 사람이요."

"어디서?"

나는 깜짝 놀라 물었다. 지금까지 은희가 한 이야기를 종합해 보면 검은 옷을 입은 사람은 저승사자였다. 저승사자가 은희 앞에 나타났다는 것은 은희네 식구 중의 생명이 위험하다는 이야기였다.

은희 부모들은 무슨 얘기인지 전혀 감을 못 잡는 것 같았다. 그들은 서로 눈길을 마주치다가 어깨를 으쓱거렸다.

"화장실에 이를 닦으러 들어갔는데, 갑자기 거울에 그 검은 옷을 입은 사람이 보이는 거였어요. 내 어깨를 슬며시 잡아서 전 너무 무서워 엄마를 부르며 울었어요. 그러다 엄마가 오고 그러니까 사라졌어요. 아저씨, 너무 무서워요. 나 죽을까요?"

은희의 마지막 말에 나는 잠시 멍해졌다. 은희는 저승사자가 자신을 데리러 왔다고 믿는 눈치였다. 난 일단 은희를 달랠 필요가 있음을 느꼈다. 은희의 심장이 쿵쾅거리는 소리가 생생하게 느껴졌다.

"은희야, 걱정하지 마. 아무도 너를 데려가지 못할 거야. 엄마, 아빠도 있고, 여기 오빠도 있잖아. 내가 다 알아서 할 테니까 넌 푹 자. 자고 일어나면 모든 게 다 해결될 테니까."

"혼자 자기 무서워."

몸을 잔뜩 웅크리며 은희가 말했다. 나는 은희의 부모님을 돌아보았다. 그들은 내 의도를 눈치챘는지 은희를 달래며 안방으로 데려갔다.

"엄마 아빠랑 자면 되잖아. 그럼 안 무섭지?"

은희 어머니가 은희를 안방에 눕혔다. 은희가 고개를 끄덕였다. 나는 은희가 잠들 때까지 은희 머리맡에 앉아 있었다.

은희는 우느라고 지쳤는지 십여 분쯤 다독거려 주자 잠이 들었다. 나는 거실에서 은희 어머니와 은희에 관해 이런저런 이야기를 나눴다.

"아무래도 내가 직장을 그만둬야 할까 봐요. 애가 혼자서 놀다 보니 이상한 상상만 하고."

"제가 보기에도 은희가 외로움을 타는 것 같습니다. 부모님의 관심을 끌기 위해서 은희가 자꾸 이상한 행동을 하는 것 같기도 하고."

나는 은희 어머니에게 은희가 보는 세계에 대해 설명할 자신이 없어서 좀더 관심을 가지고 은희를 지켜봐 달라고 부탁했다. 그녀는 나의 주제 넘는 참견에 순순히 고개를 끄덕이며 수긍했다.

어느새 밤이 늦어 나는 집으로 돌아가기 위해 일어섰다. 은희 어머니와 작별 인사를 하는데 갑자기 그순간 안방에서 '아아악!' 하는 비명소리가 들려 왔다. 방으로 뛰어들어나가니 은희 아버지가 은희의 어깨를 흔들고 있었다. 은희는 이불을 붙잡고 구석진 곳으로 뒷걸음질을 쳤다. 이마에서 식은 땀이 주르륵 흘러내렸다. 은희 어머니가 가서 달래자 은희는 한참 뒤에 참았던 숨을 토해냈다.

"우리 은희가 무서운 꿈을 꾼 모양이구나."

은희 어머니가 걱정스러운 표정으로 땀을 닦아 주며 말하자 은희가 고개를 저었다.

"꿈이 아니었어요. 분명히, 난 들었어요. 잠이 들었다가 아빠가 화장실에서 물 내리는 소리에 깨어났어요. 아저씨와 엄마가 나누는 이야기 소리가 들려 왔어요. 그래서 마음놓고 다시 자려는데 음침한 목소리가 들려 왔어요. '잘 자는구나, 꼬마야! 계속 자렴.' 하고요. 난 너무 무서웠어요. 눈을 뜰 수가 없었어요. 분명히 검은 옷을 입은 사람이 나를 보고 있었을 거예요."

은희가 겁에 질려 빠른 목소리로 말했다. 도저히 혼자선 잠을 이룰 것 같지 않았다. 나는 은희와 은희 어머니가 나란히 눕는 것을 보고 방을 나왔다.

"애가 기가 허해서. 내일은 병원에 데려가 봐야겠어요."

현관을 나서려는데 은희 아빠가 따라나오며 변명하듯 말했다.

다음날 나는 학교에서 내내 은희 생각만을 했다. 은희가 무슨 변이라도 당할까봐 걱정이 됐다. 무슨 일이 벌어질 때까지 기다리고 있을 수만은 없었다. 어떻게라도 손을 쓸 수 있으면 써야겠는데 좋은 생각이 떠오르지 않았다.

그러다 문득 떠오른 것이 윤석이 다니는 심령학회였다. 윤석에게 도움을 청할 생각으로 전화를 했다. 그런데 아쉽게도 윤석은 없었다. 부산으로 출장갔다는 것이었다.

"아, 예. 그렇군요."

크게 낙담해서 수화기를 내려놓으려는데 저쪽에서 이상한 낌새를 눈치챘는지 재빨리 말을 붙여 왔다.

"무슨 일 때문에 그러시죠? 혹시 윤석씨의 도움이 필요한 거라면 저에게 말씀해 보세요. 힘 닿는 대로 도와 드릴 테니까요."

나는 달리 방법이 없다고 판단하고 그 사람에게 은희 얘기를 대충 했다. 그는 내 이야기에 깊은 관심을 표시하며 오늘 당장 만나자는 것이었다. 은희와 함께라면 더 좋다면서.

"그건 좀 곤란한데요."

"그럼 둘이서 만납시다. 제가 신촌으로 나갈게요. 몇 시에 만날까요?"

그가 적극적으로 밀어붙였다. 나는 밑져야 본전이라는 생각으로 약속 장소를 정했다.

약속한 커피전문점에서 기다리고 있으니 그가 들어왔다. 귀띔해 준 대로 은테 안경에 검은 가방을 들고 있어 쉽게 알아볼 수 있었다.

"저는 홍석만이라고 합니다."

그는 자리에 앉으면서 악수를 청했다. 기분 나쁠 정도로 번뜩이는 눈동자의 소유자였다. 파르스름한 안광 눈에서 뿜어져 나왔다.

"제가 심령학회에서 일을 본 지는 5년째입니다. 그전에는 무역업에 종사했었지요."

그는 간략하게 자신의 소개를 했다. 나는 곧바로 본론에 들어가, 은희에 대해 못 다한 이야기를 풀어놓았다.

"그랬군요. 지금도 은희가 거짓말을 한다고 생각하십니까?"

"아뇨. 하지만, 솔직히 믿기지 않는군요."

"그렇겠죠. 우리는 그런 세계가 상상 속에서나 존재한다고 배워 왔으니까요. 하지만 영들의 세계는 실재하고 있어요. 제가 볼 때 은희는 아주 특수한 경우군요. 전생을 기억하는 아이는 몇 번 만나봤지만 영들을 보는 아이는 처음입니다."

"은희는 앞으로 어떻게 될까요?"

"위험해요. 이대로 방치했다가는 분명 은희는 죽게 될 겁니다. 은희가 본 검은 옷을 입은 사람은 저승사자임이 분명합니다. 많은 사람들은 저승사자나 사후 세계를 부인하고 있는데 그건 잘못입니다. 그들은 이미 존재하고 있습니다. 그러기에 인간의 상상 속에서 존재할 수 있었던 겁니다. 우리는 오랜 역사를 통해서 인상의 상상이 현실 속으로 모습을 드러내는 것을 보아 왔습니다. 여전히 상상으로 남은 것들은 그것이 단순한 상상이어서가 아니라 때가 되지 않았기 때문입니다."

"그렇다면 상상하는 모든 것들은 존재한다는 말씀입니까?"

"대체적으로 그렇습니다. 그 중에서도 많은 사람들이 공통적으로 상상하는 것들은 분명 존재합니다. 인류는 오래 전부터 인간이 죽을 때가 되면 인간의 혼령을 인도하기 위해 무언가가 나타난다고 믿어 왔습니다. 그것이 악마라고 믿는 종족도 있고, 천사라고 믿는 종족도 있습니다. 우리 조상들은 그들을 저승사자라고 불렀죠. 서로 다른 문화를 지니고 살아가면서 이들은 비슷한 생각을 지녔던 겁니다. 이것을 단순한 우연의 일치라고 봐야 할까요? 아닙니다. 인류는 수많은 사람들이 죽어가는 것을 지켜보면서 무의식중에 이들의 존재를 알아차려버린 겁니다. 그들은 무의식이 캐치한 것을 그림이나 글 속에 남겼습니다. 아시겠습니까?"

나는 홍석만씨의 이야기를 들으면서 은희를 생각했다. 저승사자가 존재하느냐, 아니냐 하는 것보다는 은희의 목숨을 어떻게 하면 살릴 수 있느냐 하는 것이 그때 나의 관심사였다.

"그래요, 저승사자가 존재한다고 치죠. 그렇다면 저승사자는 왜 어린 은희를 노리고 있는 걸까요?"

"그건 은희가 순리를 어겼기 때문입니다. 이 세상은 눈에는 보이지 않지만 짜여진 법칙에 의해서 흘러갑니다. 은희는 짜여진 법칙을 깬 겁니다."

"무슨 말씀이신지…"

"살아 있는 자는 죽은 자를 볼 수가 없게끔 되어 있습니다. 그런데 은희는 신의 실수에 의한 것이든 신의 의도에 의한 것이든간에 그 법칙을 깬 겁니다. 은희가 혼령을 볼 수 있다는 것을 저쪽 세계에서 눈치챈 것 같습니다. 그들은 은희를 데려가 어긋난 법칙을 바로잡으려고 하는 거죠."

"어떻게 은희를 구할 방법은 없는지요?"

"글쎄요? 현재로서는 달리 어떻게 해 볼 도리가 없습니다. 수호령이 지켜준다면 몰라도."

"수호령이요?"

"쉽게 이야기하면 은희의 조상신이죠. 모든 사람에게는 조상신이 따라다니죠. 그런데 어떤 조상신은 힘이 강력한가 하면 어떤 조상신은 아주 무력해요. 우린 은희의 조상신이 강력한 힘을 지녔기만을 바래야 할 것 같군요."

홍석만씨의 이야기를 듣고 있으니 갑자기 나 자신이 한심하게 느껴졌다. 은희가 죽을지도 모르는데 눈에 보이지도 않는, 아니 실재하는지 어떤지도 모르는 조상신이 은희를 지켜 주기만을 바래야 하다니.

"죽음은 창조주의 섭리입니다. 은희의 곁을 서성이는 죽음도 그렇게 받아들이시면 한결 마음이 편할 겁니다."

내 기분을 눈치챘는지 홍석만씨가 덧붙였다. 나는 길게 한숨을 내쉬었다. 그의 얘기를 듣고 나니 만나기 전보다 기분이 더욱 암담했다. 그 어린 것이 저승사자에게 끌려 가기만을 기다려야 하다니.

자리에서 일어서려는데 홍석만씨가 뭔가 할 말이 있다는 듯이 머뭇거렸다. 망설이던 내가 다시 자리에 앉자 그는 용기를 얻었는지 입을 열었다.

"이런 이야기를 하기는 뭐하지만 은희를 우리 연구소에 맡기는 건 어떻겠어요? 장담은 할 수 없지만, 연구소 직원들이 힘을 하나로 모아 최선을 다한다면 은희의 목숨을 지킬 수 있을지도 몰라요. 저희는 은희를 통해 사후세계 연구를 해 나갈 수 있고, 은희는 목숨을 부지할 수 있고."

나는 그 말을 듣는 순간, 홍석만씨가 왜 그렇게 은희에 대해 깊은 관심을 보이는지 비로소 이해가 갔다. 그는 은희에 대한 걱정보다도 은희를 통해 사후세계에 대한 연구를 할 수 있다는 기대감에 들떠 있었다.

"일단 은희 부모님과 상의를 해 보죠. 하지만 그들은 은희의 정신 상태를 의심하려 드는 정상적인 사람들이니 큰 기대는 하지 마세요."

친절하게 여러 가지 조언까지 해 줬는데 냉정하게 거절할 수도 없어 난 최대한 정중하게 거절했다.

"주의하셔야 해요. 아마 이제부터 그애 주변에 위험한 일이 많이 일어날 거예요. 사람의 힘으로만은 막기 힘든."

홍석만씨는 뭔가 더 이야기를 하려다가 그만 입을 다물어 버렸다.

그와 헤어져 돌아오는 길에, 난 문득 내 판단에 스스로 혼란스러움을 느꼈다. 내가 홍석만씨의 말을 아무런 거부감없이 받아들이고 있다는 사실을 발견했기 때문이었다.

'아무 일 없을 거야. 은희는 애정이 부족한 거야. 그래서 주위 사람들의 관심을 끌려고 거짓말을 한 거고, 그 중 몇 개의 거짓말들이 우연히 맞아떨어졌을 뿐이야. 그래, 내가 너무 예민하게 받아들이고 있는 거야.'

어지러운 머릿속을 대충 정리하니 한결 기분이 나아졌다.

아파트에 다다르니 땅거미가 짙게 깔려 있었다. 습관처럼 놀이터를 쳐다보니 혼자 앉아 있는 은희의 모습이 보였다. 신발 끝으로 땅을 파고 있던 은희가 고개를 들었다.

"아저씨!"

반가움이 가득 담긴 음성이었다. 은희는 벤치에서 벌떡 일어나 내가 있는 쪽으로 뛰어왔다. 그 순간, 가만히 있던 미끄럼틀이 '끼이익' 하는 소리를 내며 기우뚱거렸다. 은희가 놀라 걸음을 멈췄다. 미끄럼틀이 서서히 은희를 향해 넘어지기 시작했다.

"피해, 은희야!"

나는 재빨리 몸을 날려 은희의 몸을 멀리 밀치고 바닥을 데굴데굴 굴렀다. 바로 옆에서 '쿠쿵!' 하는 소리와 함께 흙먼지가 일었다.

관리인과 퇴근길의 남자 몇 사람이 뛰어왔다.

"괜찮아요?"

누군가 나에게 물었다. 나는 일어나서 재빨리 은희에게 다가갔다.

"은희야, 괜찮니?"

창백한 표정으로 멍히 앉아 있던 은희가 갑자기 '으앙!' 하고 울음을 터뜨렸다.

"울지 마, 잘 끝났으니까."

난 은희를 다독거려 주고 나서 둘러선 사람들과 함께 쓰러진 미끄럼틀을 살펴보았다.

"거 이상하네? 어떻게 미끄럼틀이 넘어지지? 귀신에 홀린 것도 아니고."

관리인은 미끄럼틀을 살피는 동안 내내 고개를 갸웃거리며 중얼거렸다.

나는 미끄럼틀 밑을 유심히 살펴 보았다. 흙속으로 기둥이 파묻혀 있고, 기둥 끝에는 콘크리트로 단단히 포장까지 해 놓았는데 기둥째 뽑혀 있었다.

아무리 살펴도 상식적으로 이해가 되지 않았다. 다른 사람들은 관리사무소의 관리 소홀 탓으로 돌렸지만 내가 보기엔 그런 단순한 문제로 빚어진 사고는 아닌 것 같았다.

나는 벤치에 앉아서 훌쩍이는 은희를 데리고 은희 집으로 향했다.

"뭐하러 나와 있었어? 집에 가만히 있지!"

"아저씨, 만나려고. 흐흑!"

은희네 집으로 가는 길에 은희 부모님을 만났다. 소식을 듣고 허겁지겁 달려나온 모양이었다. 은희를 구해줘 고맙다면서 자기네 집에 가서 저녁이나 먹고 가라고 잡아끌었다. 은희도 같이 가자고 재촉해서 나는 마지못해 은희네 집으로 갔다.

은희 어머니는 이것저것 사 와서 새로 저녁상을 차렸다. 배가 고파 대충 먹자고 했지만 잠시면 된다며 은희 어머니는 분주히 손을 놀렸다.

기다린 지 거의 한 시간 반이 지나서야 나는 식탁에 앉을 수가 있었다. 허기가 질 대로 져 있던 터라 음식이 기가 막히게 맛있었다. 허겁지겁 저녁을 먹는데 은희 어머니는 오늘 병원에 갔던 일을 들려 주었다.

"의사 선생님이 애가 몸이 허약해서 그렇대요. 크게 신경쓰지 않아도 된다고 하시더군요."

나는 건성으로 들으며 배가 터지도록 밥을 먹었다. 과일에다 커피까지 한 잔 먹고서 집으로 돌아오니 만사가 귀찮았다. 침대에 누워 잠을 자려는데 갑자기 검은 옷을 입은 사람이 내 앞에 나타난다면 어떤 기분이 들까 하는 생각이 들었다. 누군가 나를 정말로 지켜보고 있는 것만 같았다. 눈을 뜨기가 겁이 났다.

가까스로 눈을 떴다. 다행히 아무 것도 없었다. 이마에 손을 대 보니 식은땀이 흘러내리고 있었다. 나는 창문을 꼭 닫고 다시 침대에 누웠다. 하지만 쉽게 잠을 이룰 수가 없었다.

잡념에 시달리다가 새벽녘에 가까스로 잠이 들었다. 눈을 떠 보니 방안이 환했다. 시계를 보니 12시 10분이었다. 토요일이라서 수업이 없었다. 느긋하게 화장실에 가서 양치질을 하는데 갑자기 서클 사람들과 1시에 만나기로 한 약속이 떠올랐다.

후다닥 세수를 하고 아파트를 나섰다. 식사를 포기하고 나니 그런 대로 약속 시간에는 도착할 수 있을 것 같았다. 정류장 쪽으로 바삐 걸음을 옮기는데 맞은편에서 앙증맞은 가방을 메고 걸어오는 은희의 모습이 보였다. 걸음이 무척이나 경쾌해 보였다.

나는 은희에게 손을 흔들어 아는 체를 했다. 은희도 싱긋 웃으며 손을 흔들었다. 은희와의 거리가 십여 미터 정도로 좁혀졌을 때였다. 한편에 서 있던 생수 배달 트럭이 후진하기 시작했다. 은희가 빠른 걸음으로 뛰어왔지만 트럭이 후진하는 속도가 은희가 뛰는 속도보다 훨씬 빨랐다. 경사가 그리 심하지 않은데도 차의 속도가 이상할 정도로 빨랐다. 후진등도 켜져 있지 않았다. 나는 섬뜩한 예감이 들어 은희에게 뛰어갔다. 은희는 아무 것도 모르고 나를 보며 웃으면서 뛰어왔다.

나는 분명히 운전사가 은희를 못 봤다고 생각하고 재빨리 달려가 은희를 안고 옆으로 굴렀다. 간발의 차이로 트럭이 옆으로 비켜갔다. 트럭은 한쪽에 서 있는 승용차 위를 덮쳤다. 요란한 굉음과 함께 승용차의 보닛이 휴지처럼 심하게 밀렸다. 트럭은 소나타를 완전히 깔아뭉갠 뒤에야 멈춰섰다.

"어떤 자식인데 운전을 이따위로 해!"

화가 치솟을 대로 치솟은 나는 벌떡 일어나 멈춰서 있는 트럭 쪽으로 다가갔다. 트럭 안을 살펴 보았더니, 놀랍게도 운전사가 없었다.

"어? 내 차."

저쪽에서 한 사내가 허겁지겁 뛰어왔다. 승용차 주인도 나타나서 트럭 바퀴를 걷어차며 온갖 욕설을 내뱉었다.

"이상하네? 분명히 사이드 브레이크를 잡아놓았는데, 그리고 나서도 왠지 불안해서 돌까지 괴어 놓았는데."

운전사가 풀 죽은 목소리로 중얼거렸다. 승용차 주인이 당장 찻값을 물어내라며 삿대질을 했다. 트럭 운전사는 속상해 죽겠으니 가만히 있으라고 도리어 호통을 쳤다. 구경꾼들이 하나둘 모여들었다.

난 아수라장에서 벗어나 은희를 데리고 아파트로 되돌아갔다. 약속도 약속이지만 무릎과 팔꿈치가 까진 은희부터 치료해 줘야겠다는 생각이 들어서였다. 난 은희를 집으로 데리고 가서 약을 발라준 뒤 붕대를 감아 주었다.

"아저씨도 치료해야지."

은희가 바닥에 긁혀 상처가 난 내 오른손을 잡아끌었다.

"난 괜찮아."

난 휴지로 거의 다 말라버린 피를 닦으며 말했다.

"치료해, 아저씨."

"알았어, 치료할 테니까 울지 마."

은희가 조그만 고사리손으로 내 손에 약을 바른 뒤 붕대로 정성껏 감아 주었다. 은희는 자기에게 심상치 않은 사건이 연이어 일어나고 있다는 것을 눈치챘는지 파르르 떨면서 울음을 삼켰다. 나는 은희와 함께 집을 나섰다.

"은희야, 집에 꼼짝 않고 있으면 아무 일 없을 거야. 내가 곧 돌아와서 놀아 줄 테니까 집에서 문 꼭 닫고 있어, 알았지?"

은희는 입술을 꽉 깨문 채 고개를 끄덕였다. 나는 은희를 집까지 데려다 준 뒤에 약속 장소로 가기로 했다.

우연일까? 아니면, 홍석만씨가 말한 대로 저승사자들이 은희를 데려가려고 한 것일까?

서클 사람들과 만나 모임을 갖는 도중에도 연이은 사고에 대한 생각이 머리를 떠나지 않았다. 둘다 우발적인 사고라고 하기에는 사건의 정황이 심상치 않았다. 아까 사고만 해도 그랬다. 사이드 브레이크가 풀려서 경사진 길을 밀려 내려오는 트럭치고는 속도가 너무 빨랐다. 누군가 트럭 안에서 후진 기어를 넣고 액셀러레이터를 힘껏 밟지 않았다면 그렇게 빨리 달려올 수는 없을 것 같았다.

모임이 끝나자 서클 사람들은 술집으로 갔지만 나는 은희가 걱정돼 집으로 향했다. 차에서 내려 걷다 보니 사고 현장이 나타났다. 트럭도, 짓뭉개진 승용차도 보이지 않았지만 여기저기 흩어져 있는 깨어진 유리조각이 사고 현장임을 짐작케 했다. 놀이터에는 미끄럼틀이 여전히 쓰러진 채로 놓여 있었다. 도저히 쓰러질 수 없는 것이 쓰러졌다는 느낌이 강하게 들었다. 나는 미끄럼틀을 바라보다가 무심코 고개를 들었다.

왠지 온몸을 감싸오는 이상한 기분. 난 다급히 시선을 들어 허공을 올려다보았다.

누군가 베란다에 아슬아슬 매달려 것이었다. 높이로 보니 11층쯤 되어 보였다. 퍼뜩 은희가 떠올랐다. 자세히 올려다보니 정말로 은희였다. 나는 재빨리 아파트 안으로 뛰어들어갔다.

엘리베이터 앞에서 다급히 버튼을 눌렀다. 엘리베이터는 9층에서 있었다. 내려오기를 기다릴 여유가 없었다. 계단을 타고 뛰어올라갔다. 서너 계단씩 한번에 밟고 올라가면서 나는 신에게 기도했

다. '제발 아무 일도 없게… 아무 일도 없게만 해 주십시오…….'

허파가 터질 것만 같았다. 담배를 끊어야겠다는 생각이, 날아가듯 뛰어올라가는 중간에 퍼뜩 스쳐갔다. 층마다 열린 창문이 보였지만, 밖을 내다보기는 겁이 났다. 결국은 떨어지고 마는 은희의 모습이 보일 것만 같아서였다.

다리가 후들후들 떨렸지만 11층까지 단숨에 뛰어올라가 현관문을 열었다. 문이 잠겨 있었다.

"은희야, 문 열어!"

"아저씨, 살려 줘요!"

다급하게 문을 두들기니 은희의 외침이 들려 왔다. 문을 부수기 위해서 사방을 둘러보았지만 아무 것도 보이지 않았다.

"은희야, 기다려! 잠깐이면 돼!"

엘리베이터로 달려갔지만 그것은 일층에 멎어 있었다. 다시 계단으로 허겁지겁 뛰어내려갔다. 두 번이나 발을 헛딛어 구를 뻔하다가 가까스로 일층으로 내려갔다.

"아저씨! 1136호! 열쇠 주세요… 빨리요!"

"왜, 왜 그러세요?"

관리인이 눈을 동그랗게 뜨고 반문했다. 내가 다시 한번 재촉하자 그는 서랍을 열고 열쇠꾸러미를 만지작거리다가 비상 열쇠를 내밀었다.

은희야, 조금만 참아! 입안이 바짝바짝 타들어갔다. 승강장으로 갔다. 엘리베이터 문이 닫히려 했다.

"잠깐만요!"

내가 다급히 외쳤지만 엘리베이터 문이 닫혔다. 젠장! 주먹으로 굳게 닫힌 문을 힘껏 치고 돌아서려는데 거짓말처럼 문이 열렸다. 엘리베이터 안에는 스물 두셋 정도 되어 보이는 아가씨가 서 있었다. 예쁘장한 얼굴이었다. 나는 안으로 타자마자 닫힘 버튼을 누르고 11층을 눌렀다.

엘리베이터는 천천히 상승하기 시작했다. 아주 느린 속도로

"저, 어디 아프세요?"

여자가 핸드백에서 손수건을 꺼내 내밀었다. 난 그제서야 내 전신이 땀으로 흠뻑 젖어 있다는 것을 깨달았다.

"됐어요!"

나는 소매로 이마에서 흘러내리는 땀방울을 닦았다. 그녀가 머쓱한 표정으로 수건을 다시 핸드백에 집어넣었다. 11층에서 엘리베이터가 멎자마자 나는 1136호로 뛰어갔다. 그리곤 허겁지겁 현관문을 열었다. 보조키가 잠겨 있으면 어떡하나 내심 걱정했는데 천만다행으로 보조키는 잠겨 있지 않았다.

신발을 신은 채 베란다로 달려갔다. 은희는 여전히 베란다에 매달려 처절한 사투를 벌이고 있었다. 손을 내밀어 은희의 팔목을 낚아챘다. 그 순간, 내 손목에 엄청난 통증이 왔다. 마치 망치 같은 것으로 손목을 내리치는 듯한. 하마터면 은희를 놓칠 뻔했다. 난 왼손으로 재빨리 은희를 잡아서 끌어올렸다. 천천히 위로 올리는데 믿기지 않는 일이 벌어졌다. 어떤 강력한 힘이 내 손가락을 풀어버린 것이다. 나는 은희를 놓치지 않으려고 안간힘을 썼지만 역부족이었다. 엄지, 검지, 중지, 약지, 새끼 손가락이 차례대로 풀어졌다.

"아악!"

거의 다 올라왔던 은희가 주루룩 미끄러졌다. 나는 재빨리 허리를

숙여 미끄러지는 은희의 오른손을 잡았다. 베란다에 오랫동안 매달려 사투를 벌인 까닭에 은희의 손은 땀에 젖어 미끈거렸다. 게다가 내 상체는 베란다 밖으로 반은 넘어가 있는 상태여서 힘을 쓰기가 어려웠다. 끌어올리는 건 고사하고 손을 잡고 있기도 힘들었다.

아파트 밑으로 사람들이 모여들었다. 그들은 어찌할 바를 모른 채 발을 동동 구르고 있었다. 은희를 잡은 손아귀에 힘이 점점 빠져갔다. 낮에 다친 상처가 다시 터져 손목에서 핏방울이 흘러내렸다. 핏방울은 은희의 손과 은희를 잡은 내 손 사이로 비집고 들어갔다. 비집고 들어온 핏방울은 땀과 엉겨 흐르며 은희를 잡은 손을 더욱 미끄럽게 했다.

나는 은희를 놓치지 않기 위해서 손아귀에 전신의 힘을 모았다. 만약 이대로 은희를 놓쳐버린다면 나는 평생을 죄책감에 시달리며 고통받으리라.

은희는 남은 한 손으로 내 손을 잡기 위해서 버둥거렸다. 하지만 오랫동안 난간에 매달려 있느라고 힘이 빠졌는지 연신 한 손으로 허공만 휘저을 뿐이었다.

안 돼! 저 어린 것을 포기할 순 없어.

나는 입술을 꽉 깨물고 전신의 힘을 모아 은희를 당겨 보았다. 팔목이 빠져 버릴 것처럼 고통스러웠으나 조금 꿈틀거리며 움직였다. 그 순간, 누군가 내 손가락을 다시 푸는 것처럼 느껴졌다.

"아, 안 돼!"

흩어지려는 의식을 다시 하나로 모으면서 마비된 듯한 손가락에 힘을 주었지만 아무 소용이 없었다. 손가락이 다시 하나씩 벌어지고 있었다. 엄지, 검지, 중지…

"오, 신이시여!"

난 참담한 절망감에 휩싸여 외마디 비명을 내뱉었다. 그때였다. 누군가 나를 쑤욱 위로 끌어올리는 믿기지 않는 일이 일어났다. 은희의 몸이 가볍게 들려졌다. 난 재빨리 왼손으로 은희의 몸을 끌어안아 베란다 안쪽에 내려놓았다. 은희의 몸무게가 하나도 느껴지지 않았다.

그야말로 순식간에 일어난 일이었다. 저 밑에서 박수와 환호성이 아련하게 들려 왔다. 바닥에 주저앉아 우는 은희를 내려다보다가 나는 베란다에 털썩 주저앉고 말았다.

"은희야, 이젠 괜찮아."

울고 있는 은희를 꼭 안았다. 살아있음을 더없이 잘 증거해주는 심장의 고동소리가 느껴졌다. 얼마나 고마운 소리인가.

나는 땀으로 범벅이 된 채 역시 땀으로 흠뻑 젖어 있는 은희를 꼭 안았다. 등 뒤에서 요란한 발소리가 들려왔다. 관리인과 아파트 주민들이 허겁지겁 들어서고 있었다. 그들은 걱정스러운 얼굴로 다가와 나를 부축해 주었다. 나는 은희의 손을 꼭 잡고 거실로 들어갔다. 관리인과 주민들은 큰일 날 뻔했다며 저마다 한마디씩 떠들다가 돌아갔다.

"베란다에는 왜 나갔어?"

나는 아찔했던 순간을 떠올리곤 베란다 쪽을 힐끗 돌아보며 물었다.

"내가 나간 거 아냐, 아저씨."

은희가 손등으로 아직도 흘러넘치는 눈물을 닦으며 말했다.

"네가 나간 게 아니라니?"

"난 아저씨 말대로 방안에서 꼼짝도 안 하고 있었어. 그러다가 잠이 들었는데, '꼬마야 같이 가자' 하면서 허공에서 무서운 목소리가 들려 왔어. 나는 겁이 나서 잔뜩 웅크리고 있는데, 갑자기 바람이 불어오더니 방문이 덜컹 열렸어. 내가 정신을 차려 보니 검은 옷 입은 사람이 내 손목을 잡아끌고 있었어. 끌려가지 않으려고 힘을 줘 봐도 소용없었어. 그가 베란다 문 앞에 서자 문이 '드르륵' 열리는 거야. 그는 나를 베란다로 끌고 갔어.

그리곤 베란다 밖으로 떠밀었어. 난 아저씨를 부르며 필사적으로 베란다에 매달렸어. 그런데 검은 옷을 입은 사내는 아저씨를 기다리는지 대롱대롱 매달려 있는 나를 바라보고만 있었어. 너무너무 무서웠어… 엉엉 울고 있는데 아저씨가 허겁지겁 뛰어왔어. 검은 옷을 입은 사람은 아저씨가 나를 끌어올리는 걸 차갑게 지켜보고 있다가 갑자기 달려들어 아저씨 손가락을 풀었어. 난 다시 베란다에 매달리고, 그 무서운 아저씨가 히죽거리다가 다시 아저씨 손가락을 풀기 시작하는 거였어. 내가 겁이 나서 막 울자 그때 죽은 할아버지하고 또 다른 할아버지가 나타났어. 수염이 무성한 할아버지가 아저씨와 함께 내 손을 잡고 번쩍 들어올렸어. 그리곤 순식간에 사라졌어."

"또 다른 할아버지? 그분은 어떻게 생기셨는데?"

"할아버지하고 많이 닮으신 분인데 나이는 훨씬 더 많이 먹어 보였어."

"그래?"

나는 순간적으로 홍석만씨가 말한 '수호령'이 나타난 게 아닐까라는 생각을 했다. 죽은 할아버지가 강한 힘을 발휘할 수 있는 조상신을 데리고 와서 은희를 구해 준 모양이었다.

은희의 베란다 소동으로 인해 은희 어머니는 직장을 그만뒀다. 그 후로 아파트 단지 부근에서 어머니의 손을 잡고 학교나 문방구로 가는 은희의 모습을 자주 볼 수 있었다. 어머니가 늘 함께 있기 때문인지 그 뒤로 은희에게 이상한 사건은 더 이상 일어나지 않았다.

그 일이 일어나고 한 달가량 지난 어느날, 은희네 가족의 이사 소식이 들려왔다. 아버지 직장이 갑자기 부산으로 발령이 나서 이사를 가게 되었다는 것이었다. 희한한 일로 엮이긴 했지만 모처럼 정든 이웃이 생겼는데 떠난다고 하니 몹시 서운했다. 은희 어머니는 극구 사양하는 나에게 그동안 여러모로 고마웠다며 봉투를 하나 내밀었다. 은희 어머니가 돌아가시고 나서 꺼내 보니 구두 티켓이었다.

난 괜히 빚진 기분이 들어서 다음날 아침 일찍 은희네 집으로 가서 이삿짐 내리는 걸 도와 드렸다. 이삿짐센터에서 사람이 나와 짐 내리는 건 그리 오래 걸리지 않았다. 트럭에 짐을 모조리 싣고 나서 난 은희와 작별 인사를 했다.

"은희야, 부산 가서 잘 지내. 이제 아무 일도 없을 테니 공부 열심히 하고, 놀기도 열심히 놀고."

은희는 고개를 푹 숙인 채 내 이야기가 끝나기를 기다리고 있다가 편지를 불쑥 내밀었다. 그리곤 후다닥 뛰어서 차에 올라탔다. 트럭은 금세 떠났다. 나는 편지를 들고 떠나는 차의 뒷모습을 향해 손을 흔들었다. 은희는 눈물을 글썽이며 열심히 작은 손을 흔들어 댔다.

차가 시야에서 완전히 사라지고 난 뒤에 편지봉투를 뜯어보았다.

정성스럽게 쓴 은희의 글씨가 보였다.

> 오빠에게.
>
> 너무너무 고맙습니다.
>
> 저를 잘 보살펴 주셔서…….
>
> 저는 오빠 덕분에 무척 행복합니다.
>
> 부산에 가서도 오빠 생각 많이 할 거예요.
>
> 저도 금방 자라서 예쁜 언니처럼 될 테니까
>
> 그때는 꼭 저랑 데이트해 주세요.
>
> 약속할 수 있죠?
>
> 오빠 다시 만날 때까지 몸 건강하세요.
>
> – 은희 올림

나는 읽고 또 읽었다. 내가 지금까지 받아 본 연애편지 중에서 가장 순수하고 아름다운 마음이 담긴 그 편지를……. 은희와는 이제 다시 만나기 힘들다는 걸 알기에 자꾸만 드는 아쉬운 마음. 하지만 나는 마음을 차분히 다잡자고 다짐하며 편지를 고이 접어 주머니에 넣었다. 그때는 전혀 알 수 없었다. 은희와 나는 다시 만나게 될 기구한 운명으로 묶여 있다는 것을.

은희를 보내고 집으로 돌아가기 위해 엘리베이터를 탔다. 서서히 문이 닫히려는 순간, 나는 그동안 차마 실재한다고 확신할 수 없었던 존재를 보았다.

그것은 검은 그림자였다. 검은 옷을 입은 사내가 아파트 광장에

서서 은희네 트럭이 떠난 저편을 바라보고 있었던 것이다. 나는 다급히 열림 버튼을 누르곤 아파트 광장으로 달려 나갔다. 아무리 둘러봐도 그 어디에도 검은 옷을 입은 사내는 보이지 않았다. 투명한 가을 햇살만 이곳저곳에 쏟아져 내리고 있었다. 나는 텅 빈 광장에 우두커니 선 채 알 수 없는 불길한 예감에 몸을 떨었다. 그리곤 은희가 탄 트럭이 떠난 저쪽을, 눈을 부릅뜬 채 한참 동안 바라보았다.

죽음이 우리를 갈라놓더라도…

이기적인 사랑은 증오보다 더 무섭다.

오랜만에 걸려 온 윤석의 전화였지만 나는 조금도 이상한 낌새를 눈치채지 못했다.

술이나 한잔 하자는 제의에 난 그저 요즘 공부가 잘 안 되는구나 하고 가볍게 생각해 버렸다. 사법고시 이차 시험도 얼마 안 남았는데 술 마셔도 되는 건가 하는 걱정이 잠깐 스쳤을 뿐이었다.

약속한 신촌의 소주방에 가니 윤석이 먼저 와서 기다리고 있었다. 나는 안부를 묻고 대화를 나누는 동안 윤석을 찬찬히 살펴보았다. 윤석의 얼굴은 매우 지치고 초췌해 보였다. '자식이 공부에 지쳐서 그렇겠지' 라고 난 생각했다. 그러나 윤석은 담담하게 사법고

시를 포기했노라고 털어놓아 나를 깜짝 놀라게 했다.

포기한 이유를 물어 보자 윤석이는 대답을 얼버무리며 술잔만 권했다. 나는 주는 대로 술을 받아 마시며 윤석이 스스로 입을 열길 기다렸다.

"일한아, 우리 형 기억나니?"

술병이 금세 바닥나 다시 한 병을 시켰을 때 윤석이 불쑥 물었다.

질문이 조금 이상하다는 생각이 들었다. 난 윤석의 형 윤철을 잘 알고 있었다. 올 초에 장학생으로 미국으로 유학을 떠난, 정말 머리 좋고 장래가 촉망되는 사람이었다. 동생 친구들에게도 매우 잘해 줘서 나 역시 그 형에게 술을 얻어먹은 적이 한두 번이 아니었다.

우리 형 기억나니? 나는 윤석의 물음을 다시금 떠올려 보았다. 아무리 만난 지 1년이 넘었다지만 '기억나니?' 라는 질문은 어색하기만 했다.

"물론이지! 윤철이 형 유학 갔잖아? 참, 형 잘 있니? 여름 방학이라 한국에 와 있을지도 모르겠네?"

나는 이상한 느낌을 떨치려 애써 떠오르는 대로 물었다.

"여름 방학이라… 하긴 우리 형이 지금 한국에 있긴 있지."

"근데 왜? 야, 윤철 형 얘기하니까 갑자기 보고싶어진다. 내가 윤철 형을 마지막으로 본 게 언제더라. 아, 맞다! 너 작년에 사시 1차 시험 보기 전날 엿 주러 갔다가 뵀지. 형님 잘 계시냐?"

윤석이는 말없이 소주를 맥주 글라스에 가득 따르더니 미처 말릴 새도 없이 단숨에 들이켰다. 그리고는 충혈된 눈빛으로 나를 지그시 바라보다가 시선을 떨구더니 혼잣말 비슷하게 중얼거렸다. 자조와 체념이 깃든 음성이었다.

"너 아직도 우리 형이 유학 간 줄 알고 있구나. 하긴 집안에 정신병자가 있다면 남들이 얼마나 이상하게 생각하겠니. 그래서 우리 가족들은 다른 사람들이 형에 대해 물으면 유학간 걸로 이야기하기로 했어. 후훗! 형은 미쳤어! 나도 그것 때문에 시험을 포기했고."

윤석의 이야기는 전혀 예상하지 못했던 방향으로 흘러갔다. 윤석이 잠시 말을 끊고 담배를 물었다. 나는 충격을 겉으로 드러내지 않으려고 노력하며 태연히 라이터를 집어 윤석의 담배에 불을 붙여 주었다. 윤석은 담배 연기와 함께 긴 한숨을 내쉰 뒤에 내가 평생 잊지 못할 이야기를 늘어놓기 시작했다.

우리 형은 미쳐도 보통 미친 게 아냐. 너도 알 거야. 우리 형과 결혼을 약속한 미정이 누나. 하지만 이건 모를 걸. 미정이 누나 작년 이맘때 교통사고로 죽었어.

그 누나 집이 대구거든. 근데 서울로 올라오다가 형과 약속 시간에 늦을까 봐 빗길에서 과속을 한 모양이야. 어떻게 보면 평범한 교통사고였지. 참, 너에게도 비슷한 과거가 있구나. 너 아직도 은영이 생각하고 있니? 아픈 데 건드렸다면 미안하다.

어쨌든 형의 충격은 대단했어. 남들에게는 평범한 교통사고일지 몰라도 형에게는 하늘이 무너져 내리는 듯했겠지. 하긴 재수할 때부터 시작해서 군대 3년, 자그마치 8년을 사귀었으니까.

형은 한 달 동안 술만 마셨어. 술병을 입에 달고 살았지. 대학원도 안 나가고 틈만 나면 미정이 누나가 묻힌 천안의 공원묘지에 가곤 했어. 나머지 시간은 주로 방안에 틀어박혀서 지냈고. 누나가 준 선물과 사진을 쳐다보면서.

집에서도 걱정이 이만저만이 아니었지. 저러다 폐인이 되는 건 아닌가 전전긍긍하고 있는데, 사고 난 지 한 달 반쯤 지나자 형이 정상 생활로 돌아오는 거였어. 너도 알다시피 우리 형 그렇게 나약한 사람은 아니잖아? 하여튼 가족들은 한시름 돌릴 수 있었지. 형이 예전의 생활을 되찾길래 나도 고시원에서 집으로 돌아와 공부를 시작했어.

형은 다시 대학원에 나갔어. 미정이 누나와 같이 가기로 했던 유학을 혼자라도 떠나려고 준비하는 것 같았어. 한 달 가까이 여기저기 뛰어다니며 유학 갈 준비를 차근차근 해 나갔지. 그런데 그때부터 이상한 일이 생기기 시작했어.

형의 방에서 밤마다 이상한 소리가 들려오기 시작한 거야. 가족들은 형이 악몽을 꾸는 줄로 알고 처음에는 대수롭게 여기지 않았어. 형에게 나쁜 꿈을 꾸었느냐고 물어보면 그저 고개를 끄덕이길래 그런가 보다 했던 거지. 이상한 소리는 매일 밤 들려 왔어. 형은 잠을 제대로 못 자는지 얼굴이 말이 아니었지.

그러던 어느날 나는 형 방에 들어갈 기회가 있었지. 영어사전이 보이지 않길래 형 방에 있는 사전이라도 쓰려고 무심코 들어갔다가 깜짝 놀라고 말았어. 왜냐고? 그때가 9월 초였지만 더위가 꺾이지 않아 무척 후덥지근했거든. 그런데 형 방에 들어서니 싸늘한 기운이 느껴지는 거였어. 마치 지하 깊숙이 숨겨져 있는 동굴 속에 들어선 것처럼. 시원함과는 다른 싸늘함에 소름이 돋을 정도였어. 으시시한 공포와 알 수 없는 불안감이 가슴을 옥죄어 왔지. 불안감이 전신에 끈덕지게 달라붙었지만 나는 형이 악몽을 꾸는 방이라서 그렇게 느끼는 것이려니 생각하고 사전을 찾기 시작했어.

무심코 고개를 들었는데 뭔가 허전한 느낌이 오는 거야. 뭔가 자세히 봤더니 미정이 누나 사진이 붙어 있어야 할 자리에 사진이 보이질 않는 거야. 난 그때까지만 해도 형이 누나를 떠나 보내기 위해서 떼었나 보다고 쉽게 생각했지. 사전을 찾다가 발에 뭔가 채이길래 보니 책상 옆에 까만 쓰레기 봉투가 있는 거야. 슬쩍 열어 보니 거기에 미정이 누나가 준 선물, 사진, 편지는 물론이고 넥타이, 반지까지 들어 있었어. 나는 형이 미정이 누나의 체취를 방에서 없애려는 줄로 알았어. 나중에 알고 보니 그 추측은 반밖에 맞질 않았지만.

하여튼 나는 그날 사전을 찾아가지고 형의 방에서 나왔어. 문제는 그 뒤로도 몇 번 형의 방을 들락거렸는데 매번 싸늘한 기운이 느껴졌다는 거야. 나중에 어머니에게 말씀드렸더니, 어머니도 그런 기운을 느꼈다면서 형에게 방을 바꿔 주려고 의향을 물었더니, 형은 아무렇지도 않다고 했다는 거지. 당사자가 아무렇지도 않다고 하니 그런가 보다 하고 넘어갔어. 형은 계속해서 야위어 갔지만 가족들은 미정이 누나를 잃은 슬픔에서 형이 완전히 벗어나지 못했기 때문이라고 생각했던 거야.

그러던 9월 말경에 부모님이 여행을 가셨어. 형은 모임에 가고 해서 나 혼자 집에서 공부하고 있는데 갑자기 정전이 되었지. 처음에는 피곤하기도 한데 잘 됐다 싶더라고. 침대에 벌렁 누워서 잠을 자려고 했더니 잠이 와야지. 문득 촛불 아래서 공부하는 것도 운치가 있겠다 싶어서 초를 찾아 보았어. 전에 사전을 찾다가 형 방에서 초를 본 기억이 나서, 벽을 더듬어 형 방으로 갔어. 방문을 여는 순간, 나는 심장이 멎을 듯한 충격에 우뚝 멈춰 섰어. 책상과 벽에 푸르스름한 빛이 뿜어져 나오는 거야. 형 방에 들어설 때마다 느끼곤 했던 기분 나쁜 싸늘한 기운과 함께.

식은 땀이 등줄기를 타고 흘러내렸어. 방문을 닫고 싶었지만 몸을 움직일 수가 없었지. 누군가를 소리쳐 부르고 싶었지만 입술도 열리지 않았어. 집안에 아무도 없다는 생각이 빠르게 스쳐 갔지.

얼마의 시간이 흐른 것일까? 푸르스름한 빛은 순식간에 사라져 버리고 시커먼 어둠만이 방 안에 가득 차 있었지. 하지만 두려움은 여전히 가시질 않았어. 나는 속으로 되뇌었지. 나는 헛것을 보았을지도 모른다고, 아니 헛것을 본 것이라고.

주문처럼 그런 말을 여러 차례 되뇌고 나서 방으로 조심스레 들어섰어. 책꽂이 아래쪽을 더듬어 보니 초가 잡히더군. 라이터로 초에 불을 붙였어.

어둠 속에서 환한 불빛이 보이니 어느 정도 마음이 안정이 되는 거야. 나는 용기를 내서 푸르스름한 빛이 보였던 곳을 초로 비춰 보았지. 놀랍게도 그 자리는 바로 미정이 누나의 사진이 붙어 있던 자리였어. 나는 갑자기 으시시해져서 후다닥 형 방을 나왔지.

내 방에 들어와 방문을 꼭 닫아 걸고 숨을 고르고 있는데 다시 불이 들어왔어. 그리고 얼마 지나 형이 술에 만취해서 돌아왔지. 난 비로소 숨을 돌릴 수 있었어.

다음날, 형을 깨우러 형 방문을 두드렸지. 아무 소리도 안 나길래 방에 들어갔더니 형이 침대에 멍하니 걸터앉아 있는 거야. 마치 유령에 홀린 듯한 표정을 짓고서. 아무래도 이상해서 어제 있었던 일들을 이야기했더니 형은 조금도 놀라지 않은 채 '응, 그랬었구나' 하며 고개를 끄덕였어. 형도 봤느냐고 내가 물으니까 형은 술이 안 깨 머리가 아프니 나중에 얘기하자며 피하더군.

그때부터였을 거야. 형 방에 이상한 심령 관련 서적이 쌓여 가기 시작했어. 형은 대학원 수업도 안 나가고 방에 처박혀서 그런 류의 책만 읽었지. 그래서 하루는 내가 물었어. 죽은 미정이 누나를 다시 불러내려고 그러느냐고. 형은 고개를 저으며 이렇게 말하더군. 이 책들은 석사 논문에 참조하려고 하는 거라고. 그러니 앞으로 미정이 이야기는 꺼내지도 말고, 자기 방에 함부로 들어오지도 말라고. 나는 안 그래도 형의 전공이 심리학이어서, 뭔가 관련이 있나보다 하고 넘어갔어.

그날 이후로 형은 나보고 고시원으로 가서 공부하라는 거야. 부모님에게도 나를 고시원에 보내라고 말씀드리고. 나는 보다 못해 형에게 내 일은 신경쓰지 말고 형 일이나 잘 하라고 쏴 줬어. 그래서 언쟁이 벌어졌지. 결국 그 문제는 나의 승리로 일단락됐으나 형이 예전 같지 않다는 느낌을 강하게 받았어. 형은 날이 갈수록 신경질적으로 변하고 야위어 갔지. 집에 안 들어오는 날도 많아졌고, 그때마다 형은 세미나니 동문회니 하는 핑계를 댔지만 앞뒤가 안 맞을 때가 비일비재했지.

그러던 차에 부모님이 10박 11일 외국 여행을 가게 됐어. 나는 시험이 얼마 안 남아 있을 때라 방에 처박혀 공부하고 있었지. 새벽 2시쯤 됐을까? 이상한 소리가 들려 왔어. 공포에 가득 찬 절규였어. 귀를 기울여 보니 형 방에서 나는 소리 같았지. 형 방으로 걸음을 옮기는데 다시 형의 외침이 들렸어.

"미정아! 도대체 왜 그러는 거야! 나 보고 어떡하라는 거니! 제발 나를 가만히 내버려둬!"

나는 형이 또 자다가 악몽을 꾸나 보다 생각하고 방문을 확 열었어. 침대에 누워 있을 줄 알았던 형이 방 한가운데 서 있었어.

"나를 좀 놔 줘! 제발."

형은 아무도 없는 창문을 향해 소리를 질러댔어.

"형, 정신 차려! 형!"

나는 깜짝 놀라 형의 어깨를 잡고 흔들었지. 형은 돌아보지도 않고 떨리는 음성으로 이렇게 말하는 거였어.

"윤석아, 너도 미정이 보이지? 저기 창문 밖을 봐! 흰 옷을 입고서 이쪽을 바라보고 있잖아!"

형 말대로 창문을 보았지만 아무 것도 보이지 않았지. 형은 계속해서 창문을 주시하다가 긴 한숨을 쉬면서 이렇게 말하더군.

"이제는 사라졌어."

나는 다시 창문을 보았지만 역시 아무 것도 보이지 않았어. 어둑어둑한 바깥을 보면서 형이 어떻게 된 게 아닐까 의심하고 있는데 다시 형이 입을 열었지. 아까와는 전혀 다른 침착한 음성으로.

"너 형이 미쳤다고 생각하니? 하긴 미쳤을지도 모르지. 너에게는 모두 털어놓으마. 부모님께는 절대로 말씀드리지 마라. 약속할 수 있겠니?"

형의 진지한 눈빛을 보며 나는 고개를 끄덕였지. 형이 다시 말을 이어 나갔어.

"나 요즘 미정이를 본다. 아마 귀신이나 혼령이겠지. 그것이 무엇인지는 알 수 없지만 미정이의 무언가가 내 주위를 맴돌고 있는 것만은 분명해.”

형의 이야기를 듣는 순간, 소름이 쫙 끼쳤어. 시체의 손처럼 싸늘한 기운이 방 안을 떠다니고 있는 걸 어렴풋이나마 느낄 수 있었지. 형은 내가 느끼는 기분을 아는지 모르는지 아까보다 한층 편해진 음성으로 말을 이어나갔어.

“처음엔 내가 악몽을 꾸는 거라고 생각했어. 그 다음에는 몸이 허해서 헛것이 보이는 게 아닌가 하고 의심했지. 그런데 점점 납득할 수 없는 일들이 계속해서 일어나는 거야. 아마도 그 서약 때문인 것 같아.”

“서약? 무슨 서약?”

“미정이가 사고를 당하기 두 달 전이었어. 미정이가 용하다는 점쟁이가 있으니 한번 찾아가 보자고 제의했어. 난 호기심 반, 장난 반으로 미정이를 따라갔어. 우린 삼선교 근처에 있는 낡은 점집에서 궁합을 봤지. 점쟁이의 나이는 한 삼십대 중반 정도로 보였는데, 좀 특이한 점쟁이더라고. 다른 점쟁이 같으면 생년월일을 적은 뒤에 이야기를 하잖아? 그런데 그 점쟁이는 이상하게 생긴 트럼프를 만지작거리더니 한 장씩 뽑아 보라는 거야. 그 사람은, 미정이와 내가 카드를 한 장씩 뽑았더니 기분 나쁜 미소를 흘리면서 우리들의 불운한 미래에 대해 이야기하기 시작하는 거야. 상징을 써서 이야기를 하는데 좋은 이야기는 하나도 없는 것 같았어.”

“상징? 예를 들면 어떤 건데?”

“정확히 기억은 나지 않지만 이런 거였어. 천랑성이 붉은 구름에 가리니 피가 검은 도로를 가득 적시리라. 도로 위에는 누워 있는 자와 서 있는 자가 있으니 같은 사람이지만 전혀 다른 사람이라. 서 있는 자가 맨발로 걸어가나 발바닥에 먼지 하나 묻지 아니하도다. 통곡 소리가 하늘을 찌르고 눈물이 작은 강을 하나 가득 메우나 떠난 자의 옷자락을 조금도 적시지 못하노라."

"으시시하네."

"직접 듣는 난 어땠겠니. 박쥐처럼 생긴 점쟁이는 재수없는 말을 하면서도 마치 기뻐 죽겠다는 듯이 웃기까지 하는 거였어. 정말로 악마 같은 점쟁이였지. 나는 매우 기분이 나빴어. 한시라도 빨리 벗어나고 싶어서 결혼을 언제 하면 좋겠냐고 물었지. 그랬더니 우리는 절대로 결혼을 할 수 없다는 거야. 결혼을 약속한 사람들에게 그토록 잔인한 저주가 어디 있겠어?

난 화가 치밀어서 주먹으로 한 대 내지르고 싶은 것을 가까스로 참았지. 복채도 안 주고 나오려 일어서니까 미정이가 붙잡는 거야. 미정이가 애원하듯이 잡길래, 다시 주저앉았지. 미정이는 그 기분 나쁜 점쟁이에게 필사적으로 부탁했어. 무슨 방법이 없겠느냐고.

그 점쟁이는 예의 기분 나쁜 웃음을 흘리면서 미정이와 나에게 진정으로 사랑하느냐고 묻는 거야. 미정이도 나도 그렇다고 대답하자 그럼 한 가지 방법이 있다는 거야. 그건 바로 서약이었어. 죽음조차 두 사람을 갈라놓을 수 없다는 내용의 서약. 점쟁이가 묻더군. 그 서약은 피로 해야 하는데 할 수 있겠느냐고.

난 더 이상 앉아 있다가는 바보천치가 될 것만 같아서 말도 안 하고 일어나서 방을 나왔어. 미정이가 따라 나오더니 내 팔을 붙잡고 애원하는 거야. 제발 다시 들어가자고 재미삼아 아니 기분 전환 삼아 점쟁이가 시키는 대로 한번 해 보자고. 미정이의 간절한 애원에 나는 지고 말았어. 그때 하지 말았어야 하는 건데.

방으로 다시 들어가니 점쟁이는 우리가 돌아올 줄 알고 있었다는 듯이 예리한 칼과 구릿빛 종이를 준비해 놓고 있었어. 우린 점쟁이가 시키는 대로 했어. 점쟁이는 칼로 나와 미정이의 팔목을 살짝 그었지. 피가 흐르자 팔목을 서로 맞대게 했어. 마치 고대 바이킹의 결혼 풍습을 연상시키는 의식이었어. 언젠가 책에서, 고대 바이킹들은 결혼식을 할 때 신부와 신랑의 피를 섞는다는 구절을 읽었거든.

손목을 맞대고 있으니 피가 바닥으로 떨어지기 시작했어. 점쟁이는 기다렸다는 듯이 구릿빛 종이에 핏방울을 받았지. 구릿빛 종이는 핏방울을 머금어 금세 붉은 색으로 변했어. 점쟁이는 요상한 주문을 빠르게 외더니 종이를 태웠지. 종이가 다 타고 나자 그 재를 우리의 팔목에 뿌렸어.

그랬더니 정말로 그 재의 효과 때문인지 아니면 우연인지 피가 더 이상 흘러내리지 않는 거였어. 의식이 끝나자 점쟁이는 만족한 웃음을 지었지. 미정이 또한 만족해 하는 것 같았지만 난 왠지 찝찝하기만 했어. 용서받지 못할 죄를 몰래 저지른 것처럼.

점쟁이에게 의식 이름이 뭐냐고 물으니 그냥 결혼서약으로 알고 있으라는 거야. 나는 기분이 몹시 나빴지만 미정이의 기분을 깨고 싶지 않아서 잠자코 있었지. 어서 빨리 이 사이비 점쟁이에게서 벗어나고 싶은 마음뿐이었어.

일어서면서 복채를 내려 했더니 손을 내저으면서 안 받겠다는 거야. 이 자식이 복채를 받기 위해서 쇼를 해 놓고는 웬일인가 싶더라고. 내가 그래서, 안 받으면 효과가 없으니 받으라고 했지. 그랬더니 점쟁이는 예의 기분 나쁜 웃음을 흘리면서 자기는 이미 받았다는 거야. 우리들의 믿음과 사랑을 담보로 한 무언가를…….

복채를 주고 나면 홀가분할 것 같은데 복채를 안 받으니까 다시 기분이 나빠지더라고. 어쨌든간에 돈 굳었다 하고 돌아서서 나오는데 뒤에서 점쟁이가 중얼거리는 거야. '죽음이 우리를 갈라놓더라도…' 라고.

내가 점집을 나서면서 기분 상했다고 투덜거렸더니 미정이가 이러는 거야. 그 사람 용하기로 소문 난 사람이니까 헛걸음한 건 분명 아니라고. 나는 그 뒤로 그 일을 잊어버렸지. 미정이가 사고를 당하고 나서 한참 뒤에야 나는 비로소 그 점쟁이를 떠올렸어."

믿기 어려운 이야기를 늘어놓던 형은 갑자기 술 생각이 났는지 이야기를 끊고서 침대 밑에서 양주병을 꺼냈어. 내가 부엌으로 가서 술잔과 안주거리를 가지고 오자, 형은 맥주 글라스에다 양주를 반 남짓 따라 마시고는 이야기를 계속했어.

"미정이의 사고가 있던 날 밤이었어. 난 미정이를 만나러 약속 장소에 나갔다가 두 시간이 지나도 안 오길래 집으로 일단 돌아왔어. 도착하는 대로 전화가 올 거라고 생각했지. 전화를 기다리며 책을 읽고 있다가 깜빡 잠이 들었어. 그러다 누군가 옆에서 훌쩍이는 소리에 잠이 깼지. 눈을 뜨니 미정이가 침대에 앉아 훌쩍이며 울고 있는 거야.

언제 왔느냐고, 왜 우느냐고 물으려 했지만 입이 열리지 않았지. 일어나려고 안간힘을 쓰는데 미정이가 고개를 돌려 나를 보는 거야. 그 순간, 갑자기 내 얼굴로 싸늘한 기운이 확하고 밀려오는 거야. 나는 침대에서 벌떡 일어났지. 너무도 생생해서 꿈 같지 않았어. 아마도 꿈은 아니었을 거야.

넋을 놓고 앉아 있는데 전화벨이 울렸지. 미정이를 병원으로 옮겼는데 피를 너무 많이 흘려서 사망했다는 소식이었어. 그날 밤의 그 이상한 일은 미정의 죽음이라는, 너무도 충격적인 사건에 가려 쉽게 잊혀졌지.

그녀의 죽음은 나에겐 너무도 커다란 아픔이었어. 한 사람의 죽음이 세상을 온통 뒤바꿔놓을 수도 있다는 것을 그때 처음으로 알았지. 얼마 전까지만 해도 빛으로 가득 찬 세상이었는데 온통 시커먼 암흑으로 변하고 만 거야. 난 미정이를 따라가고 싶은 충동에 몸서리쳐야 했어. 몇 번의 자살 유혹을 이기고 나서 나는 점차 내 자리로 돌아왔어. 미정이가 없는 나의 자리로.

그때부터 이상한 일이 생기기 시작했어. 정확히 언제부터인지는 알 수 없지만 방이 추운 거야. 마치 음습한 땅속처럼 한기가 방안에서 느껴지곤 했지. 그것뿐이 아냐. 잠을 자도 악몽에 시달려야 했어. 그런데 신기한 것은 내가 꿈에서 깨어나면 어떤 종류의 악몽에 시달렸는지조차 기억나지 않는 거야. 어렴풋이나마 무시무시한 악몽을 꿨다고 짐작할 수 있을 뿐이야.

그래서 잠도 제대로 못 자고 어둠 속에서 멍하니 누워 있었지. 그런데 하루는 눈앞에 뭔가가 보이는 거야. 유심히 보니 책상 위쪽에 붙어 있는 미정이 사진이 불이 꺼져 있는데도 또렷히 보이더라고.

처음에는 달빛이 반사된 것이려니 했는데 자세히 보니 그게 아니었어. 원래 사진 속의 미정의 표정은 웃고 있었는데 내가 보고 있는 사진 속 미정이는 무표정하게 나를 응시하고 있는 거야. 눈을 감아도 미정이의 무표정한 얼굴이 눈에 아른거렸어.

난 그때 깨달았어. 미정이가 나를 못 잊어 내 방에 머물고 있다고. 나는 미정이가 너무도 보고 싶어서 미정이를 찾아 보려고 안간힘을 썼어. 밤을 새워 가면서 미정이의 사진을 보고 얘기도 해 보고, 영혼을 불러낸다는 애들 장난도 해 보았지만 끝내 볼 수가 없었어.

그러던 어느날 밤, 난 꿈 속에서 미정이를 만났어. 난 너무도 반가웠지. 너무도 보고 싶었다고 했더니 미정이가 내 손을 꼭 잡았어. 그리고는 나를 어디론가 끌고가는 거야. 내가 어디로 가는 거냐고 물었지만 미정이는 대답하지 않고 걸음만 재촉했어.

나는 왠지 겁이 덜컥 났어. 자꾸만 이렇게 끌려가서는 안 될 것 같은 예감이 드는 거야. 나는 저항하고 미정이는 자꾸 끌고 가려고 했지. 둘이서 실랑이를 하다가 나도 모르게 미정이의 손을 거칠게 뿌리쳤어. 그때 미정이가 얼굴을 들어 난 그녀의 두 눈을 볼 수 있었어. 눈물이 그렁그렁한 두 눈, 원망과 안타까움으로 가득 찬 두 눈을…….

미정이는 순식간에 사라져 버리고 난 잠에서 깨어났지. 현실처럼 생생한 꿈이었어. 난 그때 중요한 사실을 알았어. 미정이는 내 곁에 머무르고 싶어하는 것이 아니라, 나를 자기 곁으로 데려가고 싶어한다는 걸.

그 꿈을 꾸고 나니 미정이가 무서워졌어. 나는 내 방에 있는, 미정이에 관련된 모든 것을 버리기로 결심했어. 그녀가 남기고 간 추억이 배어 있는 물건들을 정리하다 보니 나 자신이 비굴하게 느껴지기도 했지. 그토록 사랑하던 여자였다면 기꺼이 그녀를 따라가야 하는 것 아니냐고, 죽음이 뭐가 그리 무서워서 애인이 남기고 간 흔적마저 없애려 하느냐고 스스로 자책하기도 했어.

후훗… 정말이지 공포에 질린 사람은 한없이 잔인해지더구나. 나는 미정이의 물건들을 그냥 버린 게 아니라 불에 태워 버렸어. 뜨겁다고 아우성치는 미정이의 음성이 들려 오는 것 같았지만, 나는 이를 앙다물고 불길 속에 미정이에 관련된 모든 물건들을 던져 넣었지.

윤석아, 나 경멸해도 좋아. 하지만 그때는 너무 무서웠어. 난 미정이에 관한 물건들을 모두 없애 버리면 끝나는 줄 알았거든. 아름다운 추억으로 남을 거라고 믿었거든. 그런데 아니었어. 난 그 사실을 미정이의 물건을 태우고 난 그날 밤에 인정해야 했지.

자다가 어둠 속에서 누군가의 시선을 느끼고 고개를 돌리니 미정이의 얼굴이 아른거리는 거야. 자세히 바라보니 미정이의 사진이 있던 자리에서 파란 광채가 뿜어져 나오는 게 보였지.

미정이는 나를 포기하지 않은 거야. 내가 미정이를 떨궈 버리려고 안간힘을 쓰면 쓸수록 미정이는 더욱 더 적극적으로 나에게 달라붙었어. 방에서만 맴돌던 미정은 내가 어딜 가든 따라다니기 시작했고 어떤 때는 직접 모습을 드러내기도 했어. 혼자 있을 때면 슬그머니 나타나서는 나를 말없이 바라보는 거야.

나를 놓아 달라고 소리를 질러도 아무 대꾸없이 가만히 쳐다보기만 하니까 정말로 미치겠더라고. 그녀는 내 생활 전반에 걸쳐 모습을 드러내기 시작했어. 더러는 낮에도 나타났지. 뒤에서 누군가의 인기척이 느껴져 돌아보면 그녀가 빤히 쳐다보고 있는 거야.

난 위기의식을 느꼈어. 뭔가 새로운 해결책을 찾아내지 못하면 미정이에게 끌려가고 말 것만 같았지. 그래서 심령학에 관련된 책을 닥치는 대로 읽고 나와있는 대로 해 보기도 했지만 아무 소용이 없더구나.

그러던 어느날, 불쑥 그 이상한 점쟁이가 떠올랐어. 그 점쟁이라면 나를 구해 줄 수 있을지도 모른다는 생각이 스쳤지. 난 삼선교에 위치한 그 점집을 가까스로 찾아갔지. 점쟁이는 대뜸 나를 보더니 왜 서약을 어기려 하느냐면서 기뻔 나쁘게 웃는 거야.

난 그 점쟁이에게 무릎 꿇고 애원했어. 나를 살려 달라고 돈은 원하는 대로 줄 테니 제발 나를 좀 살려 달라고. 그러자 점쟁이가 큰 소리로 웃으면서 자기는 벌써 두 사람의 목숨을 받았으니 돈은 필요없다는 거야. 아무리 애원해도 소용없었지.

어쩔 수 없이 그 집을 나올 수밖에 없었어. 집에 와서 머리를 싸매고 다른 방도를 궁리해 봤어. 궁리를 하면 할수록 그 점쟁이가 아니면 아무도 미정이 문제를 해결할 수 없다는 결론에 이르렀지.

난 일 주일 뒤에 가슴에 칼을 숨기고 점쟁이집을 찾아갔어. 만약 내 부탁을 거절한다면 협박을 아니 정말로 죽여버려야겠다는 각오를 하고 말야. 문을 두드렸더니 아무런 대답도 없었어. 나는 그 점쟁이가 내가 온 줄 알고 일부러 문을 열어 주지 않나 보다 해서 담을 넘어갔어.

그런데 놀랍게도 점집 자리에 있는 것은 완전히 폐허가 된 빈 집이었어. 일 주일 사이에 이렇게 바뀔 수 있나 의아할 정도로 달라진……. 하도 이상해서 이웃 사람들에게 물어 봤더니 삼 년 전부터 저렇게 방치되어 있었다는 거야. 누구에게 물어봐도 한결같은 대답이었어. 젊은 부부가 연탄가스에 중독되어 죽은 이후부터 아무도 나타나지 않아 저렇게 폐허가 되어 버렸다고.

윤석아, 너 형이 미쳤다고 생각되니? 이 형은 멀쩡해. 비록 신경이 많이 날카로워졌지만 아직은 아냐. 난 안 미쳤어."

이야기를 마친 형은 몹시도 피로해 보였어. 괜한 이야기를 했다고 후회하는 것 같기도 했고. 형은 양주를 한 잔 들이키더니 침대에 누웠어. 그리곤 이내 잠이 들었지.

난 형이 걱정돼서 이불을 가져와 형 옆에서 잤어. 나는 형이 정신적인 충격 때문에 망상에 빠져 있다고 판단해 버렸어. 다음날 나는 형과 함께 신경정신과를 찾았지. 만약 나랑 같이 가지 않는다면 부모님에게 모든 것을 말해 버리겠다고 협박해서.

그런데 진찰 결과는 의외였어. 의사는 형이 정상이라는 거야. 히스테릭한 증상이 조금 보이긴 하지만 수재들의 경우엔 종종 나타나곤 한다는 거야. 병원을 나서면서 형은 그것 보라는 듯이 의기양양해 했지.

하지만 난 의사의 진단을 전적으로 믿을 수 없었어. 난 공부를 당분간 중단하고 형과 같이 생활해 보기로 했지. 형은 처음에는 펄쩍 뛰었지만 내심 혼자 생활하는 게 두려웠는지 금세 승낙했어.

난 형의 기를 보충해 주려고 보신탕도 같이 먹으러 다니고, 정신적인 안정감을 주기 위해 악귀나 유령을 쫓는 부적을 사서 형이 보는 곳에 붙여 놓기도 했어. 하지만 소용없었어.

형은 내가 옆에 있는 데도 미정이 누나가 보인다는 거야. 닷새를 함께 보내고 나니 슬슬 형이 무서워지더군. 형 곁에서 멀어지고 싶었지만 부모님이 유럽여행에서 돌아오시려면 아직도 며칠 남아 있고 해서 같이 있을 수밖에 없었지.

내가 볼 때 형의 증상은 점점 심해지는 것 같았어. 처음에는 열어놓은 창문 너머나 벽 귀퉁이에서 미정이 누나가 보인다고 하더니 나중에는 샤워 중에도 미정이 누나가 보인다는 거야. 내 눈에는 아무 것도 안 보이는데 계속해서 보인다고 하니 정말 사람 미치겠더라.

지옥 같은 하루하루가 흘렀지. 마침내 부모님이 여행에서 돌아오기 전날 밤이 되었어. 형도 눈에 띄게 쇠약해졌지만 나 또한 마찬가지였지. 내일이면 악몽 같은 생활도 끝이라는 생각에 긴장이 풀어져 있었어. 난 너무도 피곤해서 형 옆에서 잠이 들었어.

잠결에 뭔가 중얼거리는 듯한 소리를 듣고 눈을 떴지. 가위에 눌렸는지 도저히 몸을 일으킬 수가 없었어. 형이 침대 곁에 서 있는 게 보였지. 형의 목소리가 들려 왔어. 예전처럼 신경질적인 외침이 아니라 가라앉은 차분한 음성이었어.

"좋아! 그럼 거기서 만나기로 하자. 미정아, 네가 이겼어. 하지만 너도 알고 있을 거야. 이것이 진정한 사랑은 아니라는 것을. 휴우… 어쩌다 우리가 이렇게 됐을까. 지금의 너는 내가 사랑했던 미정이가 아니야. 지금의 나 역시 네가 사랑했던 내가 아니겠지만. 네가 너무 이기적이든지, 내가 너무 위선적이든지 둘 중의 하나겠지. 하지만 아무려면 어떠냐. 이것으로 다 끝난다면. 내가 너를 다시 사랑할 수 있다면."

나즈막한 형의 음성이 너무도 또렷하게 귓속으로 파고들었어. 그 순간, 내 눈에도 형 앞에 무표정하게 서 있는 미정이 누나가 보였어. 너도 내가 미쳤다고 생각하니? 아냐! 나도 형을 그렇게 생각했지만 난 그 순간 확연하게 깨달을 수 있었어. 인간이 살아가고 있는 세계 외에도 또 다른 세계가 분명 존재한다는 것을.

그래! 내가 본 미정이 누나의 모습은 아마 죽을 때까지 잊지 못할 거야. 이승의 것이라고는 믿어지지 않는 한기가 나의 전신을 찍어 눌렀지. 난 그순간 숨쉬는 것조차 버거웠어.

형의 이야기가 끝나자 미정이 누나는 순식간에 허물어지듯 스르르 사라져 버렸지. 나는 그제서야 숨통이 트였고 손발을 움직일 수 있었어. 나는 책상에 앉아서 담뱃불을 붙이는 형에게 미정이 누나를 봤다고 말했지.

"다 끝났어. 이제 다시는 미정이가 나타나지 않을 거야. 내가 미정이를 설득했으니."

담배연기를 뿜어 올리는 형의 표정은 무척이나 홀가분해 보였어. 오랫동안 지고 있던 짐을 내려놓은 사람처럼.

나는 형 말을 믿었어. 아니, 믿고 싶었는지도 몰라. 난 형이 미정이 누나에게 어떤 약속을 했을 것 같은 불길한 예감이 들었지만 굳이 물어 보지 않았어. 그 문제를 가지고 형을 더 이상 괴롭히고 싶지 않았으니까.

형 말처럼 모든 게 정상적으로 돌아왔지. 부모님도 여행에서 돌아오시고, 형 방을 감싸고 돌던 싸늘한 기운도 말끔히 사라져 버렸어. 형 또한 비록 말수가 줄어들었지만 일상적인 생활로 돌아왔어. 학교도 나가고 공부도 시작했으니까.

난 모처럼 말할 수 없는 평화로움을 맛보았지. 일상적인 생활이라는 게 그토록 커다란 축복이라는 사실을 절실히 느꼈으니까.

하지만 언제까지나 지속될 것 같던 평화는 일 주일 만에 깨지고 말았어. 형이 집에 안 들어와 걱정하고 있는데 속초경찰서에서 전화가 온 거야. 형이 속초 연금정에서 혼수 상태로 발견되었다고. 형 옆에 농약병이 놓여 있는 걸로 봐서 자살을 기도한 것으로 추정된다는 청천벽력 같은 소식이었지.

부모님과 나는 깜짝 놀라서 부랴부랴 속초의 병원으로 달려갔어. 다행히도 형은 살아 있었어. 담당 의사의 말로는 일찍 발견되어서 목숨은 건질 수 있었다고 하더군. 이야기 끝에 의사가 메모지를 내밀더군. 환자의 품안에서 나왔다며. 메모지에는 단 한 줄만이 쓰여져 있었지.

"이기적인 사랑은 사랑이 아니다."

단 한 줄의 글귀였지만 난 형이 말하려고 하는 의미를 알 것 같았어. 단 한 줄 속에 함축되어 있는 커다란 의미를.

형이 왜 연금정에 갔느냐고? 연금정은 형이 미정이 누나와 결혼을 약속한 장소야. 바위에 서서 수평선 위로 치솟는 일출을 바라보며 결혼을 약속했던 곳이지. 여행에서 돌아왔을 때 두 사람은 너무도 행복해 보였었어.

의사는 사나흘 정도 지나면 깨어날 거라고 했지만 형은 좀처럼 혼수상태에서 벗어나지 못했어. 저러다 영원히 깨어나지 못하는 게 아닐까 조마조마해하고 있는데 형은 열흘 만에 정신을 차렸지. 하지만 형은 이미 예전의 형이 아니었어. 총기 있던 눈은 얼빠진 듯이 멍해져 있었고, 말도 완전히 잃어버리게 되었어. 형을 치료하기 위해 유명한 병원들을 전전해 봤지만 아무 소용이 없었어. 의사들의 공통된 의견은 그런 증상은 결코 농약을 먹은 후유증 때문이 아니라는 거였어. 아직은 뇌파가 일정하게 움직이고 있고 심장도 정상적으로 뛰고 있으니 좀더 시간을 가지고 지켜보자더군.

형은 그렇게 산 송장이 되고 말았지. 그게 벌써 6개월 전의 일이야. 형은 지금도 정신병원에 있어. 지금쯤 침대에 멍하니 누워 있을 거야. 아니, 간호원이나 조무사가 앉혀 주었다면 침대에 앉아 있겠지. 누가 다시 눕혀 주러 오기 전까지 같은 자세로 창밖으로 내리는 어둠만 하염없이 바라보고 있겠지.

형은 어쩌다 그렇게 됐을까? 진짜로 그 서약 때문이었을까? 그 기분 나쁜 점쟁이의 저주가 깃든 서약. 아니면 미정이 누나의 이기적인 사랑 때문이었을까? 그도 저도 아니라면 사랑하는 애인을 혼자 보내 버린 형의 죄책감이 스스로를 파멸로 이끈 것일까?

난 솔직히 모르겠어. 신이 있다면 그나 혹 알까.

윤석은 이야기를 마쳤는지 빈 술잔을 만지작거렸다. 나는 그의 빈 잔에 술을 가득 채워 주었다.

"하지만 나는 한 가지는 분명히 알아. 이 세상에는 우리가 살고 있는 세계 외에 또 다른 세계가 존재한다는 거야. 사후의 세계? 아니, 그냥 영혼의 세계라고 해 두자."

윤석이는 잔을 들고 유리창 저편의 거리를 바라보았다. 네온사인이 켜진 거리 구석구석마다 짙은 어둠이 깔려 있었다.

나는 이야기를 들으면서 부지런히 술잔을 비웠는데도 술이 완전히 깨어 있었다. 나는 은영을 생각하며 다시 한 잔을 들었다.

"참, 나 말이지, 요즘 심령학 공부하고 있어. 말릴 생각 하지 마. 일시적인 충동 때문에 이러는 거 아니니까. 법이 이편의 세계를 다룬 거라고 하면 심령학은 저편의 세계에 대한 탐구라고 할 수 있지. 그동안 이편의 세계에 대해서는 지겹게 공부했으니 이번에는 저편의 세계를 공부해 보고 싶어. 나, 형 너무 사랑한다. 형을 저대로 놔둘 순 없어. 무슨 수를 써서라도 저편의 세계에서 형을 데려오고 싶어. 이대로 형을 잃고 싶진 않아."

우리가 술집을 나섰을 때는 자정이 가까운 시간이었다. 취하기 위해서 부지런히 마셨지만 술은 취하지 않고 대신 한기가 몰려 왔다. 윤석이와 헤어져 집으로 돌아오면서 나는 어둠 속을 뚫어지게 들여다보았다. 어둠 속에 은영과 윤철이 형, 미정이 누나가 함께 있을 것만 같았다. 그날 밤 나는 잠시도 눈을 붙일 수 없었다. 아침이 밝을 때까지 어지러운 상념에 시달려야만 했다.

윤석이는 그후 심령학에 심취했다. 사법고시에 합격할 만큼 영민한 놈이어서 심령학에서도 금방 두각을 나타냈다. 그 자식은 아직도 가끔 만나면 기괴한 얘기들을 들려주곤 한다. 심령학 전문가를 친구로 둔 덕분에 나는 남들이 듣기 힘든 이야기를 많이 듣게 되었다.

내가 다시 윤철이 형에 관한 소식을 들은 것은 그로부터 석 달 뒤였다. 윤석은 형이 죽었다고 울먹이며 말했다. 나는 장례식이 끝나고 나서 윤철이 형의 죽음에 대해 자세히 들을 수 있었다.

윤철이 형은 결국 병원에서 삶을 마감했다. 그런데 문제는 사인이었다. 시체는 화장실에서 목을 맨 상태로 발견되었는데 생전에 그는 다른 이의 도움 없이는 앉지도 못하던 사람이었기 때문이었다. 움직이지도 못하는 윤철이 형이 목을 매달아 미정이 누나 곁으로 간 것이다. 곱씹을수록 무서운 일이었다. 마치 그가 강제로 끌려가 타살당한 것 같다는 생각이 들었다.

그리고, 한 가지 더욱 이상한 일이 있었다. 죽은 윤철이 형에게서는 전혀 외상을 찾아볼 수 없었는데도, 형이 목을 매단 바닥에는 피로 쓰여진 문장이 한 줄 발견되었다고 한다.

'죽음이 우리를 갈라놓더라도…….'

마라토너

흔히들 마라톤을 인간에게 무한한 인내를 요구하는
가장 아름다운 스포츠라고 말한다.

하지만 알고 있을까?
마라톤은 그 기원부터 인간의 생명을 담보로 했다는 것을…….

상구는 여느 때와 다름없이 새벽 6시에 일어났다. 옆자리에선 상아가 가느다란 숨소리를 내면서 잠들어 있었다. 상구는 잠든 여동생 상아의 얼굴을 들여다보았다. 상아는 하루가 다르게 야위어 가고 있었다. 불과 한 달 전만 해도 먼저 일어나서 비록 찬은 없지만 아침밥을 차려 준다며 법석을 떨었는데.

오천만 원, 오천만 원이면…

상구는 하나뿐인 여동생을 살리기 위해서라면 뭐든지 할 수 있을 것 같았다. 솔직히 그동안 은행강도 같은 것도 생각해 보지 않은 것은 아니었다. 입에 풀칠하기도 빠듯한 형편에 목돈이 나올 곳은 아무 데도 없었다. 하지만 아무리 생각해 봐도 강도질을 하고서는 상아의 얼굴을 볼 수 없을 것 같았다. 상구는 행여 상아가 일어날까 조심스레 출근 준비를 했다. 세수를 하고 방에 들어와 조심스레 옷을 갈아입는데 상아가 뒤척이다 눈을 떴다.

"오빠, 벌써 일어났네. 오늘은 내가 먼저 일어나서 아침 차려 주려고 했는데. 오빠, 미안해."

상아가 졸음이 가시지 않은 음성으로 중얼거렸다. 하루하루 초췌해져만 가는 상아의 얼굴을 보니 상구는 가슴 한 자락이 찌르르 울려 왔다.

"자식, 걱정은. 너나 몸조리 잘해. 밥 거르지 말고. 오늘 오빠가 퇴근할 때 너 좋아하는 파인애플 사올 테니까."

"애들처럼 파인애플은. 오빠, 오늘도 뛸 생각이야?"

"그럼! 뛰는 게 얼마나 좋은 건데."

"누가 좋은 걸 모르나. 잘 먹지도 못하면서 뛰니까 그러지. 그러다 쓰러지면 어떡해?"

"상아야, 나는 걱정 마. 원래 오빠는 통뼈잖아. 너 귀찮더라도 꼭 점심 찾아먹어라. 약도 꼬박꼬박 챙겨먹고."

"알았어! 무슨 일 생기면 주인 아줌마에게 부탁하고, 연탄가스 조심하고, 낯선 사람은 집에 들어오지 못하게 할게."

"짜식이 내가 할 말을 지가 다하네."

상구는 청마루에 앉아 운동화끈을 단단히 동여맸다. 가을이라 그런지 벌써 아침 날씨가 제법 쌀쌀했다. 상구는 점퍼의 지퍼를 올리고 빨간 녹이 슬어 바삭거리는 철대문을 열고 나섰다.

"오빠, 잘 다녀와요!"

상아가 청마루로 상체를 내밀고 나뭇가지처럼 야윈 손을 흔들었다. 상구는 억지로 웃으며 마주보곤 손을 흔들지만 마음은 손처럼 가볍지 않았다. '이제 고작 열 여덟인데… 전교에서 10등 안에 들었다고 그렇게 좋아하더니. 조금만 더 하면 오빠 고생 시키지 않고 장학금 받으며 대학 갈 수 있다고…….'

지린내와 오물 냄새가 나는 좁고 꼬불꼬불한 골목길을 빠져 나가며 상구는 코끝이 찡해 왔다. 매일 아침마다 느끼는 감정이지만 오늘은 유난히 발걸음이 떨어지지 않았다. 골목을 빠져 나와 큰길로 나온 상구는 숨을 고르며 시계를 보았다. 마을버스를 기다리는 사람들이 잔뜩 움츠린 채 정류장에 서 있었다. 지하철역까지는 걸어가면 대략 40분 정도 걸렸다. 하지만 상구는 그 거리를 늘 뛰어서 다녔다.

어제 기록은 7분 32초였다. 상구는 오늘은 7분 30초 안에 도착하리라 마음먹고 뛰기 시작했다. 내리막을 뛰어가는 것은 오르막을 뛰는 것만큼이나 체력 소모가 컸다. 차를 피해야 하는 데다 커브가 심하고, 증가하는 가속도를 조정해야 하니 평지에서 달리는 것보다 두 배는 더 힘들었다. 아침을 안 먹은 빈속이어서 속은 조금 허하지만 기분은 더없이 상쾌했다. 뛰다 보니 어느새 지하철역이 보였다. 상구는 구멍가게 앞에서 걸음을 멈추고 가빠지려는 숨을 몰아쉬었다. 기록을 체크해 보니 7분 28초였다. 지금까지 잰 기록 중에서 제일 좋은 기록이었다.

"아침 날씨가 선선하지."

가게 주인 아줌마가 먼저 인사를 건네 왔다. 상구는 싱긋 웃으며 냉장고에서 그날 들어온 신선한 우유를 하나 꺼내 마셨다. 상구에게는 그 우유가 어떤 보약보다도 값진 아침식사였다. 처음에는 우유 사 먹는 돈도 아까워 그냥 걸렀으나 너무 무리하는 것 같아서 보름 전부터 사 먹기 시작한 것이다. 지하철은 이른 시간인데도 불구하고 많은 사람들로 가득 찼다. 갈아탄 전철에서도 상황은 마찬가지였다. 상구는 지하철 안에서 선 채로 눈을 감고 휴식을 취했다. 전철이 안산역에 멈추자 수많은 사람들이 일제히 내렸다. 대부분 공장으로 출근하는 인파였다.

상구는 지하도를 나와 분주한 걸음으로 버스 정류장으로 걸어가다 김 계장과 마주쳤다. 술고래로 유명한 김 계장은 어제도 한잔 했는지 얼굴이 푸석푸석했다.

“오늘도 뛰어서 가려고? 오늘은 피곤한 것 같은데 같이 버스 타고 가지 그래?”

“피곤하기는요, 전 괜찮습니다. 저는 뛰는 게 좋은데요, 뭐.”

상구는 꾸벅 인사를 하곤 뛰기 시작했다. 역에서 상구가 일하고 있는 공장까지는 버스로 약 25분 정도 걸리는 거리였다. 버스가 돌아가는 거리를 감안한다 하더라도 7, 8km는 족히 되리라.

상구는 그 거리를 매일 뛰어서 출근한다. 공장 동료들은 처음엔 상구를 약간 이상한 놈 취급했지만 그는 개의치 않았다. 상구로선 버스비도 절약할 수 있고, 운동도 할 수 있는 좋은 기회인 것이다. 상구는 달리면서 가끔 버스 안을 들여다보았다. 만원버스에 시달리는 사람들의 표정을, 꾸벅꾸벅 조는 사람들의 힘겨운 고개짓을. 공장 사람들 중에선 상구가 아침마다 느끼는 기분을 아는 사람이 아무도 없을 것이다. 얼굴에 부딪히는 상쾌한 바람, 떨어지는 가로수잎이 밟힐 때의 그 감촉, 이마 위로 드리워진 차가운 하늘, 발

아래 밝히는 단단한 아침을. 달리면 비록 숨은 찼지만, 이 아침에 깨어 있다는 자부심이 가슴을 뿌듯하게 했다. 상구가 빠르게 달려가는 동작에 따라 그가 살아온 날들도 그의 어깨를 가볍게 때리며 스쳐 지나갔다.

상구는 길가의 감나무를 보았다. 허공을 가르는 나뭇가지에 매달려 있는 빨간 감들. 아버지의 닭들이 전염병에 걸려 맥없이 쓰러져갈 때에도, 농협 빚에 시달리던 아버지가 농약을 마시고 피를 토하던 그날 밤에도, 저수지에 뛰어들어 퉁퉁 불은 어머니를 이불에 싸 가지고 집안으로 들이던 그날에도 감나무는 하늘에 그렇게 작은 불꽃처럼 매달려 있었다. 구슬프게 통곡하던 상아 앞에서 약한 오빠의 모습을 보이기 싫어 상구는 매번 감나무에 매달린 빨간 감만 넋놓고 바라보았었다.

아버지에 이어 어머니마저 야산에 묻던 가을, 상구는 고등학교 이학년이었고, 상아는 중학교 이학년이었다. 농업고등학교를 졸업하고 대한민국에서 가장 예쁜 야생화를 재배해 수출할 꿈을 꾸던 상구는, 그 꿈을 고스란히 기약 없는 미래의 일로 미뤄두어야만 했다.

상구는 상아와 함께 무작정 서울로 왔다. 사글세방을 얻어 놓고 상구는 공장에 다녔고, 상아는 학교에 다녔다. 상아는 오빠의 마음을 아는지 공부를 잘 해주었고, 상구는 대학생이 될 상아를 상상하며 주야를 가리지 않고 닥치는 대로 일해 돈을 모았다. 통장 잔고는 불어갔고, 상아는 가을 하늘처럼 티없이 자라났다. 상구에겐 더없이 행복한 날들이었다.

하지만 행복은 오래 가지 못했다. 지난 여름부터 상아는 자주 두통을 호소하며 시름시름 앓기 시작했다. 상구는 상아를 데리고 병원을 전전했다. 여러 개의 병원을 돌아다닌 결과 상아의 병명이 밝혀졌다. 상구로서는 생전 들어본 적이 없는 희귀한 병이었다. 의사는 흔치 않은 병이라 국내에서는 수술이 불가능하다고 했다. 미국에 건너가서 전문가에게 가족의 골수를 이식하는 수술을 받는다고 해도 살아남을 확률은 반 정도밖에 되지 않는다는 것이었다.

상아가 살 수 있는 확률은 50%. 상구로서는 당장이라도 미국으로 건너가고 싶었다. 하지만 문제는 돈이었다. 수술비를 포함해 제반 경비가 오천만 원가량 든다는 말을 듣는 순간, 상구는 눈앞이 깜깜해지는 것을 느꼈다. 상구에게는 오백만 원도 엄청나게 큰돈이었다. 그런데 오천만 원이라니. 상구는 파랗던 세상이 일순간에 시커멓게 변하는 것을 느꼈다. 어디를 둘러봐도 희망은 보이지 않았다. 절망, 한치 앞도 분별하기 힘든 짙은 절망뿐이었다.

매일 밤 상아가 잠들고 난 뒤 상구는 신에게 기도했다. 상아를 살려주시고 나에게 그 병을 내려달라고. 밤새 몸부림치며 기도를 했지만 신은 아무런 응답도 내려 주지 않았다. 처음에는 상아에게 병을 비밀로 했지만 눈치 빠른 상아는 이내 모든 것을 알아차렸다. 좌절하리라 생각했던 상아는 밝게 웃으며 오빠를 놔두고 결코 혼자 가지 않을 테니까 아무 걱정 말라며 오히려 상구를 위로했다. 상아의 미소는 상구에게 용기를 주었다. 최선을 다해서 살다 보면 어딘가에 분명히 또 다른 탈출구가 있을 것 같았다.

저만치 공장이 보였다. 상구는 어느새 눈가에 맺힌 눈물을 손등으로 훔쳐내며 길게 한숨을 내쉬었다. 공장 정문으로 들어서며 시계를 보니 24분 48초. 잡념에 시달리면서 뛰어왔기 때문인지 기록이 저조했다. 공장 안으로 들어서니 8시 32분이었다. 작업 시간보다 18분 일찍 온 것이다. 상구는 세수를 하고 작업복으로 갈아입은 뒤 다리 근육을 풀었다.

8시 50분이 되자 스피커에서 음악소리가 요란하게 울리기 시작했다. 동시에 메인 스위치가 켜지고 기계 돌아가는 소리가 작업장을 가득 메웠다. 상구는 자신의 라인으로 갔다. 특별한 기술이 없는 상구가 하는 일은 박스를 포장하고 나르는 단순노동이었다.

조장이 라인 식구들을 모아 놓고 새로 들어온 아르바이트 대학생을 소개시켜 주었다. 박 조장은 일을 가르쳐 주라며 상구에게 그 대학생을 배당해 주었다. 상구가 머쓱해 있는데 대학생이 먼저 와서 싹싹하게 인사를 했다. 한눈에 보기에도 제법 부유해 보이는 집안의 자제 같았다. 상구는 잠시 상아가 넉넉한 집안에서 태어났으면 좋았을 텐데, 하는 생각을 했다. 박 조장이 작업 개시를 알렸다. 상구는 대학생에게 공장에서 만들어진 전자제품을 포장하는 방법과 이동 중에 주의할 점을 대략 알려 주었다. 그리곤 묵묵히 자기 일을 했다.

상구는 자기도 모르게 대학생에게 반감을 느끼는 자신을 깨달았다. 나이는 비슷하지만 신분이 다른 데서 오는, 이쪽은 생계를 위해서 일하는데 저쪽은 심심풀이로 일을 한다는 생각에서 오는 일종의 적대감이었다. 상구는 일을 하다 말고 슬쩍슬쩍 훔쳐보았다. 대학생은 서툴지만 열심히 일하려고 했다. 아줌마들이 대학생에게 간간이 말을 붙였다. 나이는 예상했던 대로 상구와 동갑이었다. 그는 해외 여행 경비에 보태기 위해서 일 주일가량 일을 하기로 했다는 것이었다.

해외 여행이라. 예전에는 부유층만 다녔으나 지금은 많이 일반화되어 있다는 것을 상구 역시 잘 알고 있었다. 텔레비전에서도 툭하면 보여 주는 것이 해외 풍경이니까. 그것은 그만큼 우리가 잘 살게 되었다는 건지도 모른다. 웬만한 사람들은 한번씩 다녀왔다는 해외 여행, 언론에서는 한 해 동안 엄청나게 많은 사람이 공항을 빠져 나갔고 외국에서 얼마씩 쓰고 왔다고 떠들어대지만, 상구에게는 그런 것들이 먼 나라 이야기처럼 들렸다. 상구의 주변 사람들 중에서 아직 해외 여행을 갔다온 사람은 단 한 명도 없으니까.

하지만 상구가 그 대학생을 멀리하는 것은 해외여행을 가기 위해 일을 한다는 것 때문만은 아니었다. 호화롭거나 사치스럽지 않은 배낭 여행이라면 나라의 장래를 위해서도 많이 나갔다 오는 게 좋다는 것쯤은 상구 역시 잘 알았다. 그럼에도 불구하고 대학생이 묻는 말 이외에는 단 한 마디도 먼저 붙이지 않는 것은 상아 때문이었다. 여동생은 돈이 없어 죽어가고 있는데 여행 간다는 대학생을 붙잡고 웃고 떠들고 싶은 마음은 추호도 없었다.

그런 보이지 않는 적대감이 상구와 상구의 동료들로 하여금 그 대학생을 멀리하게 했다. 그래서 그는 쉬는 시간에 혼자서 담배를 피우고, 그들의 얘기에도 끼지 못했다. 하지만 일할 시간이 되면 묵묵히, 열심히 일했나. 보다못한 상구가 쉬는 시간에 가서 말을 걸었다. 한데 막상 말을 해보니, 대학생은 좋은 사람 같았다. 대학생이라고 자랑하는 빛도 안 보이고, 오히려 상구가 선배라고, 선배 대접까지 하는 것이었다. 예상대로 나이는 동갑이고, 아까 멀리서 들은대로 집안 사정 때문에 일을 하는 것이 아니라, 여행 자금을 벌기 위해 한 일 주일 정도 일한다는 것이었다. 상구는 그 부분에서 그의 경제적 여유에 대해 질투를 느꼈지만, 잠시뿐이었다. 대학생은 상구보다 더욱 성실하게 일했다. 덕분에 상구도 더 열심히 일해야 했다. 생긴 것과는 달리 서글서글한 성격에 상구는 그와 금세 친해졌다.

저녁 6시가 되자 조장이 잔업 의향을 물어 왔다. 상구는 망설이지 않고 손을 들었다. 밤 아홉 시까지 일하면 칠천 원을 더 벌 수 있었다. 한 달 내내 쉬지 않고 잔업과 특근을 하면 그 돈만 해도 자그마치 삼십만 원가량 되었다. 상구와 함께 일하던 대학생은 먼저 약속이 있다며 정시에 퇴근을 했다. 상구는 옷을 갈아입고 퇴근하는 대학생의 뒷모습을 부러운 눈으로 바라보았다.

다음 생이 주어진다면, 그때는 정말로 저 대학생처럼 돈 몇 푼에 구애받지 않고 하고 싶은 대로 하면서 살아 보고 싶었다. 대학생이 빠져나가서 그런지 매일 하는 잔업인데도 시간이 유난히 더디게 가는 것처럼 느껴졌다. 어차피 일 주일 동안은 매일 느껴야 할 기분이었다. 그에게는 훌쩍 떠날 자유가 있으나 상구에게는 자유가 없었다. 오늘따라 상구의 눈에 비친 공장 천장이 유난히 높아 보였다.

마침내 시끄러운 음악이 멈추고 웅웅거리는 기계음도 멎었다. 상구는 세면대에서 세수를 한 뒤 옷을 갈아입었다. 공장 안에서 부품을 조립하던 어린 아가씨들이 길게 기지개를 켜면서 나왔다. 상구는 그들 틈에 섞여 공장문을 나섰다. 상구는 늘어지려는 몸을 추스려 다시 역을 향해 뛰기 시작했다. 일과에 지친 긴 그림자를 끌고 드문드문 켜 있는 가로등을 벗삼아 달렸다. 상아의 얼굴을 빨리 보고 싶은 조바심에 속력을 높였지만 역은 좀처럼 나타나지 않았다. 동네에 접어들자 상구는 발 밑을 살피며 달렸다. 산동네로 이어진 소방도로는 콘크리트가 군데군데 패어 있어 발 밑을 조심하며 달려야만 했다. 자칫하다가는 발을 접질릴 수도 있었다. 발이라도 삐는 날에는 모든 게 물거품이 되기 때문에 매우 조심해야만 했다.

상구는 가슴속 깊은 곳에 목표가 하나 있었다. 그것은 바로 한 달 뒤에 열리는 마라톤 대회의 우승이었다. 사실 상구는 그동안 한번도 마라톤 코스를 완주해 본 적이 없었다. 학교 다닐 때 마라톤 선수도 아니었다. 그럼에도 불구하고 상구가 이런 생각을 하게 된 것은 오로지 상금 때문이었다.

우승 상금은 미화로 칠만 불이었다. 대충 어림해 봐도 팔천만 원이 넘는 액수였다. 그 돈이면 상아의 수술비로 충분했다. 의사가 확률은 50%라고 했지만 상구 생각에는 수술만 하면 곧바로 나을 것 같았다. 아니, 반드시 나을 거라고 믿었다. 상구는 전문적인 선수는 아니었지만 달리기라면 자신 있었다. 어릴 적에도 10리가 넘는 등교길은 뛰어다니곤 했었다.

아니, 달리기에 자신이 있고 없고를 떠나서 당시의 상구에게 선택은 오로지 하나밖에 없었다. 무슨 일이 있어도 마라톤 대회에서 우승해서 상금을 타야만 했다. 상구는 그것이 자신에게 주어진 사명이자 운명이라고 믿었다. 꾸불꾸불 이어진 골목 앞에서 상구는 숨을 돌렸다. 이제 마침내 고단한 하루가 끝난 것이었다. 상구는 물먹은 솜처럼 늘어지는 육신을 끌고 골목 안으로 걸음을 옮겼다.

상아는 집에서 책을 읽고 있었다. 환한 얼굴로 반기며 상구를 맞은 상아가 부엌에서 상을 차리는 동안 상구는 웃도리를 벗고 몸을 씻었다. 하루하루 말라가는 상아의 몸, 하지만 아픈 내색조차 하지 않고 멋쩍게 웃는 상아의 미소가 세숫대야에 아른거렸다. 상아야, 조금만 기다려! 오빠가 너의 건강을 되찾아줄 테니까.

일 주일은 금방 지나갔다. 그동안 상구는 아르바이트 대학생과 친해졌다. 상구의 입장에선 처음으로 만나보는 자기 또래의 대학생이었다. 상구는 대학생인 여자친구 혜민과 만나는 동안 그 아르바이트 대학생의 도움을 많이 받았다. 이제는 혜민도 상구의 정체에 대해서 알게 되었지만, 처음에는 그 대학생의 도움으로 상구 역시 짧았지만, 엘리트 대학생 노릇을 할 수 있었다. 혜민이 생각만 하면 가슴이 아프지만, 상구로서는 살아오면서 너무 많은 것들을 포기해왔기 때문에, 혜민이 역시 포기해야겠다고 생각하고 있었다.

그 일한이라는 대학생이 술 사겠다는 제의에 상구는 그날 하루는 달리기도 포기하고, 어딜 데려갈까라는 일말의 호기심과 기대감도 갖게 되었다. 마지막 날, 그 대학생은 상구에게 자기가 술을 사겠다고 했다. 당연히 거절해야 했지만, 처음이자 마지막일지도 모르는 대학생과의 술자리는 가고 싶었다. 말로만 듣던 대학생들의 음주문화가 궁금하기도 했기 때문이다.

강남에서 만나기로 했다. 사실 상구는 혜민과 만날 때 빼고는 처음으로 강남에 갔다. 사석에서 처음 만난 그 대학생은 공장에서와는 좀 다른 모습이었다. 상구는 괜히 위축이 되는 기분이었다. 대학생이 데리고 간 술집은 상구와의 기대와는 전혀 다른 곳이었다. 허름한 실내 포장마차였다. 상구가 회사 사람들 따라 가끔 갔던 선술집들과 별로 다를 바 없었다. 안주나 가격이나 비슷했다. 저 멀리 있는 것만 같던 그 대학생과 좀더 가까워지는 것 같았다.

술과 안주를 시키고 있는데 그 대학생 친구들이 들어와 합석을 하게 되었다. 서로 인사는 했지만, 서먹서먹한 분위기가 흘렀다. 곧 그들은 자기들끼리 대화를 시작했다. 그들의 대화를 언뜻 들어보니, 많은 고민이 있어 보였다. 술로 그 고민을 해결해보려는 사람들 같았다. 상구는 그들의 사치스러운 고민에 언뜻 괴리감이 느껴졌다. 하지만 알코올 기운이 오름에 따라 생각도 바뀌었다. 사람은 사람 나름대로 고민이 있고, 자기 생각에는 그 고민이 가장 괴롭게 느껴지는 것이라고 말이다. 또 그들은 그들 나름대로 해결책을 찾겠지. 이들은 술에서 그것을 찾고 있지만, 나는 뛴다는 생각이 들었다. 그런 점에서 상구는 그들 대학생에 대해 일말의 우월감까지 느껴졌다. 기분이 좋아지니, 술이 맛있어졌다. 오래간만에 취할 때까지 마셔본 술이었다. 사실 술이 취하니까, 병상에 누워 있는 동생 상아의 얼굴과 티없이 맑게 웃는 혜민이의 얼굴이 교차되며 떠올랐다. 상구는 고개를 세차게 흔들었다. 지금 상구로서는 올라가지도 못할 나무를 보고 미련을 갖는 것은 사치라고 생각되었다.

헤어질 때 그 대학생들과 연락처 교환을 했지만, 상구는 다시 만날 수 있다는 기대는 버렸다. 술에 취해 집에 돌아오는 길에서 상구는 달린다는 것에 더욱 많은 의미를 부여하게 되었다. 평범한 대학생들과의 만남이 그것을 심화시켰는지도 모른다. 이제까지 그들에게 가졌던 열등감의 해소의 일환일 수도 있었다. 그 대학생들은 좋은 사람 같았다. 상구는 소위 말하는 계층이나 계급은 물질적인 부를 소유한, 서로에게 지니게 되는 고정관념에서 출발할 수도 있다는 생각이 문득 들었다. 그 대학생들도 평소에 자기가 지녔던 이미지와 너무 판이하게 달랐다. 소비적이고 향락적인 대학생이 아니면, 노동자의 권익을 위해 투쟁하는 대학생들……. 그러나 그들은 결코 이 두 부류로 분류 못할 단지 평범한 대학생들이었다. 하지만 상구는 그들과 본질적인 이질감을 느꼈다. 여하튼 이들과의 만남은 상구에게 있어서 달리는 것의 의미를 더 확대시키는 계기였다.

상구는 그 대학생의 빈자리로 인하여 한동안 허전함을 느껴야 했다. 하지만 그것도 잠시였다. 공장 안에 울리는 카세트 테이프가 돌아가듯, 근무시간 동안 기계가 자동으로 움직이듯 모든 것들이 함께 예전으로 되돌아갔다.

상구는 쉴 새 없이 달렸다. 돈과 체력을 비축하기 위해 회식 자리도 빠져 가며 오로지 달렸다. 삼삼오오 짝을 지어 영화를 보러 가는 사람들 사이로, 달콤한 말을 속삭이며 사랑을 나누는 연인을 굽어보며, 얼큰하게 술에 취한 취객의 곁을 지나, 오로지 마라톤 우승이라는 단 하나의 목표를 향해 달렸다. 그 사이에도 상아의 병세는 하루가 다르게 악화되어 갔다. 담당 의사는 수술 시기를 미루면 미룰수록 성공 확률 또한 떨어진다며 안타까워 했다. 상구는 입안이 바짝바짝 마르는 것을 느꼈다. 하루하루 미라처럼 말라가는 상아의 모습을 보고 있으면 가슴이 미어졌다.

마라톤 대회를 앞둔 보름가량 앞둔 주말, 상구는 모처럼 일요일에 특근을 나가지 않았다. 상아에게는 아무 말도 하지 않은 채 배낭에 물통 하나 달랑 넣고 집을 나섰다. 동네 약수터에 가서 물통에 물을 채우고 잠실에 도착하니 오전 8시 반이었다. 날씨는 바람도 심하게 불지 않고 아주 선선했다. 장거리를 뛰기에는 아주 적합한 날씨였다. 상구는 몸을 천천히 풀었다. 2주 앞으로 다가온 시합을 앞두고 완주를 해 볼 심산이었다. 코스는 한강 고수부지의 자전거 도로로 잡았다. 잠실에서 여의도까지 왕복해 볼 작정이었다. 집을 나서면서 이 정도 코스면 21km는 족히 될 거라고 계산해 놓은 곳이 있었다.

시계를 보고 있다가 정확히 아홉시에 출발했다. 비록 등에 배낭을 맸지만 몸은 한없이 가볍기만 했다. 휴일 아침을 맞아 조깅을 하는 사람들의 모습이 간간이 보였다. 뛰다 보니 강바람이 제법 강하게 불어 왔다. 상구는 시계를 자주 들여다보며 한강을 끼고 일정한 속도로 달렸다. 이번 마라톤 대회에서 우승하려면 늦어도 2시간 7분 안에는 들어와야 했다. 출전 선수들의 기록을 살펴보고 상구가 내린 결론이었다. 42.195km를 2시간 7분 안에 완주하려면 1km를 3분 안에 뛰어야 했다. 10분쯤 달리다가 상구는 목표를 바꿨다. 일단 기록보다도 완주에 의미를 두는 게 여러모로 좋을 것 같았다. 오늘 완주만 할 수 있다면 여러 명이서 뛰는 시합 때는 좋은 기록을 낼 수 있을 것 같았다. 자전거들이 스쳐 지나가고 차들이 빠른 속도로 지나갔다. 상구는 멀리 보이는 63빌딩을 향해 달렸다. 달리다 간간이 배낭에서 물통을 꺼내 목을 축였다. 반환점인 63빌딩까지 가서 상구는 다시 돌아서서 뛰기 시작했다.

한 시간을 넘게 뛴 것 같은데도 그리 힘들지는 않았다. 21km 정도는 출퇴근할 때 자주 뛰어 봤던 거리였다. 그래서 처음 한두 시간은 비교적 수월하게 달릴 수 있었다. 하지만 반환점을 돌아 한참 달리다 보니 곧 체력에 한계가 오는 것이 느껴졌다. 물통을 자주 꺼내서 조금씩 마셨지만 체력은 회복될 기미가 보이지 않았다. 출발할 때는 못 느꼈던 배낭의 무게까지 너무나 부담스럽게 느껴졌지만 배낭을 던져 버릴 수는 없는 노릇이었다. 황영조 선수가 이야기했듯이 거기서부터는 정신력이라는 생각이 들었다. 상구는 초라한 방에 누워 있을 상아를 떠올리곤 이를 악물고 앞을 향해 달렸다.

한참을 뛰다보니 어느 순간 35km는 넘어선 것 같았다. 머릿속은 뛰어야 한다는 느낌뿐 하얗게 비워져 있었다. 상구는 기계적으로 손발을 놀렸다. 강바람이 점점 차갑게 피부에 닿는 것이 느껴졌다. 괴로웠다. 숨을 쉬기조차 힘들었다. 하지만 상구는 계속해서, 계속해서 뛰었다. 어느 정도 힘들 거라고 생각은 했었지만 이 정도일 줄은 전혀 몰랐었다. 가장 힘들다는 40km를 넘어섰다는 느낌과 함께 출발 지점이 저만치 보였다. 상구는 이를 악물고 막판 스퍼트를 했다. 관중들의 환호성도 박수도 없는 스타트 라인에 발을 디딘 상구는 잔디밭으로 가서 벌렁 누웠다. 숨이 차서 미칠 것만 같았다. 하지만 완주를 했다는, 마침내 해냈다는 기쁨이 고무풍선처럼 텅 빈 것만 같은 뱃속으로 서서히 들어찼다. 그것은 이내 환희로 바뀌었다.

시합 때도 오늘 정도로만 뛰어 준다면 우승을, 아니 상아를 살릴 수 있을 것 같았다. 상구는 잠시 누워 있다가 벌떡 일어났다. 손상된 체력도 쉽게 회복될 것 같지 않았다. 상구는 일어나서 걸음을 옮겼다. 한 걸음 한 걸음 뗄 때마다 몸이 가루가 되어 부서져 내릴 것처럼 괴로웠지만 부지런히 버스정류장으로 향했다. 한시라도 빨리 상아에게 이 소식을 알리고 싶었다. 2주만 있으면 수술을 받을 수 있으니 괴롭더라도 참으라고, 용기를 잃지 말라고.

집에 도착하니 상아가 깜짝 놀라며 상구를 맞았다. 상구의 꼴은 말이 아니었다. 옷은 땀으로 흠뻑 젖어 있었고 얼굴은 온통 먼지를 뒤집어쓰고 있었다.

"상아야! 내가 오늘 완주했어."

상구는 목이 메어 더 이상 말을 잇지 못했다. 상아는 오빠의 한 마디를 듣고서 모든 상황을 짐작할 수 있었다. 상아는 상구의 손을 꼭 잡았다. 고깃국 한번 제대로 끓여 주지 못했는데 그 먼 거리를 뛰어준 오빠가 더없이 고마웠다. 상아는 오빠가 마라톤에서 우승하리라고는 믿지 않았다. 다만 희망을 버리지 않는 오빠가, 최선을 다해서 자신을 살리려고 하는 오빠가 더없이 자랑스럽고 고마울 따름이었다. 하지만 상아도 상구도 까맣게 모르고 있었다. 마라톤 코스를 한 번 완주하고 나서 체력을 완전히 회복하려면 적어도 한 달 이상은 쉬어야 한다는 것을.

상구는 시합을 일 주일 남겨 놓고 접수를 했다. 그는 접수를 하러 나가면서 조장에게 살짝 이야기를 했을 뿐이었다. 그런데 돌아와 보니 공장 내에 자신의 이야기가 파다하게 퍼져 있었다. 사람들은 상구가 왜 마라톤대회에 나가야 하는지 그 이유까지 정확히 짐작하고 있었다. 공장 사람들은 상구를 마라토너라 불렀다. 그들은 상구에게 격려의 말을 건네기도 했으며 삶은 계란이나 우유 등을 몰래 작업복에 넣어 주며 '파이팅!'을 외치기도 했다. 상구는 사흘 가까이 완주를 한 후유증으로 절뚝거려야 했다.

상구는 몸이 서서히 회복되는 기미가 보이자 다시 훈련에 들어갔다. 같은 라인에 배치된 동료들은 상구는 힘든 일에서 빼 주는 등 배려를 아끼지 않았다. 한 사람이 빠지면 그들이 그만큼 더 힘들다는 걸 잘 알고 있는 상구였기에 처음에는 극구 만류했지만 나중에는 그들의 따뜻한 마음씨를 알기에 그저 훈련에 충실할 수밖에 없었다. 충분하지는 않지만 그렇게 공장에서 그런 대로 휴식을 취하다 보니 몸의 회복 속도도 빨라졌다.

시합을 나흘 남겨 놓은 날이었다. 잔업을 끝내고 집에 가려는데 평소에 짠돌이로 소문난 박 조장이 상구를 몰래 불렀다. 조장은 그를 보신탕집으로 데려갔다.

"여동생이 많이 아프다며? 달리 도와줄 건 없고, 이거나 많이 먹어. 그리고 꼭 일등해, 알았지?"

상구는 눈물이 나오려는 것을 간신히 참았다. 어느 누구보다도 박 조장의 살림살이를 잘 아는 상구였다. 박 조장이 짠돌이로 소문난 것은 원래 성품이 그래서가 아니라 집안 형편이 어려워서였다. 박 조장은 3형제 중 둘째였다. 중풍에 걸려 반신불수가 된 아버지를 모시고 세 자녀를 교육시키려면 단돈 10원도 아껴 써야 하는 처지였다. 먹고 싶은 대로 실컷 먹으라고 했지만 상구는 목이 메어서 제대로 고기를 삼킬 수가 없었다.

시합이 이틀 앞으로 다가왔다. 퇴근하려는 상구 주변으로 같은 라인 사람들이 모여들었다. 나이가 제일 많은 철이 엄마가 선물 꾸러미를 내밀었다. 얼떨결에 받아들고는 포장을 풀어 보았다. 운동화였다. 오래 전부터 갖고 싶었지만 감히 비싸서 엄두도 못 냈던 운동화 한 켤레가 가지런히 놓여 있었다. 상구는 고맙다는 말 대신에 운동화를 쓰다듬었다. 어렵지만 서로 도우며 착하게 살아가는 사람들, 그들의 따뜻한 마음씀이 느껴졌다.

"우승해서 상금 타면 한턱 내라고!"

눈물을 보이기 싫어 고개를 푹 떨구고 있는데 누군가 등짝을 치면서 말했다. 그 순간, 참고 참았던 눈물이 와락 쏟아졌다. 참으로 고마운 사람들……. '이 은혜는 결코 잊지 않겠습니다.' 상구는 반드시 우승으로 보답하리라고 마음속으로 몇 번이고 되뇌었다.

시합이 드디어 하루 앞으로 다가왔다. 같은 라인 사람들의 배려로 상구는 오전 근무만 한 뒤에 집으로 돌아올 수 있었다. 상아를 깜짝 놀라게 해 주려고 살금살금 대문을 들어섰다. 상아는 방문을 열어 놓고 두 손을 모은 채 기도를 하고 있었다. 처음 보는 상아의 기도하는 모습이었다. 상아는 더없이 경건한 표정을 짓고서 입술을 달싹거렸다. 그날 저녁 상구는 상아와 함께 나란히 잠자리에 누웠다. 잠을 푹 자야 하는데 긴장 때문인지 좀처럼 잠이 오지 않았다. 낮에 본 기도하는 상아의 모습이 아른거렸다.

"상아야, 너 오늘 누구에게 기도했니?"

"오빠 봤구나. 아빠랑 엄마에게. 오빠를 지켜 달라고 기도했어. 오빠, 난 괜찮으니까 내일 무리하지 마, 알았지?"

"상아야, 걱정 마! 오빠는 내일 반드시 우승할 거야. 그래서 네 병을 고쳐줄 거야."

"고마워, 오빠! 난 오빠 맘 알아. 난 몸은 비록 아프지만 이 세상 그 누구보다도 행복해. 오빠, 내일 뛰다가 힘들면 그만둬. 알았지?"

"그래."

"내가 오빠 운동복에 부적 붙여 놨어."

"부적? 네가 어디서 그런 걸 구했어?"

"응, 주인 아줌마에게 부탁했어. 용한 무당이 있다길래 오빠가 걱정돼서 한 장 구했어. 오빠를 지켜줄 거야."

"상아야, 내 걱정 마! 뛰다 힘들면 그만 둘 테니까."

상구는 걱정시키고 싶지 않아서 마음에 없는 말을 했다.

"오빠, 그 예쁜 언니 이제는 더 이상 만나지 않아? 지난번에 우리 집에 놀러 온 언니…"

"어, 그 사람… 만나고 안 만나고 그런 사이 아냐. 그냥 회사에서 일로 만난 동료야. 그 친구도 나보고 우승하라고 전화했더라."

상구는 상아가 혜민이와 끝난 것을 알면 가슴이 아플 것 같아 거짓말을 했다. 하지만, 거짓말을 하고 있는 상구 자신 역시 가슴이 찢어지는 듯했다. 상아는 다행이라는 듯이 한숨을 푹 내쉬면서 한마디 했다.

"다행이다 오빠. 나는 오빠가 그 언니랑 사귀고 있었는데, 혹시라도 이렇게 누워있는 나땜에 오빠랑 헤어진 줄 알고 얼마나 걱정 많이 했는데……. 오빠 이제 나 신경쓰지 말고 그 언니랑 연애 좀 해봐. 오빠도 늙기 전에 연애 한번 해 봐야지?"

"임마, 늙기는 누가 늙어. 아직 팔팔한 20대야. 너나 빨리 일어나서 남자친구 좀 데리고 와서 이 오빠랑 술 한잔 하게 좀 만들어

다오."

상구는 상아와 이런 대화를 할 때마다, 자신들의 처지가 너무나 슬펐다. 하지만, 대회에서 우승만 한다면, 상아의 병도 고칠 수 있고, 영원히 다시 만날 수 없다고 생각했던 혜민과도 만날 수 있을 것 같은 생각마저 들었다.

잡념에 시달리다가 가까스로 잠이 들었는데 어디선가 신음소리가 들렸다. 상구는 깜짝 놀라서 일어났다. 불을 켜 보니 상아의 얼굴이 말이 아니었다. 얼굴이 온통 백짓장처럼 창백했다.

"상아야, 정신 차려! 괜찮니?"

상구는 상아를 흔들어 보았지만 의식이 없는 상태였다. 시계를 보았다. 새벽 2시를 넘어서고 있었다. 상구는 상아를 들쳐업고 뛰었다. 차를 잡아타고 병원 응급실로 달려갔지만 주치의는 병원에 없었다. 상아의 진료기록을 유심히 읽던 의사는 고개를 갸웃거리다가 상아에게 포도당 주사를 놓아 주었다. 그리곤 상구에게 주치의가 출근할 때까지 응급실에서 기다리라고 전했다. 상아는 밤새 고열에 시달리며 신음을 내뱉었다. 상구는 상아 곁에서 밤을 꼬박 새웠다. 병실 창으로 새벽 햇살이 비쳤다. 시합 시간이 점점 다가오고 있었다.

이대로 포기해야 하나? 언제 다시 돌아올지 모르는 기횐데, 상아 곁을 떠날 수도 없고, 그렇다고 다시 없을 이 기회를 놓쳐버릴 수도 없고. 상구는 상아의 얼굴을 내려다보며 갈등했다. 문득 밤새 신음을 토하며 헛소리를 하던 상아가 열이 조금 내렸는지 힘겹게 눈꺼풀을 밀어올렸다.

"오빠, 몇 시야?"

"정신이 좀 드니? 조금만 참아. 의사 선생님이 곧 오실 거야."

"오빠, 그동안 노력 많이 했잖아. 내 걱정 말고 시합에 나가 봐. 일등 같은 거 안 해도 돼. 하지만 최선을 다해서 뛰어 줘. 상아가 지켜보고 있을 테니까."

상구는 상아의 말을 듣고 결심을 굳혔다. 기회를 놓칠 수는 없었다. 이번 기회를 놓치면 상아의 생명은 살릴 길이 없었다.

'상아야, 조금만 참아! 오빠가 꼭 우승할 테니까.'

상구는 간호원에게 상아를 잘 돌봐 달라고 신신당부를 했다. 그리곤 병원을 나와서 집으로 향했다. 잠을 제대로 못 자서 컨디션이 그리 좋지는 않았지만 그런 걸 생각할 때가 아니었다. 출발 시간은 10시였다. 시간이 그리 많이 남아 있지 않았다. 상구는 집에서 트레이닝복으로 갈아입고 운동화를 신고 바쁜 걸음을 재촉했다.

출발 지점인 잠실 주경기장은 수많은 사람들로 붐볐다. 마라톤에 참가하는 선수들, 취재진, 응원 나온 사람들로 경기장 안은 시끌벅적했다. 상구는 점퍼를 벗어 가방에 넣었다. 부적을 달아놓았다는 티셔츠 앞을 내려다보니 노란 실로 '오빠 파이팅!' 이란 글귀가 새겨져 있었다. 다른 선수들이 우습다는 듯이 힐끔힐끔 쳐다보았으나 상구는 개의치 않았다. 오히려 가슴이 따뜻해지고 피로가 풀리는 것 같았다.

줄을 서서 번호표를 받았다. 상구는 675번이었다. 옷핀으로 두 장의 번호표를 앞뒤에 붙였다. 이윽고 출발시간이 되었다. 상구는 일반인 출전자였으므로 선수들보다 150m 후방에서 출발해야 했다. 상구의 앞쪽에는 전세계에서 내노라하는 건각들이 출발 신호를 기다리고 있었다. 그들은 대략 200여 명쯤 되어 보였다. 상구는 재미 삼아 참가한 4천 명의 시민 사이에 끼어 출발 신호가 떨어지기를 기다렸다. 상구의 옆에는 백발이 성성한 할아버지도 있었고, 초등학생들도 있었다. 그들의 표정은 한결같이 느긋해 보였다. 어차피 참가에 의의를 둔 그들이었기에 뛰다가 피곤하면 천천히 걸어가면 될 터였다. 긴장감을 떨쳐 버리기 위해 상구는 길게 심호흡을 했다. 짧은 순간, 오늘 이 순간을 위해 흘렸던 땀과 그저 달리기만 했던 수많은 날들이 스쳐 지나갔다. 수술을 무사히 끝마친 상아의 환히 웃는 모습이 눈앞에 떠올랐다.

"탕!"

마침내 출발 신호가 떨어졌다. 그 소리와 동시에 8천 개가 넘는 다리가 일제히 앞을 향해 나아갔다. 상구는 스피드를 내서 일단 선두 그룹에 합류해야겠다고 계획을 세웠다. 전력 질주를 해 상구는 선두 그룹에 뛰어들었다. 그들은 상구를 슬쩍 돌아보았을 뿐 더 이상 신경쓰지 않았다. 텔레비전에 한번 나오기 위해서 안간힘을 쓰는 촌놈으로 여기는 눈치였다. 상구는 마라톤 코스를 표시하는 파란 줄만 보고 뛰었다. 앞쪽에 방송 차량이 보였다. 상아를 비롯해서 자기를 응원하는 많은 사람들이 텔레비전을 보고 있을 거라는 생각이 들었다. 상구는 그들을 위해서 앞으로 나섰다. 카메라가 상구를 비췄다. 상구는 자신을 지켜보고 있을 이들을 향해 슬쩍 웃음을 지었다. 하지만 카메라는 순식간에 상구를 스쳐 지나갔다. 렌즈가 비추는 옆으로 고개를 돌려 보니 강력한 우승후보 케냐 선수가 뛰고 있었다.

시간이 많이 지난 것 같지 않은데 저 앞에 10km 표지판이 보였다. 상구 앞에서 뛰는 사람은 아무도 없었다. 방송 차량이 앞서가고 가끔씩 헬기가 상공을 날아갈 뿐이었다. 뒤를 돌아보았다. 20여 미터 뒤에서 열대여섯 명이 무리를 지어 뛰어오고 있었다. 방송에서 자주 보았던 국내외 유명 선수들이었다. 상구는 그들 그룹에 합류해서 뛸까 하다가 방심했다가는 우승을 놓칠지도 모른다는 생각이 들어 계속 선두를 유지하기로 작정했다.

마라톤 해설자로 나온 김병국은 머리가 혼란스러워짐을 느꼈다. 카메라맨은 계속해서 낯선 젊은이를 비추고 있었다. 전혀 마라톤 선수 같지 않은 촌스럽고 평범한 한 사내를. 참가번호 675번이 달릴 때마다 연도에 선 많은 시민들이 의아한 눈길로 박수를 보내고 있었다. 마라톤 중계 해설을 맡아 달라는 부탁을 받은 것은 한 달 전이었다. 흔쾌히 방송사의 제의를 수락했고 참가선수 개개인에 대한 자료를 수집하여 우승 후보자를 뽑아 놓았다.

처음에는 모든 것이 순조로웠다. 날씨도 쾌청했고 몸 컨디션도 좋았다. 기분 같아서는 선수들과 같이 뛰어보고 싶을 정도였다. 총소리와 함께 선수들이 일제히 달리기 시작하고, 김병국은 방송국 스튜디오 안에서 아나운서와 함께 화면을 보며 해설을 해 나갔다. 아나운서와 김병국은 준비해 온 선수들의 기록을 소개해 주면서 오늘 우승 후보를 조심스레 점쳤다. 그런데 3km를 지나면서 전혀 예상치 못한 선수가 카메라에 비쳤다. 김병국은 낯선 얼굴에 적이 당황하다가 참가번호를 보고 일반 참가 선수라는 것을 알았다. 김병국은 이내 평정을 되찾았다.

"마라톤을 무척이나 사랑하는 한 시민이 선두 대열에 합류했군요. 한국 마라톤이 오늘날처럼 세계 강국으로 성장하기까지는 저런 분들의 열렬한 호응이 있었기에 가능했다고 보는데, 어떻게 생각하십니까?"

"네에, 그렇죠. 외국의 경우를 보면 한 도시에서 마라톤이 개최되면 시민들이 굉장히 많이 참가를 해요. 그래서 마라톤 대회를 축제 분위기로 만들죠. 오늘 많은 분들이 참가했지만 앞으론 보다 많은 시민들이 참가했으면 좋겠어요."

미리 준비해 온 자료엔 예상되지 않은 상황이었지만 그런 대로 받아 넘길 수 있었다. PD가 잘했다고 엄지와 검지로 동그라미를 그렸다. 카메라는 다시 마라톤 현장으로 넘겨졌다. 한국의 건각들과 세계의 건각들이 나란히 달리는 장면이 화면을 가득 채웠다. 675번이 다시 화면에 비춰진 것은 8km 지점이었다. 이번엔 675번이 선두였다. 김병국은 삐쩍 마른 사내가 대단한 체력을 지녔다고 내심 감탄했다. 조만간 지쳐 뒤로 처지겠지만 일반 참가자로서 저 정도 뛸 수 있다는 건 참으로 놀라운 일이었다.

김병국은 675번을 주시하며 저런 페이스라면 오래 가지 못할 거라고 점쳤는데 675번은 예상을 뒤집고 계속 선두를 유지했다. 카메라는 자주 그를 비췄다. 관련 자료가 없기에 675번이 화면에 나오면 김병국은 아나운서와 함께 가벼운 농담을 주고받을 수밖에 없었다. 예상치 못한 일이 생기자 김병국은 짜증이 났다. 매끄럽게 해설을 하고 싶었는데 뜻하지 않은 방해자가 나타난 것이었다. 김병국은 울컥 치솟는 짜증을 누르고 준비해 온 자료를 토대로 아나운서와 열심히 이야기를 주고받았다.

15km 구간을 넘어섰지만 675번은 여전히 선두를 지키고 있었

다. 준비해 온 기록을 비교해 보았다. 15km까지는 세계 기록보다 30초가 빨랐다. 김병국은 675번이 정말 이상한 청년이라고 생각했다. 그 이상한 청년 덕분에 다른 선수들의 기록도 세계 기록보다 27초가량 빨라졌다. 곧 뒤로 처지겠지. 김병국은 달리는 사내의 엉성한 폼을 보며 생각했다. 손발을 놀리는 폼이나 보폭, 호흡하는 방법으로 봐서는 마라톤을 전혀 모르는 사람임이 분명했다. 하지만 마라톤에 대단한 소질이 있어 보였다. 대단히 강한 심장과 그에 못지 않게 강한 정신력을 지니고 있는 것 같았다.

그러나 이제 마라톤은 과학이었다. 예전에는 뚝심만 좋으면 얼마든지 우승할 수 있었지만 지금은 달랐다. 과학적으로 훈련을 받지 못한다면 아무리 뛰어난 자질을 지닌 선수라 하더라도 세계 기록에 접근할 수 없다는 것이 80년대 이후에 자리잡아가고 있는 보편화된 논리였다. 이봉주나 황영조 등 마라톤 신화를 세운 선수들은 과학적으로 특별 제작된 1억이 넘는 신발을 신고 기록에 도전해왔다. 그런데 이 선수는 단돈 몇 만원도 안 돼 보이는 신발을 신고 선두로 달리고 있었다. 마라톤은 과학의 승리라는 논리가 깨질 지도 모르는 일이었다.

마라톤 경기의 반쯤 되는 20km를 지났지만 이상한 청년은 여전히 선두를 달리고 있었다. 기록을 비교해 보니 20km까지의 구간 기록은 세계 기록보다 1분이나 빨랐다. 오늘은 시합 전날일 거야. 나는 꿈을 꾸고 있는 거고. 김병국은 화면에 가득 비친 사내의 얼굴을 보며 생각했다. 그는 화면속 사내의 충혈된 두 눈, 꽉 다문 입술, 금방이라도 쓰러질 것처럼 위태로워 보이는 몸짓을 지켜보며 고개를 저었다.

'오빠 파이팅!'

가슴에 노란 실로 새겨진 글자가 클로즈업됐다.

저 청년은 왜 달리고 있는 걸까? 문득, 강한 의혹이 김병국의 머리를 스치고 지나갔다. 김병국은 PD를 보았다. PD는 어디로 갔는지 보이지 않았다. 카메라가 마라톤 현장을 비추는 순간, FD가 쪽지를 가지고 와 아나운서 앞으로 내밀었다. 아나운서가 재빨리 눈으로 훑은 뒤 읽어 나갔다.

"네, 지금 방송국에는 675번을 단 선수가 누구냐는 전화가 빗발쳐 업무가 마비될 지경입니다. 참가자 명단을 방금 입수했는데 그곳에는 이렇게 쓰여져 있군요. 성명은 최상구, 나이는 23세, 직업은 태양전자 직원. 이상입니다. 다른 자료가 입수되는 대로 알려 드릴 것을 약속드리며 잠시 후에 뵙겠습니다."

화면은 광고로 바뀌었다. 광고가 끝난 뒤 다시 중계가 이어졌다. 현장 모니터를 보니 675번이 여전히 선두였다. FD가 허겁지겁 뛰어와서 또 쪽지를 내밀었다. 아나운서가 고개를 끄덕이자 카메라는 마라톤 현장에서 방송국으로 옮겨졌다. 아나운서가 메모지를 읽어 나갔다.

"네, 지금 또 다른 중계차가 675번 최상구 선수의 공장으로 나가 있다는군요. 잠시 연결해서 최상구 선수에 대해 몇 마디 이야기를 나눠 보겠습니다. 김하운 리포터!"

김병국은 마라톤 우승이 확정된 것도 아닌데 이렇게 방송국에서 발빠르게 움직인 걸 보면 뭔가 있긴 있는 모양이라고 추측했다. 김병국의 예상은 맞아떨어졌다. 미모의 리포터가 일요일임에도 불구하고 특근을 하고 있는 공장 안으로 들어섰다. 리포터는 일을 하고 있던 한 아줌마에게 최상구 선수를 아느냐고 물었다.

"물론이쥬. 상구 청년이 지금 선두라면서유. 저희들도 시방 라디오로 중계를 듣고 있구만유. 상구 청년이 꼭 우승해야 할 텐디. 상구 여동생이 지금 몹쓸 병에 걸려 있구만유. 상구 청년은 동생 수술비를 마련하기 위해서 대회에 참가했어라. 꼭 우승해서 하나뿐인 여동생의 병을 고쳐 주겄다고."

짧은 인터뷰였지만 대단히 감동적인 내용이었다. 카메라맨은 다시 카메라를 클로즈업시켜 '오빠, 파이팅!' 이란 글씨를 비췄다. 카메라는 다시 헬기로 옮겨졌다. 헬기에서 내려다본 거리에는 놀랄 만한 광경이 벌어지고 있었다. 최상구 선수가 달리는 모습을 보기 위해 수많은 사람들이 도로로 개미떼처럼 쏟아지고 있는 중이었다. 김병국은 현장으로 연결된 모니터를 보았다. 최상구는 30km를 지나고 있었다. 그런데도 속도는 조금도 떨어지지 않고 있었다. 30km까지의 구간 기록은 세계 기록보다 2분이나 빨랐다. 온몸에 전율이 이는 것을 느꼈다. 도저히 있을 수 없는 일이 눈앞에서 벌어지고 있었다. 50년을 마라톤과 함께 해 온 김병국이었지만 처음 보는 광경이었다. 카메라는 중계 도중에 화면을 다시 병원으로 연결했다. 중환자실에서 링거를 꽂고 있는 최상아양의 모습이 비춰졌다. 간호원은 최상구 선수가 여동생인 최상아양 곁에서 뜬눈으로 밤을 지새웠다는 새로운 사실을 알려 주었다.

김병국은 간호원의 이야기를 듣는 순간, 목안에 물컹한 것이 걸리는 듯한 느낌을 느꼈다. 최상구 선수가 뛰는 걸 중단시켜야 한다는 생각이 빠르게 스쳤다. 하지만 김병국은 강한 전류에 감전된 듯

꼼짝도 할 수 없었다. 이를 앙다물고 달리고 있는 최상구 선수의 깡마른 얼굴을 들여다보는 것 외에는.

카메라는 다시 거리로 나갔다. 서울역 앞에서는 기차를 타려던 수많은 시민들이 텔레비전 앞에 모여 있었다. 탑승 안내방송이 연신 울렸지만 사람들은 움직일 생각을 하지 않았다. "최상구 선수 파이팅!" 아기를 업은 아줌마가 수건으로 눈물을 훔치며 '파이팅'을 외쳤다. 카메라가 돌아가며 여러 사람의 모습을 비췄다. 최상구의 역주를 지켜보며 몰래 눈시울을 닦는 사람이 반이 넘었다. 자신의 모든 것을 여동생을 위해 불사르고 있는 한 청년의 몸부림은 계속되고 있었다. 헬기가 시내를 비췄지만 거리에는 사람의 그림자도 찾아볼 수 없었다. 움직이는 차량도 몇 대 되지 않았다. 카메라는 이번엔 시외버스터미널을 비췄다. 그곳에서는 대대적인 응원이 벌어지고 있었다. 사람들이 모두 한목소리로 '으쌰, 으쌰!'를 외치며 최상구를 응원하고 있었다. 하지만 하나가 된 목소리는 잠겨 있었고 울음도 뒤섞여 있었다. 많은 사람들이 소리 없이 눈물을 흘리면서 최상구 선수를 응원하고 있었다.

다시 현장으로 카메라는 옮겨졌다. 카메라는 더 이상 유명 선수들을 비추지 않았다. 카메라는 오직 최상구 선수에게만 고정되어 있었다. 김병국은 입술을 꽉 다물고 달리는 '마라토너'를 바라보았다. 그의 이마에 파란 힘줄이 불끈 솟아 있었다. 김병국은 경험을 통해 잘 알고 있었다. 최상구 선수가 지금 얼마나 고통스러워하고 있는지를……. 그는 지금 인간의 한계를 넘어서 달리고 있는 중이었다. 이대로 놔두다가는 그에게 어떤 일이 생길지 몰랐다.

중지시켜야 해! 안 돼! 들뜬 아나운서의 목소리를 들으면서 김병국은 마른 입술을 적셨다.

상구는 35km 구간을 지났다. 머릿속은 텅 비어 있었다. 발가락 하나 움직일 힘도 없었지만 계속해서 달렸다. 창자는 터질 듯이 팽창과 수축을 반복했다. 창자는 끊어지는 듯했고 팔과 다리는 마비되어서 자신의 육신처럼 느껴지지 않았다. 마치 쇳덩어리를 달고 달리는 기분이었다. 연도에 수많은 사람들이 나와서 뭐라고 외쳤지만 무슨 소린지 웅웅거리기만 할 뿐이었다. 상구는 그만 주저앉고 싶은 유혹을 계속해서 느꼈다. 그대로 주저앉아 버리면 더 이상의 고통은 없을 것 같았다. 하지만 그때마다 상아의 얼굴이 떠올랐다. 내가 멈추면 상아는 죽어, 상아를 살리기 위해선 멈추면 안 돼. 어머니, 아버지. 저에게 힘을 주세요.

상구는 도로를 밟는 것이 아니라 흡사 날카로운 송곳 위를 달리는 기분이 들었다. 있는 힘을 다해서 달리고 있는데 한 선수가 상규 앞으로 나섰다. 세계 기록 보유자인 케냐 선수였다. 상구는 위기 의식을 느꼈다. 뒤로 한번 처지면 끝이라는 생각이 들었다. 이대로 주저앉을 수는 없었다.

'상아야!'

상구는 마음속으로 있는 힘을 다해서 소리쳐 불렀다. 그리곤 입술을 꽉 깨물었다. 입술이 찢어졌는지 비릿한 핏물이 입안으로 스며들었다. 상구는 있는 힘을 다해서 달렸다. 핏물이 앞섶을 적셨다. 케냐 선수와 앞서거니 뒤서거니 하다가 40km를 넘어서며 그를 따돌리는데 성공했다. 상구는 속력을 늦추지 않고 계속해서 달렸다.

이제 남은 것은 2.195km였다. 조금만 더 참으면 상아가 살아날 수 있다는 생각이 어렴풋이 들었다. 달리다 보니 연도에 선 사람들의 아우성도 더 이상 들리지 않게 되고 땅이 심하게 출렁거렸다. 나무도 움직였고 도로변의 쓰레기통도 움직였다. 상구는 쓰러지려는 몸의 중심을 가까스로 바로잡았다.

케냐 선수와의 처절한 선두 다툼에서 최상구 선수가 이김에 따라서 그의 승리를 의심하는 사람은 아무도 없었다. 케냐 선수와의 거리가 순식간에 30미터 이상 벌어지자 스튜디오 안은 물론이고 거리도 온통 축제 분위기였다. 김병국은 가슴이 답답한 것을 느끼며 최상구 선수의 사투를 지켜보았다. 힘겨운 싸움을 치러 보았기에 최상구가 얼마나 어려운 싸움을 하고 있는지를 잘 알고 있었다. 그는 눈을 감고 하느님에게 기도했다. 최상구 선수를 조금만 더 지켜 달라고. 만일 기도만 들어 준다면 당신을 평생 모시겠노라고.

마음속의 기도가 채 끝나기도 전이었다.

"어어?"

아나운서의 다급한 외침에 김병국은 눈을 번쩍 떴다. 최상구가 비틀비틀거리더니 옆으로 쓰러지고 있었다. 그의 입가에서 거품이 흘러내렸다. 그는 최상구 선수의 의식이 줄 끊어진 연처럼 모두 날아가 버렸다는 것을 직감적으로 느낄 수 있었다.

끝났어! 모두. 김병국은 눈을 질끈 감았다. 현장으로 달려가서 그가 더 이상 뛰지 못하도록 말렸어야 했다는 후회감이 스며들었다.

한동안 정적이 이어지더니 요란한 박수소리가 났다. 눈을 떠보니 기적이 일어나고 있었다. 최상구 선수가 놀랍게도 다시 일어나고 있었다. 김병국은 자기 눈이 믿기지 않았다. 그는 비틀거리면서 다시 달렸다. 연도의 시민들이 우뢰와 같은 함성을 올렸다. 하지만 그는 몇 걸음 가지 못했다. 다시 옆으로, 옆으로 나가자빠졌다. 누가 보더라도 그가 더 이상 뛰는 것은 불가능해 보였다. 하지만 최상구 선수는 불사신처럼 다시 일어서고 있었다.

그는 공동묘지에서 다시 살아난 유령처럼 흐느적거리며 다시 달렸으나 이번에는 반대 방향이었다. 달려왔던 길을 되돌아가려 하고 있었다. 그러다가 다시 바른 길로 뛰기 시작했다. 최상구 선수는 몸을 비틀거리며 달리다 이번에는 연도로 뛰어들었다. 그리곤 앞으로 쓰러졌다.

방송차량과 함께 달리던 구급차가 달려왔다. 그를 들것에 실으려는 순간, 그는 용수철처럼 벌떡 일어났다. 간호사의 손을 뿌리치고 그는 다시 뛰기 시작했다. 연도의 시민들이 처절한 광경에 모두들 눈물을 터뜨렸다. 눈물이 그렁그렁한 채로 시민들이 울먹이며 '최상구! 최상구!' 를 외치는 상황에서 그는 도로에 다시 쓰러졌다. 김병국은 카메라가 비추는 코앞의 잠실 주경기장을 넋을 잃고 바라보았다.

상구는 전신에 마비증상이 오는 것을 느꼈다. 차가운 아스팔트가 이불처럼 포근하게 느껴졌다. 상아야, 기다려. 오빠는 결코 쓰러지지 않아. 널 기어코 살리고 말 거야. 너도 나처럼 마음껏 달릴 수 있게.

가슴 안쪽에 실로 박아 놓은 부적이 느껴졌다. 한순간, 자신을 응원하고 있을 이웃 사람들과 공장 동료들의 얼굴이 스쳐 지나갔다. 그리고 상아의 웃는 얼굴이 떠올랐다. 상구는 다시 일어났다. 그는 눈앞에 보이는 메인스타디움을 향해 달리기 시작했다. 환히 웃는 상아의 얼굴이 상구를 인도했다.

– 오빠 힘들면 그만둬. 무리하지 말고

– 걱정 마, 상아야! 오빠는 할 수 있어. 암, 할 수 있고 말고.

상구는 잠실 주경기장 안으로 들어섰다. 환호성도 박수 소리도 들리지 않았다. 보이는 것은 오직 상아의 웃는 얼굴뿐이었다. 이제 남은 일은 트랙을 한바퀴 돌고 결승 테이프를 끊는 것이었다. 상구는 트랙을 돌기 시작했다. 이상하게도 몸이 힘이 솟구쳤다. 눈앞에 하얀 테이프가 보였다. 상구는 테이프를 끊고 나서 손을 번쩍 들었다.

그런데 이상한 생각이 들었다. 박수소리도 환호성도 들리지 않았다. 사방을 둘러보았지만 사람들의 표정은 침통할 뿐이었다. 뒤를 돌아보았다. 분명히 금방 끊은 결승선 테이프도 그 자리에 그대로 놓여 있었다. 상구는 옆에 서 있는 카메라 기자에게 어떻게 된 것이냐고 물어 보기 위해 걸음을 옮겼다. 그 순간, 장내 방송이 울렸다.

"신사 숙녀 여러분, 대단히 애석한 속보입니다. 초반부터 놀라운 투혼으로 선두를 유지하던 최상구 선수가 41.4km 지점에서 쓰러져 병원으로 옮겼으나 사망했습니다. 최상구 선수는 여동생을 위해서 자신의 모든 것을 불살랐던 진정한 마라토너였습니다. 우리 모두 최상구 선수의 명복을 빌면서 이 시대 최고의 마라토너에게 박수를 보냅시다."

그 순간, 상구는 볼 수 있었다. 사람들이 모두들 제자리에서 일어나 박수를 치는 것을. 그들은 흐르는 눈물을 닦을 생각도 하지 않은 채, 어느 대회의 우승자도 감히 받지 못한 열렬한 박수를 보냈다. 상아의 환히 웃는 얼굴이 주경기장 위로 드리워졌다.

그로부터 6개월 뒤, 잠실 주경기장 관리인 유씨는 텅 빈 경기장을 찾은 두 사람을 볼 수 있었다. 한 명은 육상협회 이사 김병국이었고, 동행한 아가씨는 스무 살 남짓한 아가씨였다. 유씨는 오늘따라 왜 이렇게 텅빈 경기장에 사람들이 찾아오는지 의아해졌다. 바로 몇 시간 전에도 어떤 젊은 아가씨가 혼자 경기장을 찾아와 눈물을 흘리며 떠났기 때문이다. 하지만, 지금 온 사람이 다름아닌 육상협회 이사라고 하니, 유씨는 그동안 일하면서 느낀 불만을 토로할 생각으로 두 사람이 있는 쪽으로 향했다.

김병국이 관중석에 앉아서 담배를 피우는 동안 아가씨는 트레이닝복 차림으로 천천히 트랙을 돌았다. 아가씨는 건강하고 생기 있어 보였다.

관리인 유씨는 김병국에게 몇 달 사이에 밤마다 발생했던 이상한 일에 대해 불평하듯 하소연했다.

"그렇다니까요! 벌써 여러 명이 수위 자리를 그만뒀어요. 밤마다 텅 빈 경기장에서 누군가가 헉헉대며 달리는 소리가 들린다는 소문이 있어요. 누군가는 그 소리가 여기서 죽은 젊은 마라토너의 혼령이라고도 하던데요……."

김병국씨는 유씨의 이야기를 들었는지 못 들었는지 조용히 고개만 끄덕였다.

트랙을 돌아보던 아가씨는 슬픈 얼굴로 김병국에게 다가가 말했다.

"여기가 오빠가 그렇게 달리고 싶어했던 결승선 트랙이었나요?"

김병국 씨는 빈 트랙을 돌아보며 따뜻한 목소리로 대답했다.

"아마 상구씨도 상아씨가 여길 달리는 것을 보고 기뻐하고 있을 거예요. 건강한 상아씨를 보기 위해 성금을 거둬준 많은 사람들도 그럴 거구요……."

관리인 유씨는 김병국이 아무런 대답을 하지 않자, 더욱 화가 났는지 얘기를 계속했다.

"그래서, 이사님. 이 귀신 소동을 어떻게 처리하실 겁니까?"

김병국씨는 몸을 일으키곤, 엷은 미소를 지으며 대답했다.

"그건 귀신이 아니라, 영원히 도달할 수 없는 결승점을 향해 포기하지 않고 뛰는 젊은 마라토너의 치열한 모습일거예요… 넘어져도 넘어져도 다시 일어나 다시 뛰는……."

재회 그리고 첫눈…

– 〈다 볼 수 있는 아이〉 뒷 이야기

대부분의 사람들은 사랑하는 이와의 '첫 만남' 을
'운명' 이라고 생각한다.
하지만 때로 사람들은 '운명으로 가장된 만남' 에서
'사랑' 을 싹틔우기도 한다…….

떨어진 낙엽들이 흐르는 강물과 어우러져 을씨년스럽게 보였다. 강가의 낙엽은 사람을 더욱 춥게, 그리고 쓸쓸하게 만들곤 했다. 나는 창밖으로 보이는 늦가을 풍경을 멍하니 바라보고 있었다. 따뜻한 것이라곤 손에 쥔 커피잔에서 나오는 김과 온기가 전부였다. 그애가 준 나무 목걸이를 손에 꽉 쥐어봤지만 날씨도, 경치도, 내 마음도 을씨년스러움에서 벗어나지 못하고 있었다.

"오늘도 오셨네요?"

이제는 친숙해진 카페의 젊은 주인이 한참 동안 혼자 있는 나에게 망설이다가 말을 건네 왔다. 오후 시간이라 나밖에 손님이 없었다.

"예, 정리 좀 하려고요……."

"그때 그 일 때문이신가요? 기분 상하실지는 모르지만, 저도 그때 있었는데도 불구하고 좀처럼 믿어지지 않는 일이던데요……."

"글쎄요… 하긴 저조차도 아직까지 믿기지 않으니까요. 하지만, 제가 경험한 것이 꿈이 아닌 이상 있었던 일인 것은 분명해요. 그래서 혹시나 그애를 마지막으로 본 이 곳에 그애의 자취가 남아있지 않을까 해서 와봤어요. 그렇지만 이런 부질없는 짓도 오늘이 마지막이 되겠지요. 이젠 정리할 때도 된 것 같아요."

친절한 주인은 그런 나를 안쓰럽게 바라보고 카운터로 돌아갔다. 카페 안에는 데이빗 란츠의 'Leaves on the saine'이 흐르고 있었다. 멜로디가 눈물겹도록 아름다웠다. 이곳은 내 취향의 음악을 자주 틀어주는 카페이다. 무심히 흐르는 강과 스산한 바람에 굴러다니는 낙엽에서 시선을 떼고 나는 그애가 남겨준 목걸이를 만지작거리면서 그애와의 만남을 되돌아보았다.

그 기이하고, 아름답고, 짧았던 재회를…….

그날의 시작은 지극히 평범했다.

전형적인 가을날이었다. 난 막 물들기 시작한 단풍과 쌀쌀한 날씨가 남자의 마음을 흔든다는 둥, 역시 가을은 남자의 계절이라는 둥 투덜거리며 수업을 들었다. 수업이 4시에 끝나고 난 뒤, 집에 일찍 들어가 보기로 했다. 몸도 피곤했고, 학교에 남아있어봤자 공부도 안 하고 괜히 술이나 마실 것 같아서였다. 술 마시자며 붙잡는 윤이를 뿌리치고 집으로 향했다.

집으로 가는 12번 좌석버스가 빨리 와주어 운 좋게 기다리지도 않고 버스를 탔다. 아직 본격적인 퇴근시간이 되지 않아 버스는 한산했다. 나도 대부분의 사람들이 가지고 있는 흔한 습관, 예를 들면 자유좌석제인 수업에서도 매일 같은 자리에 앉는다거나, 단골 술집에 갈 때마다 늘 앉던 자리에 앉는 습관을 가지고 있어, 그날도 역시 내가 항상 앉는 창가 자리에 앉았다. 이런저런 생각을 하다 보니 버스는 이대 앞 정거장에 섰다.

사실 나는 이 정거장에 버스가 설 때마다 일말의 기대를 하곤 했다. 혹시 아리따운 여자가 내 옆에 앉아 운명적인 만남을 갖게 되지 않을까 하면서……. 하지만 우습게도 이제까지 이 버스를 수백 번 탔지만, 그런 행운은 거의 없었다. 내 옆자리는 주로 할머니나, 술에 취한 아저씨, 아니면 같이 앉은 나까지 불편하게 만드는 거구의 남자 등이 차지했었다. 커다란 짐을 들고 있는 아주머니들이 우르르 타는 것을 보니 오늘도 마찬가지구나 하는 생각이 들었다. 아주머니들로 버스는 가득 차고, 그 뒤로 몇몇의 여대생들이 탔지만 별로 눈이 반가울 정도는 아니었다.

내 옆자리는 역시 빈 채로 남겨졌고, 나는 잠이나 자자 생각했다. 의자에 몸을 기대고 눈을 감으려 하는데, 누군가 출발하려는 버스를 세우더니 헐떡거리며 버스에 올라탔다. 움직이는 차에서 힘들게 지갑을 꺼내는 그녀의 뒷모습… 어깨까지 내려오는 긴 머리와 날씬한 몸매가 인상적이었다. 그리고 뒤돌아섰을 때의 그녀의 얼굴이란……. 여자의 외모에 대해 후하지 않은 나에게 그녀의 미모는 거의 충격이었다. 숨이 헉하고 막힐 정도였으니까. 옅은 화장을 한 하얀 얼굴에, 친숙하면서도 사람을 끌어당기는 듯한 분위기, 그리고 맑고 큰 눈은 시선을 떼지 못하게 했다.

그녀는 내 얼빠진 시선을 아는지 모르는지 다른 빈 자리를 놔두고 내 옆자리에 앉았다. 어떤 향수를 썼는지 몰라도 그녀에게선 향긋한 냄새까지 풍겨왔다. 나는 떨리는 마음을 억누르며, 애써 아무렇지도 않은 척하며 그녀의 옆얼굴을 훔쳐봤다. 깨끗한 피부에 오똑한 코, 청순한 분위기. 인형 같은 얼굴이라는 말이 딱 들어맞는 외모였다. 그런데 그런 그녀를 보니 꼭 어디선가 본 것 같은 느낌이 들었다. 하긴 예쁜 사람들은 다 어디선가 본 듯하니까……. 나이에 걸맞지 않게 어떡하면 옆자리의 그녀에게 말을 걸어볼까 하는 애 같은 생각도 해 보았다. 하지만 옆에 예쁜 여자가 앉는 것만도 행운이라고 생각하며 그냥 가만히 앉아있기로 했다.

버스 안은 아주머니들의 수다로 곧 시끄러워졌다. 그뿐만 아니라 때 아닌 교통체증으로 버스는 꼼짝 못하고 있었다. 차가 너무 막혀 나도 모르게 한숨을 내쉬었다. 그때였다. 그런데 옆에서 예쁜 목소리가 들렸다.

"차가 참 막히네요. 지루하신가 보죠?"

나는 설마하고 그녀 쪽을 돌아보았다. 그녀가 미소를 띠며 나에게 말을 건 것이었다. 나는 두근거림을 느끼며 대답했다.

"아, 예. 예, 차가 참… 막… 막히네요."

당황했는지 나도 모르게 더듬거렸다. 그녀는 내가 당황하는 모습에 피식하고 웃더니 자연스럽게 말을 꺼냈다. 그녀는 학생이냐고 물으며 자기는 우리 학교 옆에 있는 여대에 다닌다고 소개했다. 나는 그녀의 적극적인 자세에 약간 놀랐지만, 차가 막히고 심심하던 차라 그녀가 수다를 떨며 시간을 때우려나보다 싶었다.

"예, 집에 가는 길이에요."

"날씨도 좋은데 벌써 집에 가나요. 하긴 나도 집에 가는 길이지만… 집이 강남 쪽이신가 보죠?"

"예, 그쪽도 강남이에요?"

"예, 그럼 우리는 동네 이웃이네. 그런데 왜 이렇게 좋은 날 집에 일찍 가시죠? 모범생이신가 봐요?"

그녀는 자연스럽게 대화를 주도해 나갔다. 나는 나도 모르게 그녀와의 대화에 빠져들었다. 그녀의 이름은 정은희라고 했다. 은희라는 이름이 왠지 모르게 친숙했으나, 워낙 흔한 이름이어서 그러려니 했다. 나이는 나보다 한 살 어렸다. 겨우 한 시간 남짓 얘기했으나, 난 내가 그녀에게 점점 빠져들어가고 있다는 걸 느꼈다. 그녀에게선 놀랄 정도로 나와 많은 공통점이 발견되었고, 외모 뿐만 아니라 성격도 좋아 보였다.

버스는 한강다리를 지났다. 내릴 곳이 다가오고 있었다. 그냥 그렇게 그녀와 헤어지기는 아쉬웠다. 여기서 그냥 내리면 그녀를 영원히 만날 수 없을 것 같았다. 하지만 간단한 대화밖에 나누지 않은 처음 보는 사람에게 동행을 부탁하기란 쉽지 않았다. 그래도 난 나중에 후회할 것 같아 용기를 내어 말을 꺼냈다.

"그런데요, 저… 지금 저녁 시간도 다 되었는데, 바쁘지 않으시면 식사나 같이 할까요?"

나는 말을 떼고 순간적으로 후회했다. 그냥 내릴걸… 괜히 이런 말을 해서 망신당하는 것 아닌가……. 하지만 그녀는 기다렸다는 듯 흔쾌히 승낙했다.

"그러죠. 저도 할 일 없는데요. 대신 맛있는 것 사 주세요."

그녀의 그런 반응에 나는 너무나 기뻤다. 처음부터 우린 서로에게 호감을 가지고 있었던 것 같았다. 우린 압구정동에서 내렸다. 저녁 6시 정도의 번화한 거리는 슬슬 젊은이들로 붐비기 시작했다. 뭘 먹을까 고민하다가 대충 볶음밥으로 때웠다. 나는 분위기 좋은 데서 저녁을 사고 싶었으나, 그녀는 한사코 거절했다. 우리는 마치 오래된 연인처럼 전혀 어색함 없이 식사를 같이했다. 이상할 정도로 우리는 모든 것이 잘 통하고 어울렸으며, 그녀는 나를 오래 전부터 알고 있었던 사람처럼 나를 편하게 해 주었다. 식사를 마치고 나는 차나 한잔하자고 했다. 그런데 놀랍게도 그녀는 차보다 맥주나 한잔하자고 제의했다.

우리는 조용한 카페에서 맥주나 마시기로 했다. 그녀는 저녁은 내가 샀으니, 술은 자기가 사겠다며 한사코 끌고 갔다. 술을 마시면 모두가 그렇듯이, 한 잔 두 잔 술잔을 기울이며 우리는 서로에 대해 더욱 많은 것을 알게 되었다. 그녀는 술도 잘 마셨다. 그녀와 얘기하면 할수록 그녀가 좋아졌다. 그리고 놀라울 정도로 비슷한 취향을 가진 것 같아 친밀감은 더욱 깊어졌다. 술에 취했는지, 나는 그녀가 나의 운명적 인연이라는 생각이 들 정도였다. 맥주가 대여섯 병이 비었을 때, 그녀는 내게 마음에 걸리는 질문을 해왔다.

"혹시, 여자친구 있으세요? 괜히 저 때문에 오늘 만나지도 못하는 것 아니에요?"

"여자친구요? 글쎄요…"

"있죠? 그럼 그 사람을 좋아해요?"

술에 취했다 하더라도 그 질문은 약간 이상하게 들렸다. 하지만 나는 개의치 않고 솔직히 말해 주었다.

"여자친구라고는 할 수 없지요. 그 사람을 좋아하는 마음을 아직 확신하진 못하지만, 마음을 주고 싶은 사람인 건 확실해요."

나는 그녀의 얼굴이 약간 어두워지는 것을 보고, 곧 후회했다. 그냥 아무도 없다고 말할 걸……. 하지만 그녀는 곧 아무렇지도 않다는 듯이 웃으면서 말했다.

"그랬군요. 부럽네요, 저는 남자친구 없어요. 하지만 저도 좋아하는 사람은 있었어요."

얘기가 이상한 쪽으로 흘러간다는 느낌은 들었지만, 나는 그녀에 대해 더욱 알고 싶었다.

"있었어요라……. 그러면 그 남자친구분과 지금은 헤어지셨나요?"

"헤어졌다… 그런 말이 적당할지 모르겠네요. 그 사람은 저에 대해서 잘 몰라요. 아마 저에 대해서 기억하고 있는 것은 저의 어릴 적 모습일 걸요. 이렇게 성숙한 모습으로 그 사람을 만나고 싶었는데……."

그녀의 얘기를 듣고, 난 내 나름대로 추측했다. 고등학생 때 자기를 가르치던 대학생 과외 선생님을 짝사랑했구나……. 아직도 못 잊었다니 대단한데……. 난 술을 따라주면서 계속 물어보았다.

"그래서 어떻게 됐나요? 그 사람하고 다시 만났나요?"

그녀는 내 질문에 고개를 들고 나를 뚫어지게 바라보았다. 나는 내가 너무 무례한 질문을 했나? 난 금세 당황했다. 하지만 그녀는 곧 시선을 술잔으로 돌리며 힘없이 말했다.

"만나긴 만났어요. 그런데 이런 아쉬움 있잖아요. 좀 더 일찍 만났다면, 아니 다르게 만났다면 좋았을 텐데……. 그 사람은 딴 사람을 마음에 두고 있는 것 같았어요. 하지만 나는 그 사람과 같이 있는 것만으로도 행복했어요."

나는 그녀가 다른 사람을 좋아한다는 말에 왠지 서운함을 느꼈다. 나도 모르게 그녀에게 뭔가를 기대했는지도 모르겠다. 나는 그녀에게 충고했다.

"그래도 그 사람을 정말로 좋아한다면, 한 번은 자기의 감정을 표현해 보는 것이 좋지 않을까요? 물론 혼자서 하는 짝사랑도 나름대로 의미가 있고 아름다울 테지만, 힘들잖아요. 한번 그 사람에게 솔직히 자기 마음을 보여주세요. 사랑이란 받는 것보다 주는 것 아닐까요?"

아무리 내가 말한 것이라고는 하지만 이상한 기분이 들었다. 아무리 술을 마셨다지만 겨우 몇 시간 전에 만난 사람에게 그런 말까지 하다니……. 그녀는 내 말을 듣더니 고개를 끄덕였다.

"역시 그래보는 것이 좋겠죠. 고마워요. 좋은 분이시군요."

주제넘는 충고까지 했지만, 난 내가 그녀에게 강한 인상을 못 남긴 것 같아 안타까운 생각이 들었다. 이런저런 대화를 하면서 나는 그녀와 운명적인 관계인가 하는 생각도 들었다. 나도 모르게 그녀가 진지하게 좋아지고 있었던 것이다. 불과 몇 시간만에…….

되도록 내색은 안 하려고 했지만, 난 자꾸만 그녀의 모습을 애정어린 눈길로 바라보게 되었다. 그녀는 그런 나를 오히려 감싸는 듯한 느낌을 주었는데, 정말 느낌이 좋은 여자였다. 술을 마시고, 많은 얘기를 나누며 그녀에게 너무나 많은 매력이 있음을 느꼈다. 이런 식으로 사람을 만나 이렇게 짧은 시간 동안에 빠르게 몰두할 수도 있구나 하는 생각이 들었다.

시간이 너무 빨리 지나갔다. 벌써 밤 11시를 넘기고 있었다. 그녀는 정말 하나도 취하지 않은 것 같았다. 나는 그녀를 집에 데려다 줄 생각을 하고 어디 사냐고 물었다. 그런데 그녀는 그냥 이 근처에 산다고 대답을 얼버무리며, 일분 일초도 아쉬운 사람처럼 자리를 뜨려고 하지 않았다. 나는 그녀에게 연락처를 물어 보았다.

"알려드리고 싶지만, 사정이 있어서요… 정말이에요. 싫어서 그런 것이 아니라 정말 무슨 사정이 있어서요. 믿어주세요."

나는 그녀의 대답을 거절로 받아들였다. 하지만 그녀의 말을 그대로 믿고 싶었다.

난 내일이 토요일이니 영화나 같이 보자고 했다. 그녀도 그러자고 했다. 나는 술이 취한 가운데서도 그녀의 반응을 보고 너무나 기뻤다. 적어도 그녀는 나를 싫어하고 있는 것 같지는 않았다. 그녀가 자신의 연락처를 가르쳐주지 않아 대신 내 전화번호를 가르쳐주었다. 무슨 일 있으면 연락해달라는 말과 함께.

그녀가 한사코 집에 혼자 가겠다고 우기는 바람에 택시만 잡아주었다. 택시의 문을 열어주며 나는 아름다운 그녀에게 작별인사를 했다. 그런데 한 1분쯤 흘렀을까? 택시는 출발하지 않고, 택시 운전사는 나를 돌아보더니 신경질적인 목소리로 외쳤다.

"아니, 안 탈 거면서 왜 괜히 세워가지고 문만 열었다 닫아요!"

어리둥절해하는 나를 두고 택시는 출발했다. 무슨 얘기를 하는지 이해할 수 없어 잠시 어리둥절했지만 그저 내가 술에 취해 뭔가 잘못 들은 탓이려니 생각해버렸다.

집으로 돌아오면서 그녀와의 만남에 대해 생각해 보았다. 마치 귀신에 홀린 것처럼 그녀는 내게 운명적으로 다가왔고, 나도 모르게 내 모든 것을 송두리째 앗아간 느낌이었다. 운명적인 사랑이 이렇게 시작되는구나 하는 생각까지 들었다. 마음이 설레여 밤새 잠을 못 이룬 것은 정말 오래간만의 일이었다.

그녀와의 만남을 기대하며, 난 아침 일찍 일어났다.

하늘도 도와주는 것처럼, 날씨 또한 상쾌하고 맑은 가을날이었다. 나는 약속시간까지 아무 것도 하지 못하고 그녀와의 약속에 대한 생각만 이것저것 했다. 길고 긴 기다림의 시간이 지난 후 나는 약속장소인 시내 극장 앞으로 갔다. 약속시간 10분 전이었는데 그녀는 벌써 나와 있었다. 환한 가을 햇살을 받고 서 있는 그녀의 모습은 영화의 한 장면 같았다. 내심 그녀가 안 나오면 어떡하나 걱정했었는데, 이렇게 나와 준 그녀의 모습을 보니 기쁘고, 한편으로 고마웠다. 그녀는 나를 반갑게 맞아 주었다. 특유의 아름답고 환한 미소를 지으며…….

내가 영화표를 사려고 하니, 그녀는 이렇게 좋은 날씨에 영화를 본다는 것이 별로 마음에 내키지 않는다고 했다. 하긴 나도 푸르디푸른 가을 하늘을 보니, 그녀의 말이 옳다는 생각이 들었다. 그리고 영화를 보기보다는, 다른 것을 하는 것이 서로 얘기를 더 많이 할 수 있는 기회가 될 것 같았다. 어디 가서 무엇을 할까 생각하고 있는데, 그녀가 교외로 나가는 것이 어떻겠냐고 물어봤다. 괜찮은 아이디어 같았다.

화창한 가을 날씨, 거기다 교외 드라이브라… 꽤 괜찮을 것 같았다. 차에 올라 어디로 갈까 생각해 보았다. 남한강이나 북한강쪽도 좋을 것 같았지만, 토요일 오후에 그쪽으로 나가는 차들이 많아 길이 막힐 것을 생각하니 엄두가 안 났다. 또 교외의 좋은 카페들은 이제 알려질 대로 알려져, 사람들이 너무 많을 것 같았다. 그러다 보니, 얼마 전 후배가 추천해준 행주산성 근처의 '그림' 이라는 카페가 생각났다. 사람도 없고 한강을 바라보는 경치도 좋고, 괜찮은 분위기의 카페니 여자친구 생기면 한번 가보라고 했었다.

그녀는 내 설명을 듣더니, 가고 싶다고 했다. 특히 사람이 없다는 점을 마음에 들어하는 것 같았다. 토요일 오후의 강북강변도로는 약간 막혔다. 하지만 행주산성 쪽 도로의 소통은 꽤 괜찮았다. 그녀를 옆에 태우고 강변을 달리는 기분은 정말 좋았다. 그런데 이상하게도 그날 그녀는 처음 만났을 때부터 시간에 쫓기는 사람처럼 약간 초조해 보였다. 무슨 일 있냐는 나의 질문에 아무 일 없다고 대답했지만, 그녀의 모습은 일분 일초가 아까운 사람처럼 보였다. 그녀는 차안에서도 조수석에 앉아 앞을 보고 있는 것이 아니라, 민망할 정도로 내 쪽을 쳐다보았다. 하지만 나 또한 옆에 그녀를 태웠다는 사실만으로 기분이 좋았다.

이윽고 차는 자유로로 들어섰고 속도를 냈다. 가슴이 탁 트이는 듯한 상쾌한 기분으로 행주산성 진입로로 들어섰다. '그림' 이라는 카페는 보신탕집이나 고기집들이 몰려있는 곳을 지나 한적한 곳에 위치하고 있었다. 차에서 내리자마자 상쾌함이 느껴졌다. 저만치 강이 보이고, 카페 건물은 동화 속에 나올 것 같은 이국적인 유리로 겉이 감싸져 있었다. 거기다 단풍이 막 들기 시작하는 나무들까지, 한마디로 평화롭고 아름다운 분위기였다. 그녀는 주위 분위기에 벌써 감동한 것 같았다. 우리는 돌계단을 지나 카페의 문을 열고 안으로 들어갔다. 천장에 예쁜 그림들이 여기저기 붙어있었다. 이층이었는데 이층에는 테이블이 하나밖에 놓여있지 않았고, 자리도 널찍널찍했다. 정면의 큰 창을 통해 강과 평화로운 풍광이 한눈에 들어왔다.

토요일 오후인데도 손님은 우리 말고는 아무도 없었다. 생긴 지 얼마 안돼 아는 사람이 별로 없는 것 같아서 그런 것 같았다. 주인에게는 미안한 얘기지만 이렇게 사람 없는 교외의 카페라서 더욱 좋은 분위기였다. 주인이 젊은 화가라고 들었는데, 카페 안에 붙은 참신하고 예쁜 그림들을 보니 정말 그런 것 같았다. 그림 중에는 대작이 있기도 했고, 엽서만한 소품도 있었다. 우리는 완전히 카페의 분위기에 취해 버렸다.

천장까지 유리로 덮인 창가 자리에 앉은 우리는 이런저런 얘기를 했다. 따스한 커피잔을 양손으로 감싸쥐고 창밖에 펼쳐진 아름다운 풍경을 감상하며 그녀와 같이 있는 시간. 그야말로 행복했다. 우리가 시간가는 줄 모르고 대화에 열중하는 동안 어느덧 밖은 어두워졌다. 강 건너 강변도로의 나트륨등이 하나둘씩 노란 불을 밝히기 시작했다.

내가 한참 그녀와 같이 있는 시간에 빠져들고 있을 때, 갑자기 그녀가 또 이상한 말을 꺼냈다.

"사람을 잘 잊어버리시나요?"

사람을 어리둥절하게 하는 질문이었다. 나는 무슨 말인가 의아해 하면서 대답했다

"사람 얼굴을 잘 기억하는 편은 아니지만, 그래도 몇 번 만났던 사람들은 잘 기억해요. 적어도 그 사람이 내게 주었던 인상만은……."

"그럼 저를 처음 봤을 때, 누구와 닮았다든가 옛날에 본 적이 있

었던 것 같은 느낌 안 받으셨나요?"

"어떻게 그걸……. 솔직히 약간 친숙하다는 느낌은 들었어요……."

그녀는 내 대답을 듣곤 무슨 생각에 잠긴 듯 고개를 천천히 끄덕였다. 그러더니 어리둥절해 하는 나에게 밖에서 바람이나 쐬자며 나를 밖으로 이끌었다. 밖은 시원했다. 날은 완전히 어두워졌고, 카페 앞 산책길에는 나트륨등이 켜져 있었고, 마찬가지로 강 건너 가로등불이 수면에 반사되어 멋드러진 야경을 연출하고 있었다. 그녀는 갑자기 내 손을 잡아 끌고 산책로를 걸었다. 그리곤 말을 꺼내기 시작했다.

"적어도 전 오빠의 기억에 잔상으로나마 남아있었군요. 이제는 저를 잊지 않으시겠죠? 항상 이런 순간을 꿈꿔왔는데……. 나만의 욕심이었는지도 모르겠어요……. 그냥 오빠의 잊혀진 기억 속에 묻혀져 있는 것이 좋았을지도 모르겠네요. 하지만 저는 그냥 잊혀지거나 떠나긴 싫었어요."

도무지 무슨 얘기를 하는지 감을 잡을 수 없었다. 이야기로 미루어보아 그녀는 나와 옛날에 만난 적이 있는 것 같았지만, 나는 기억할 수 없었다.

"무슨 얘기죠?"

"엉뚱한 소리 같죠? 어떻게 말해야 하나……. 안 믿으실 거예요. 오히려 그냥 떠나는 것이 서로에게 좋은 추억으로 남을 수 있을 것 같아요."

"지금 무슨 얘기하시는 거예요? 떠난다니, 어디로요? 뭔지 말해주세요."

그녀는 다그치는 듯한 나의 질문에 목에 걸고 있던 나무목걸이를 내게 건네주었다. 그러더니 정말 믿을 수 없는 말을 나에게 해주었다.

"이것이 마지막이에요……. 일한이 오빠, 저 은희예요. 기억 못하시겠죠. 하신다 하더라도 못 알아보셨을 거예요. 제 목숨을 세 번이나 구해주셨잖아요. 비뚤어지고 겁에 질린 꼬마애를 오빠가 애정으로 감싸주셨잖아요. 맞아요, 그 은희예요. 지금의 모습은 12살짜리 아이의 모습이 아니지만……."

처음에는 그녀가 무슨 소리를 하나 의아했다. 하지만 머릿속이 윙하고 울리는 느낌과 함께 그녀의 말이 이해되었다. 설마 내 눈 앞의 성숙한 여인이 은희라니……. 그애는 불가사의한 일들을 겪은 끝에 부산으로 이사가버린 초등학교 꼬마아이인데……. 도대체 이런 이야기를 이 여자가 어떻게 아는 걸까? 머리가 복잡해졌다. 그녀는 충격적인 사실을 고백했다.

"말도 안 되는 일이죠. 사실 이런 식으로 만나면 안 되는데……. 현실에선 불가능한 일이죠. 12살짜리 꼬마애가 23살짜리 여자의 모습으로 나타난다는 거. 하지만 한번만이라도 이렇게 오빠를 보고 싶었어요. 데이트도 하고, 멋진 여자의 모습으로 오빠 기억 속에 남고 싶었어요."

그녀는 고개를 숙이고 흐느껴 울었다. 나는 어떻게 해야 할지 도무지 알 수가 없었다. 그녀는 고개를 들더니 이렇게 말했다.

"이제는 떠날 시간이네요. 저에겐 정말 행복한 마지막 시간이었어요. 이제 마음 편히 갈 수 있을 것 같아요. 오빠 고마워요……. 너무 충격 받지 마세요……. 그냥 꿈속에서 불쌍한 꼬마에게 잠시 아름다운 기억을 만들어줬다고 생각하세요. 그리고 오빠 마음속 깊

숙이 있는 사랑을 꼭 찾길 바래요. 진심으로 오빠의 행복을 빌게요. 저기 저를 데려갈 사람이 오네요. 안녕히 계세요……."

은희가 가리킨 쪽을 돌아보니, 어둠이 나를 향해 몰려오는 것 같았다. 나는 놀라서 멈칫하고 뒷걸음질쳤다. 그 다음 순간, 믿기지 않는 일이 눈 앞에서 일어났다. 방금까지도 내 손을 따뜻하게 잡고 있던 그녀가 연기처럼 사라진 것이었다. 뭔가 잘못 본 것 아닌가 눈을 깜박여 봤지만 그녀는 정말 내 눈 앞에서 감쪽같이 사라졌다. 말도 안 되는 일이 일어난 것이다.

나는 당황해서 그녀의 이름을 부르며 주변을 뒤져봤지만 소용없었다. 카페로 뛰어올라가 주인에게 부탁해 손전등을 가지고 와 같이 찾아 다니기도 했지만 그녀는 여전히 보이지 않았다. 나의 절박한 부탁에 카페 주인은 한 30분 정도 나와 같이 찾아다니다가, 오히려 나를 못 믿는다는 표정으로 내게 얘기했다.

"혹시 그분께서 먼저 떠나신 것 아니십니까? 연락처가 있으면 연락해보시지요……."

생각해보니 나는 그녀의 연락처도 알고 있지 못했다. 정말 귀신이 곡할 노릇이었다. 그렇다고 주인에게 내가 본 그대로 말할 수도 없는 일이었다. 분명히 미친 놈 취급을 받을 테니까……. 난 하는 수 없이 내가 착각을 하고, 그녀가 혼자서 여기를 떠났다고 생각하기로 했다. 아니, 생각하고 싶었다. 하지만 여기는 외진 곳이라 차 없이는 떠날 수 없고, 나는 분명히 두 눈으로 그녀가 사라지는 것을 똑똑히 보았다. 미칠 지경이었다. 난 일단 집으로 돌아가 연락을 기다리기로 했다. 그녀는 내 전화번호를 아니까 언젠가 연락을 해올 것이다.

집으로 돌아오는 길엔 머리가 너무 복잡해 교통사고도 여러 번 날 뻔했다. 난 다시 찬찬히 생각해 보았다. 도대체 어찌된 일일까? 그녀가 주장하는 것처럼 그녀와 은희는 무슨 관계일까? 은희는 아버지 직장이 부산으로 옮겨지는 바람에 이사했는데……. 그리고 그녀는 도대체 어디로 간 것일까?

의문이 꼬리를 물었다. 나는 집에 들어가는 길에 가방 안에 넣어 둔 휴대폰의 메시지를 체크해 보았다. 여러 통의 음성이 녹음되어 있었다. 나는 내심 그녀의 메시지이기를 빌며 메시지를 재생했다.

"일한이 오빠, 저 지영인데요. 오늘 3시에 약속한 거 잊으셨나요? 지금 3시 반인데……."

"저 또 지영이에요. 무슨 일 있어요? 지금 4시 10분인데……. 오빠, 나 화났어요."

지영이의 목소리를 듣자 잊고 있었던 약속이 생각났다. 그녀와의 만남 때문에 까맣게 잊고 있었다. 지영이의 마지막 메시지는 나를 가슴을 아프게 했다.

"지금 6시가 넘었어요……. 오빠 어떻게 된 거죠? 걱정돼요. 이제 집에 들어갈 테니 꼭 연락주세요. 무슨 일 없는 거죠?"

지영이에게 너무 미안했다. 하지만 솔직히 그때는 사라진 그녀의 행방이 너무 궁금했다. 미칠 것만 같았다. 그녀를 사랑할 수 있을 것 같았는데…….

집에 들어가다 발신인란에 내 이름이 쓰여져 편지함에 꽂혀 있는 편지를 보았다. 홍콩이라… 전혀 아는 사람이 없는데. 편지 겉봉에는 은희 엄마라고 쓰여 있었다. 은희… 불길한 예감이 엄습했다. 난 허겁지겁 편지를 뜯었다.

일한씨에게

어미의 입장에서 딸애의 마지막 부탁을 들어주는 것이 의무지만, 이 편지를 쓰기까지 너무나 착잡했고, 일한씨에게 부담이 될까 걱정했습니다.

그동안 정말 고마웠습니다. 우리 은희에게 특별히 신경 써주신 것.

그런데 얼마 전 은희가 그 어린 나이에 생을 마감했습니다. 이름 모를 병으로요. 우리 부부는 백방으로 노력했지만 소용없었습니다. 불쌍하죠. 우리 은희… 참 예뻤는데…….

자주 그러더군요. 빨리 어른이 돼 일한이 오빠 같은 사람이랑 연애한다고요……. 우리 가족은 은희 아빠가 부산에서 홍콩으로 발령이 나는 바람에 그곳에서 살게 되었어요. 그것이 벌써 두 달 전 일이군요. 그런데 갑자기 은희가 아프기 시작했고, 아무리 백방으로 노력해도 고칠 수 없는 병이래요. 그래서 결국 중국의 전통 의사도 찾았지만……. 그 사람이 그러더군요……. 인명은 어쩔 수 없으니 마지막 소원이나 들어주라고…….

이런 말 해도 되는지 모르겠지만, 은희의 마지막 소원은 일한씨 보고 싶다는 것이었어요. 그리곤 눈을 감았죠……. 그래서 은희의 사진이나마 동봉합니다… 좀 꺼림칙할지도 모르시겠지만, 외롭게 저세상에 간 은희를 위로해주세요. 그리고 은희를 기억해 주세요. 은희는 지금쯤 좋은 데 가 있겠죠.

너무 무례하고 이상한 편지라도 이해해 주세요. 편지 쓰면서 자꾸 은희 생각이 나, 글이 엉망이군요… 그럼…….

편지를 다 읽자 뒤통수를 망치로 얻어맞은 기분이었다. 그 자그마하고 귀엽던 은희가 생을 벌써 마치다니……. 가여운 은희. 사진을 보았다. 아직도 귀여운 모습이었다. 그런데 사진 속의 은희가 하고 있는 목걸이가 왠지 낯이 익었다. 오늘 그녀가 내게 준 목걸이를 허겁지겁 꺼내보았다. 평범한 나무 목걸이 같았지만 사진속의 목걸이와 똑같았다. 설마…….

모든 사실을 이해할 수 있을 것 같았다. 하지만 믿을 수는 없었다. 이 세상에 그런 일은 불가능하다. 하지만 은희의 사진을 보고 있으려니, 자꾸 그녀의 얼굴이 떠올랐다. 이런 무서운 사실은 받아들일 수 없었다. 내가 운명의 만남이라고 생각했던 그녀가 은희의 혼령이었다니……. 그것도 홍콩에서 죽은 이가 다른 모습으로 여기에 나타나 나를 이틀 동안 만나다니…….

도저히 받아들일 수 없는 사실이었다. 하지만 내 마음속 깊은 곳에서는 이미 그것을 받아들이고 있었다. 그녀와 나누었던 대화를 생각해봐도 그것은 틀림없이 은희 얘기였다. 세상에, 운명적인 만남이 은희의 혼령과의 만남이었다니…….

머릿속이 복잡해졌다. 세상 모든 일에 대한 가치관이 혼란스러워짐을 느꼈다. 지영이와의 약속을 잊은 죄책감과 내가 도대체 무엇을 했고, 무슨 일을 당했는지 정리가 되지 않았다. 난 술로 도피처를 삼으리라 작정했다. 밖에 비가 쏟아지는데도 불구하고 난 택시를 타고 단골 술집이 있는 반포로 향했다. 걱정스러워 하는 술집 이모님들의 만류에도 불구하고, 나는 속에 끝없이 술을 부어댔다. 마침 친구 윤이가 우연히 들렀길래 난 윤이를 붙잡고 술에 만취한 채 이 믿기지 않는 이야기를 들려주었다. 윤이는 내가 괴로워하는 것을 보더니 말없이 같이 마셔 주었다. 기억이 잘 안 나지만 내게 이렇게 말했던 것 같다.

"임마, 그런 일이 실제로 있었다고 치자……. 하지만 결론은 뭐겠니? 그 꼬마애도, 은희라는 그 여자도 결국 너의 행복한 사랑을 빌었을 것 아니니? 지영이에게 잘못한 것도, 글쎄다… 어쩌면 그것도 네가 자책할 이유가 없어. 귀신에 홀린 거라며……. 너는 그 순간 네 감정에 솔직하고 충실했을 뿐이야. 사랑은 이성으로 하는 것이 아니잖아. 네 마음은 누구보다도 네가 제일 잘 알고 있을 거야……. 한번 그 답을 찾아봐라. 자식, 여복도 많네… 좋다는 여자도 많고……."

다음날 일어나자 두통만 느껴질 뿐 전날의 기억은 없었다. 하지만 윤이가 해준 얘기는 기억에 또렷하게 남아 있었다. 난 내 자신에 한번 솔직하기로 했다. 그래서 그후에도 은희의 잔영에 끌려 몇 번 '그림' 에 들렀지만 아무런 자취도 찾을 수 없었고……. 난 2주정도 그 일에 얽매어 살았다. 지영이에게 한번도 연락하지 않은 채로 말이다.

그래서 오늘 그 일을 정리하러 '그림' 에 들른 것이다. 그애가 준 목걸이를 주머니 속에서 꽉 쥐고, 낙엽이 구르는 강가를 바라보았다. 친절한 주인에게 인사를 하고 카페를 나왔다. 나와 그 아이의 처음이자 마지막이었던, 아무도 믿지 않는 만남의 아름다운 추억이 있는 장소를…….

카페를 나서기 전에 지영이에게 신촌에서 만나자고 전화를 걸었다. 지영이는 놀란 목소리로 전화를 받았다. 처음에는 싫다고 했지만, 할말 있다고 꼭 만나자고 했다. 약속장소인 현대백화점 앞에서 나는 생각을 정리하면서 지영이를 기다렸다. 저쪽에서 지영이가 초췌한 모습으로 나타났다. 나는 진심으로 지영이에게 미안했다.

둘 사이에 어색한 침묵이 흘렀다.

"지영아, 미안하다. 그동안 좀 힘든 일이 있었어……."

"미안하긴 뭘요… 선배가 후배랑 한 약속을 잊을 수도 있죠……. 괜찮아요… 오빠가 내 남자친구도 아닌데요……."

어떻게 말을 꺼내야 할지 고민스러웠다. 이제 내 입장을 솔직히 해야 할 때가 된 것 같았다. 은희의 영혼도 그것을 바랬을 것이었다.

"지난번 일은 너무 미안했어. 나 용서해 주겠니?"

"용서는 무슨… 괜찮아요… 이제 다 잊었으니까요."

지영이의 그런 반응에 난 가슴이 아팠다. 결심한대로 말을 꺼내려고 했다.

"차라리 잊지 말아 줄래? 많이 생각했다. 이제 내 마음을 알 것 같아……. 서지영, 음… 난…"

지영이는 한편으로는 놀라고, 한편으로는 어떤 얘기가 나올까 궁금해 하는 것이 역력한 표정으로 날 바라보았다. 나는 그애의 눈을 똑바로 쳐다보고 심호흡을 가다듬고 내 자신에게 가장 솔직한 말을 하려했다.

그때였다. 갑자기 눈앞에 하얀 무언가가 지나갔다. 나와 지영이는 동시에 하늘을 쳐다보았다. 눈이었다. 하얀 첫눈이었다. 지영이는 너무 기뻐하면서 흥분한 채로 내 얘기가 나오기 전에 말했다.

"와, 눈이다! 오빠, 첫눈이에요, 첫눈! 너무 예뻐요. 첫눈……."

황당했다. 제기랄, 꼭 말하고 싶었는데……. 하지만 지영이는 모든 것을 알았다는 듯이, 처음 만났을 때의 힘들어하는 표정과는 다른, 즐거운 얼굴로 내 손을 잡아끌었다. 모든 것을 이해한 것 같았다. 내 마음까지도……. 하긴 그대로가 더 좋을지도 모르겠다. 길가의 모든 사람들이 멈춰서서 하늘의 선물인 하얀 첫눈을 바라보고 있었다. 첫눈은 조용히 내리면서 세상을 하얗고 아름답게 만들고 있었다.

눈 내리는 하늘을 쳐다보았다. 은희가 있을 것 같은 곳을……. 그 애가 뿌려주는 눈일지도 몰랐다. 옆에서 지영이는 맛있는 것 먹으러 가자고 보챘다. 온 세상은 금세 하얗게 되었다. 역시 첫눈은 아름다웠다.

1분간의 사랑

그를 위해선 남아 있는
네 삶도 버릴 수 있다고.

내가 기억하고 있는 것 중에 가장 오래된 것은 흑백 텔레비전이다.

난 흑백 텔레비전 속에서 뛰어노는 아이들의 활기찬 모습을 기억하고 있다. 언제 어디서 보았는지, 현실이 아닌 어느 드라마 속의 한 장면이었는지 모르지만.

내가 이렇게 누워 있은 지는 한 20년쯤 될까. 난 20년이란 세월 동안 단 한순간도 움직여 보지 못했다. 온몸은 물론이고 심지어는 입도 제대로 벌려본 적이 없다. 내가 자유롭게 할 수 있는 행동이란 고작 눈꺼풀을 깜박거리는 정도뿐이다. 하지만 사람들은 모른다.

진정한 나의 불행은 움직일 수 없는 육체로도 듣고, 보고, 생각할 수가 있다는 데서 온다는 것을.

테레사 수녀님이 붙여 준 내 이름은 사무엘이다. 하지만 사람들은 수위 할아버지가 나를 화창한 봄날에 주워 왔다고 해서 '상춘'이라고 부른다. 난 처음엔 모든 사람들이 나처럼 움직일 수 없는 삶을 살아가고 있는 줄로 알았다. 움직이는 것은 텔레비전에 나오는 그림뿐이라고 생각했었다.

하지만 나는 복지원에 온 지 얼마 되지 않아서 움직일 수 없는 사람은 나뿐이라는 걸 깨달았다. 그 사실을 처음 알았을 때 나는 아이러니컬하게도 기뻤다. 세상은 움직일 수 없는 나에게도 의외로 지루하지 않은 곳이었기 때문이다. 하지만 나중에 이런 생각들은 날 괴롭히는 창이 되어서 내게 되돌아왔다.

세월이 흐르면서 나는 많은 것을 알게 되었다. 테레사 수녀님이 나를 낳아 준 친어머니가 아니라는 사실을 알았고, 나를 낳은 친부모는 나를 이 복지원 앞에다 버렸다는 것을 알았다. 수녀님의 기도도 나에게 많은 진실을 알려 주었다. 수녀님은 나를 '어린 양'이라 표현했고 나를 버린 친부모를 '죄인'이라 불렀다. 수녀님은 항상 하나님께 기도할 때 나에게는 축복을 내려달라고 기원했고, 나의 친부모에게는 죄를 사해 달라고 갈구했다. 수녀님이 기도를 끝마치고 '아멘!'을 외칠 때 나 역시 마음속으로 '아멘!'을 외쳤다.

하지만 내가 이십여 년 동안 줄곧 깊은 신앙심을 지녔던 것은 아니다. 나는 사춘기인 열여섯 살 무렵에는 심한 방황을 했다. 그 시절 난 식물이나 다름없는 내 처지를 한탄하며 나를 버린 부모들에게 원망과 저주를 퍼붓곤 했다. 그 당시 내가 할 수 있는 최대한의 반항은 음식을 거부하는 것이었다.

나는 꼼짝도 할 수 없었지만 소화기관만은 스스로 통제할 수 있었다. 입가에 넣어주는 죽을 거부하려고 마음먹자 위장이 곧바로 속엣것을 토해내 주었다. 먹는 족족 토해 내자 수녀님들은 내가 병에 걸렸다고 판단한 모양이었다. 그들은 나에게 약을 먹였지만 나는 약까지 토해 버렸다. 수녀님들의 걱정은 이만저만이 아니었다. 나는 배가 고파 고통스러웠지만 죽기로 작정하고 묵묵히 참았다. 그런데 그때 나를 살려 낸 것이 바로 기도였다.

식음을 전폐한 채 바짝바짝 말라가던 어느날, 나는 혼수상태 속에서 테레사 수녀님의 기도를 들었다. 테레사 수녀님의 진실한 기도는 나의 심금을 울렸다. 수녀님의 기도에는 사념이 없었다. 오로지 나에 대한 걱정으로 가득 차 있었다. 수녀님의 눈물이 굳게 닫힌 내 마음의 문을 연 것이다. 아, 내 작은 이기심이 착한 수녀님의 마음을 괴롭혔구나!

나는 한순간 잘못 먹은 내 마음을 뉘우쳤다. 내가 마음을 열고 음식을 받아들이자 수녀님은 무척이나 기뻐하셨다.

그 이후로 나는 내 처지에 대해 더 이상 슬퍼하지도 괴로워하지도 않았다. 테레사 수녀님 같은 분을 만나게 해 주신 하나님께 감사했고, 아름다운 세상을 보고 느끼고 만물에 대해 내 머리로 생각할 수 있다는 사실에 만족해했다.

나의 세계는 내가 누워 있는 방과 가끔씩 휠체어를 타고 나가 보는 복지원 앞마당이 전부이다. 내가 아는 사람도 나와 비슷한 처지의 아이들과 우리를 돌봐 주는 수녀님들, 수위 할아버지가 전부이다. 가끔씩 낯선 사람들이 찾아오지만 그들은 텔레비전 속의 인물들처럼 스쳐 지나가는 사람들에 불과했다.

그 밖의 세계와 그 밖의 인물들은 텔레비전을 통해서 보고 만난다. 텔레비전은 이제는 할머니가 되어 버린 테레사 수녀님 다음으로 나와 가장 친한 친구이다. 우리 방의 친구들은 대부분이 텔레비전을 광적으로 좋아한다. 우린 텔레비전을 통해서 꿈을 꾸고 상상의 나래를 펼친다.

나는 거의 모든 지식을 텔레비전을 통해서 얻었다. 텔레비전이 들려주는 여러 가지 이야기는 수녀님들께서 들려주는 성경보다 훨씬 더 재미있었다. 나는 텔레비전을 통해서 많은 것을 해낼 수 있었다. 야구선수가 되어 홈런을 날릴 수 있었고, 마이클 조던이 되어 덩크슛도 할 수 있었다. 그것뿐이랴, 달나라도 바닷속도 거칠 것이 없었다.

하지만 내가 텔레비전을 통해서도 못해 본 것이 있었는데 그것은 다름 아닌 '사랑' 이었다. 사랑만은 아무리 상상력을 동원해도 도대체 어떤 건지 알 수 없었다. 드라마를 보면서 줄거리를 쫓아가다가, 주인공들은 사랑이라는 감정에 부딪치면 되면 늘 괴로워하는 동시에 행복해했다. 난 '저게 뭔데 저러는 걸까?' 하고 되물어 보곤 했지만, 사랑은 생각하고 생각해도 여전히 풀리지 않는 수수께끼였다. 나는 한동안 보이지도 않고 만져지지도 않는 '사랑' 이라는 것을 붙들고 정체를 캐내기 위해 씨름을 했었다. 그러다가 이내 체념하고 말았다.

하긴 해 본 적이 없는데 어떻게 알 수 있으랴. 그리고 아무리 생각해도, 음식을 소화시키는 것을 제외하고는 모든 것에 다른 사람의 도움을 받아야 하는 나에게 사랑이란 건 너무나 사치스럽다는 결론이 나왔다. 남의 도움 없이는 생존할 수도 없는 주제에 사랑은 무슨 사랑.

하지만 나의 체념은 천사를 만난 그날 사라졌다.

내가 그녀를 만난 것은 햇살이 침대 난간을 막 넘어오려고 기웃거리고 있을 때였다. 난 천장을 보고 누워 있었지만 20년이 넘게 보아 온 햇살의 움직임 같은 것은 보지 않고도 감지할 수 있었다. 방문이 열리는 소리가 들려 왔다. 나는 발자국 소리를 듣고 이곳에 자주 오는 김 신부님과 테레사 수녀님, 그리고 낯선 사람 한 명이 방에 들어왔다는 것을 알았다. 낯선 사람은 날렵한 몸매를 지닌 여자인 것으로 짐작되었는데 문득 그 사람이 내 시야 속으로 불쑥 들어왔다.

순간, 나는 심장이 멎는 듯한 충격을 받았다. 그녀는 수녀님의 들려준 이야기를 듣고 머릿속으로 그렸던 천사의 모습, 바로 그 자체였다.

"이쪽은 사무엘 형제예요. 선천성 뇌성마비로 조금도 움직이지 못해요. 사무엘, 인사해요, 이쪽은 서지영이라는 학생이에요. 대학생인데 여기서 자원 봉사를 하고 싶대요. 앞으로 사무엘님도 보살펴 줄 거예요."

김 신부님의 목소리가 아련하게 들려 왔다. 아가씨가 싱긋 미소를 지었다. 마치 혼이 모조리 빨려 들어가는 느낌이었다.

"사무엘님, 잘 부탁해요."

그녀는 나긋나긋한 음성으로 인사를 하며 고개를 살짝 숙였다. 나는 순간 꿈을 꾸고 있다고 생각했다. 심장은 빠르게 뛰기 시작했고 핏줄기는 혈관 속을 좌충우돌 뛰어다녔다.

그녀가 옆 침대의 친구에게 인사하기 위해 내 시야에서 사라졌을 때, 나는 처음으로 그녀에게 고개를 돌릴 수 없다는 사실에 괴로워했다. 나는 신열에 들떠서 천장만을 올려다보았다. 아지랑이가 피어오르는지 세상이 온통 아른아른거렸다.

그녀는 일 주일에 두 번씩 와서 올 때마다 다섯 시간가량 머물다 갔다. 그녀는 얼굴 한번 안 찡그리고 우리들을 돌봐 주었다. 징징거리는 아이들을 달래기도 하고, 똥오줌도 못 가리는 우리들의 속옷을 찡그리는 표정 한번 안 짓고 갈아입혀주는 등, 한시도 쉬지 않고 우리들의 손발이 되어 주었다.

나는 그녀의 따뜻한 시선을 받을 때면 마음 한구석이 따뜻한 물에 몸을 담갔을 때처럼 포근해지는 것을 느꼈다. 그녀는 가끔씩 내가 측은한지 눈물을 글썽거렸는데, 나는 그때마다 마음속으로 속삭이곤 했다. 울지 말아요, 나의 천사여, 그대가 곁에 있는 한 나는 이 세상 누구보다도 행복하답니다. 하지만 그녀는 나의 이런 마음을 전혀 모르는지 여전히 따뜻한 시선으로 나를 대할 뿐이었다. 그녀의 변함없는 눈길을 대하면서 나는 차츰 가슴이 찢어질 듯한 고통을 느끼기 시작했다.

아, 단 한마디라도 그녀에게 말을 건넬 수 있다면, 단 한번이라도 그녀의 따뜻한 손을 잡아볼 수 있다면. 나는 비로소 사랑이라는 게 어떤 감정인지 알 수 있었다. 사랑은 사막을 걷는 여행자가 느끼는 갈증, 복권에 당첨된 순간의 기쁨, 소풍을 가기 전날 아이가 느끼는 설레임을 동반하는 거라는 것을.

날이 갈수록 그녀에 대한 나의 감정은 깊어만 갔다. 언젠가 수녀님이 '이 세상에서 사랑보다 아름답고 행복한 것은 없다' 고 했지만 내가 느끼는 사랑은 결코 아름답고 행복한 것만은 아니었다. 그것은 심한 고통을 동반하는 괴로움 덩어리였다. 그녀가 오지 않는 날은 세상이 온통 암흑 천지였다. 그녀가 찾아오는 날은 그녀가 모습을 드러내기까지의 순간순간이 살을 베는 고통의 연속이었다. 그러다 그녀가 가고 나면 모래를 쥐었을 때 손가락 사이로 금세 모래가 빠져나가듯 허전하기 그지없었다. 그녀를 만나고부터는 그토록 재미있던 텔레비전도 보기가 싫었다. 그녀에 대한 생각을 하는 사이에 해가 뜨고 해가 지곤 했다.

나는 그녀에게 다가갈 수 없는 나의 처지를 한없이 원망했다. 나를 낳아 준 부모를 저주했으며 나를 이 땅에 보낸 신에게 온갖 악담을 퍼부었다. 보고 느끼고, 생각할 수 있다는 사실이 더없이 괴로웠다. 차라리 내가 입에 들어오는 밥을 삼킬 줄밖에 모른다면 이런 고통은 없을 터인데.

괴로움에 몸부림을 치다 보면 그녀는 아무 것도 모르는 천진난만한 아이 같은 웃음을 머금고 방으로 찾아왔다. 내 가슴속의 증오는 그녀를 보자마자 눈 녹듯 사라졌고 순한 한 마리 짐승이 되었다.

나는 그녀를 통해서 천국의 향기를 맡았다. 그녀의 머리카락이 흩날릴 때마다, 그녀가 몸을 움직일 때마다 나는 그녀를 감지할 수 있었다. 그녀의 얼굴에 미소가 떠오를 때 나의 인생은 환희에 넘쳤고, 그녀의 얼굴에 미소가 사라질 때 내 인생도 절망적으로 변하곤 했다. 그녀는 시간이 지날수록 점점 나의 모든 것이 되어 갔다. 그녀가 내 가슴속에 가득 차면 찰수록 나의 고통은 심해져 갔다.

아, 나는 한 송이 꽃보다도 못 하구나. 내가 꽃이라면 향기로운 꽃을 피워 내 사랑을 전할 수 있으련만 나는 아무 것도 할 수 없으니. 나는 참담한 절망 속에서 내가 그녀를 위해 할 수 있는 게 뭘까를 궁리해 봤다. 천만다행으로 내가 그녀에게 할 수 있는 것이 한 가지 있었다. 그것은 그녀에게 내가 표현할 수 있는 가장 애정 어린 눈빛을 보내는 것이었다. 나는 그녀가 없을 때도 그녀를 생각하며 행복에 잠겼다.

그녀를 만난 지 보름째 되는 날이었다. 그녀는 그날도 평상시와 같이 열심히 일을 했다. 하지만 얼굴 한구석이 어딘지 모르게 슬퍼 보였다.

난 그런 그녀가 너무도 안쓰럽게 느껴져, 왜 그렇게 우울한지 나에게 말해 보라고 끊임없이 텔레파시를 보냈다. 그녀를 만나기 전에는 이런 것들을 믿지 않았지만 그녀를 만난 뒤로 나는 내가 알고 있는 모든 지식을 동원해 그녀에게 다가가기로 마음먹고 있었다. 나의 텔레파시가 그녀에게 전달된 걸까? 내 침대 옆에서 꽃병을 정리하던 그녀가 나를 물끄러미 바라보았다. 그녀의 시선을 받으니 내 심장이 터질 듯이 빠르게 움직이기 시작했다.

말해 보세요, 모두. 다시 한 번 그녀에게 정신을 집중해서 텔레파시를 보냈다. 그녀는 슬픈 표정으로 창밖을 잠시 멍하니 올려다보았다. 그러더니 나에게 다가와 아름다운 입술을 열었다.

"사무엘님, 움직일 수는 없다고 해도 제 말은 알아들으실 수 있나요?"

나는 그녀를 향해 힘차게 고개를 끄덕였다. 하지만 내 몸은 안타깝게도 미동도 하지 않았다.

"항상 느끼는 거지만 사무엘님은 참으로 따뜻한 눈빛을 가지고 계세요. 주변을 따뜻하게 해 주는. 힘드시죠. 손끝 하나 움직일 수 없으시니. 사무엘님의 고통에 비하면 내 고통은 아무 것도 아닌데. 하지만 털어놓고 싶어요. 사무엘님의 눈빛이 모두 말해 보라고 재촉하는 것 같아요."

나는 그 순간만은 분명히 이 세상 그 어떤 존재보다도 행복했다. 그녀가 나의 마음을 알아 준 것이었다. 그녀는 듣지 못했겠지만 나는 분명히 들었다. 내 몸의 전 세포들이 '야호!' 하고 외치는 소리를.

"사무엘님은 누구를 사랑해 보신 적이 있나요? 저는 요즘 누군가를 좋아하고 있는 것 같아요. 짝사랑이지요. 그 사람은 제가 자기를 좋아한다는 걸 모르고 있을 거예요. 전 용기가 없어서 다가가지 못하고 먼 발치에서 그를 지켜보고만 있답니다. 제 감정을 털어놓고도 싶지만 그 사람과의 관계가 멀어질까봐 두려워요. 그 사람에게는 슬픈 추억이 있대요. 그 사람은 아직도 바보처럼 과거 속에서 살고 있답니다. 그래서 제가 그의 가슴 속으로 비집고 들어갈 틈이 없나 봐요. 휴우… 전 사실 사랑을 처음 해 봐요. 전 남을 좋아한다는 것이 행복한 일인 줄로만 알았어요. 그런데 아니더라고요. 언젠가 읽은 책에 이런 구절이 있었어요. '왜 우리는 항상 서로의 등만 쳐다보고 살게 되는 거죠' 라는. 정말로 그런 것 같아요.

어떡하면 좋을까요. 저는 도저히 그에게 내 마음을 털어놓을 자신이 없어요. 그러다 보니 만나도 마음에 없는 말만 꺼내게 되고 헤어지고 나면 몹시 후회하죠. 그 사람이 나를 사랑하게 해 달라고 기도도 해 봤지만, 그런 사실을 알 리 없는 그 사람은 여전히 나를 좋은 후배로만 대해 주는 거예요. 이렇게 계속 가다가는 그 사람이 제 곁을 떠나고 말 것만 같아요. 휴우… 고마워요. 제 이야기를 들어 주셔서. 그래도 사무엘님에게라도 털어 놓으니 마음이 좀 편해지네요. 사무엘님, 그럼 다음에 봐요."

그녀는 이야기를 마치자 화병을 들고 일어났다. 물을 갈러 가는 모양이었다.

나는 숨도 쉬지 않고 그녀의 이야기를 들어야 했다. 그녀의 얘기를 듣는 동안 정말이지 미칠 것만 같았다. 그녀는 내가 하고 싶은 말을 대신하고 있었다. 나는 있는 힘껏 소리쳤다.

지영 씨, 사랑해요! 나는 당신을 사랑하고 있어요. 나의 외침이 한 마디도 제대로 표현되지 않는다는 것을 깨닫고 나니 울고 싶었다. 하지만 나에겐 그런 상황에서 눈물을 흘리는 것조차 불가능했다. 그녀가 다른 사람을 좋아하고 있다니.

하루 종일 나는 그녀가 한 말을 되씹었다. 그녀가 좋아한다는 그 사람에게 대한 적개심과 증오도 끓어올랐다. 하지만 그런 적개심과 증오는 금세 질투와 부러움으로 바뀌고 말았다.

'왜 우리는 항상 서로의 등만 쳐다보며 살게 되는 거죠?' 나는 그녀가 한 말을 수없이 되뇌었다. 그 말은 나의 가슴속 깊은 곳에 들어와 자리잡았다. 나는 그녀를 제외한 이 세상 모든 사람과는 등을 쳐다보고 살아도 좋지만 그녀의 등을 쳐다보며 살고 싶지는 않았다. 단 한순간이라도 그녀 앞에 마주 서서 대화를 나누어 보고 싶었다. 그럴 수만 있다면 그대로 죽어도 좋을 것 같았다.

하루하루 지날수록 내 사랑은 깊어만 갔다. 그녀의 고백을 듣고 나니 그녀에 대해서 많이 알고 있는 듯한 기분이 들었다.

다시 일 주일이 흘렀다. 그날 그녀는 무척이나 행복해 보였다. 지난번 보았을 때 얼굴에 가득 차 있던 슬픔이나 그늘 같은 것은 찾아볼 수 없었다. 그녀는 콧노래를 흥얼거리며 방안을 환한 향기로 가득 채웠다.

그녀의 흥겨운 기분을 감지한 사람은 나뿐만이 아니었다. 김 신부님이 한마디 했다.

"오늘 무슨 좋은 일 있는 모양이지? 애인이라도 만나기로 했어?"

"애인은요, 정말 애인이라도 있었으면 좋겠어요."

"내 눈은 못 속여. 눈빛을 보니 사랑에 빠져도 보통 빠진 게 아닌데."

"신부님 놀리지 마세요."

그녀는 부끄러운지 얼굴이 금세 빨개졌다.

김신부님이 방을 나가자 그녀는 다시 콧노래를 흥얼거리며 걸레로 방안을 깨끗이 닦았다. 그녀가 즐거워하자 나도 괜히 흥이 났다. 나는 그녀가 콧노래로 흥얼거리는 리듬을 따라했다.

그녀의 봉사시간이 끝나갈 때쯤이었다. 그녀는 약속이라도 있는지 김 신부님 몰래 수시로 시계를 들여다봤다. 나는 그녀가 누군가를 기다리고 있다고 판단했다. 텔레비전 드라마를 통해 나 역시 사랑에 빠진 여자가 하는 행동 몇 가지 정도는 알고 있었다.

그때였다. 그 사람이 나타난 것은. 나는 그날 침대에 비스듬히 기댄 채 앉아 있어서 모든 광경을 생생히 볼 수 있었다. 스웨터에 청바지를 입은 젊은이가 문가에 나타나자 그녀는 단걸음에 달려갔다.

난 그녀의 반응을 보고 그 남자가 얼마 전에 그녀가 고백했던 '그 사람' 이라는 것을 눈치챘다.

"일한이 오빠, 정말 왔네요. 난 안 올 줄 알았는데."

"야, 여기 찾기 힘들더라. 찾아오느라고 애 좀 먹었다."

"그래서 찾아오지 말래니까."

"야, 그래도 후배가 좋은 일 하는데 모르는 척할 수 있냐. 더 열심히 하라는 뜻에서 맛있는 거라도 좀 사 줘야지."

나는 다정한 그들의 모습에서 질투를 느꼈다. 질투는 이내 증오심으로 바뀌었다. 만약 내가 소리라도 지를 수 있었다면 나는 쉬지 않고 고함을 질러댔으리라.

그들이 이야기를 나누고 있는데 김 신부님이 방으로 들어왔다. '그 사람' 이 인사를 하자 김 신부님이 고개를 끄덕이며 미소를 지었다.

"그럼 그렇지. 어쩐지 지영이 오늘 하루 종일 안절부절 못하더라니. 지영아, 오늘은 손님도 오셨으니 그만 들어가 봐라. 수고 많았다."

"죄송해요, 신부님."

그녀는 수줍은 미소를 짓고는 김 신부에게 작별인사를 했다. 그리고 우리들을 향해서도 가볍게 인사를 했다. 그녀는 우리하고 헤어지는 것이 더없이 기쁜 모양이었다.

찢어지는 듯한 내 가슴은 아랑곳하지 않고 그녀는 가방을 챙기더니 그 사람과 함께 방을 나가버렸다. 종달새처럼 노래하는 듯한 그녀의 밝은 음성이 점점 멀어져 갔다. 나는 그녀의 발자국소리를 들으면서 심한 무력감과 좌절감을 느꼈다. 나는 그날부터 잠을 제대로 이룰 수가 없었다. 도무지 내가 살아 있다는 기분이 들지 않았다.

어떻게 날짜가 흘렀는지도 알 수 없었다. 그 동안은 나 나름대로의 생존 방식을 지니고 살았지만 이제는 그 방법마저도 잃어버렸다. 내 마음속엔 즐거움이 어느덧 사라져 버리고 없었다. 그 대신 시도 때도 없이 허망한 바람들만 휭하니 불었다.

아, 그 둘은 얼마나 행복할까? 그녀는 나 같은 건 전혀 생각하지 않을 거야. 마음껏 그들만의 행복을 누리겠지.

나의 외로움은 점점 깊어갔다. 그녀는 변함없이 일 주일에 두 번씩 방을 찾아왔지만 나는 그녀가 있는 동안 내내 눈을 감았다. 그녀를 보는 것 자체가 내겐 더 없는 고통이었다. 하지만 난 오래 지나지 않아, 보고 싶어 하면서 애써 외면하는 것 자체가 더 큰 고통이라는 것을 깨달아야 했다.

차라리 그녀를 만나지 않았더라면 좋았을 것 같았다. 나는 그녀를 잊으려고 안간힘을 썼다. 하지만 그녀를 말끔히 지워버리기에는 그녀의 자리가 너무도 컸다. 내가 평생을 열심히 문질러 지운다 해도 지워질 것 같지 않았다. 나는 그녀를 되도록 편하게 대하자고 마음을 다잡았다.

그러던 어느날이었다. 돌아가려는 그녀의 손을 테레사 수녀님이 꼭 붙잡았다.

"이번 주 토요일까지만 나오신다고요. 그동안 정말 고마웠어요. 너무 열심히 일해주셔서 뭐라고 감사해야 될지 모르겠어요. 정들었는데 이렇게 헤어진다니 몹시 서운해요."

나는 순간, 눈앞이 깜깜해지는 것을 느꼈다. 결국 그녀가 나의 곁을 떠나가겠다는 것이었다.

차라리 잘된 거야.

눈물이 나오려고 했지만 나는 쉽게 체념해 버렸다. 하지만 그것은 서운함의 다른 모습이라는 걸 난 인정해야 했다. 언젠가 이런 날이 올 거라는 걸 알고 있었다. 일부러 그 사실을 외면하고 있었는지도 몰랐다. 그런데 막상 이렇게 눈앞에 닥치니 암담하기만 했다. 돌아보지 않고 끊임없이 흘러가는 시간이 원망스러웠다. 영원히 토요일이 오지 않으면 좋을 것 같았다. 시간이 가는 것이 두렵기만 했다. 토요일이 지나면 그녀는 멀리 떠나고 말리라. 다시는 못 만날지도 모르는 그녀를 평생 그리워하며 가슴에 안고 살아야 하겠지.

나는 도저히 그녀를 이대로 보낼 수 없었다. 무력하게 그녀를 떠나보내고 나면 평생 회한의 눈물을 흘려야 할 것만 같았다. 그녀에게 말을 붙여 보고, 그녀가 내 물음에 대답하고, 그렇게 한순간만이라도 함께 할 수 있다면.

나는 내 소원이 이루어질 수 없는 터무니없는 거라는 걸 알고 있었지만 그녀를 그대로 포기할 수 없었다. 난 기도를 하기 시작했다. 그대가 신이든 악마든 가리지 않겠습니다. 저의 간절한 기도를 들어 주십시오. 저의 영혼을 달라고 하면 기꺼이 드리겠습니다. 저의 팔다리를 원하신다면 잘라 가십시오. 저의 두 눈을 원하신다면 즐거운 마음으로 빼드리겠습니다. 보잘 것 없는 육체를 지닌 인간이지만 생명을 달라고 하면 흔쾌히 그렇게 하겠습니다. 단 한 번만이라도 좋으니 내 사랑하는 그녀 앞에 제대로 된 인간으로 서게 해 주십시오. 그녀에게 한 마디 말이라도 건넬 수 있게 해 주십시오. 그녀와 함께 단 1분이라도 마주 설 수 있게 해 주십시오. 제가 원하는 것은 오직 그것뿐입니다. 천 년, 아니 백만 년 동안 당신의 노예가 되어야 한다고 해도 후회하지 않겠습니다. 수억 년에 다시 수억 년을 곱한 세월 동안 지옥의 유황불 속에서 살라 해도 거절하지 않겠습니다. 제발 저의 소원을 들어 주십시오. 처음이자 마지막으로 드리는 부탁입니다. 부디 저의 간청을 저버리지 말아 주소서.

한시도 쉬지 않고 지성으로 기도를 드렸지만 당연하게도 어떠한 신으로부터도 응답을 받을 수 없었다.

마침내 토요일이 왔고, 잊을 수 없는 특유의 향기를 풍기며 그녀가 다가왔다. 그녀는 두 달 동안 해 왔던 일들을 능숙한 손길로 하나씩 처리했다. 밥을 떠먹여 주고, 기저귀를 채워 주고, 옷을 갈아입혀 주고, 시트를 갈아 주고, 물걸레로 바닥을 청소하고, 동화책을 읽어 주고.

내가 이 세상에서 보낸 그 어떤 순간보다도 빠르게 시간은 흘러갔다. 그녀는 마침내 침대를 하나씩 돌면서 작별 인사를 했다.

"사무엘님의 따스한 눈빛이 저에게 많은 힘이 되어 주었어요. 용기 잃지 마시고 행복하세요."

나의 천사는 인사말을 남기고 옆 침대로 갔다.

아, 나보고 행복하라고, 자기가 그렇게 떠나면서…….

난 이제 그녀에게마저 적개심과 증오가 느껴졌다. 가슴 깊은 곳에서 흐르는 눈물을 주체할 수 없었다. 눈물은 하염없이 흘러 금세 강물이 되었다.

그녀는 테레사 수녀님의 배웅을 받으며 방을 나섰다. 나가기 전에 그녀는 마지막으로 병실을 휘 둘러보았고 그것으로 그만이었다. 그녀는 내 곁을 떠난 것이었다. 아주 간단하게. 이제 남은 것은 그녀에 대한 그리움을 평생 동안 껴안고 살아가는 것뿐이었다.

안 돼! 이대로 보낼 수는 없어, 제발. 나는 절규했다. 그때였다.

허공에서 이상한 울림이 들려 왔다. 그것이 무슨 말인지 정확히 들을 수는 없었지만, 누군가 나의 소원을 들어 준 것 같다는 예감이 들었다.

그 울림이 선한 것인지 악한 것인지 구분해 보려고 했지만 쉽게 분간이 되지 않았다. 하지만 내가 제시한 흥정을 누군가가 받아 준 것 같았다. 내 영혼과 생명을 건 계약이 체결된 것이다……. 이상한 기분이 들었다. 생전 처음 느껴 보는… 결코 돌이킬 수 없는 계약서에 서명을 한 듯한.

움직여 봐.

이번에는 그 음성이 똑똑하게 들려 왔다. 손을 들어올려 보았다. 놀랍게도 내가 그동안 수없이 해온 상상이 현실로 이루어졌다. 손이 허공을 향해 들어올려졌다.

이럴 수가. 22년 동안 한 자리를 지키고 있던 손이 허공에서 내가 마음먹은 대로 움직이고 있었다. 나 스스로도 믿기지 않는 광경이었다. 이번에는 몸을 뒤틀어보았다. 어깨가 움찔하는 것을 느낄 수 있었다. 오, 세상에! 나는 천천히 침대에서 일어났다. 기적, 기적을 내가 행하고 있었다. 옆 침대에 누워 있던 기철이 나를 발견하곤 '우우!' 하고 늑대 같은 울음을 토해 냈다.

나는 천천히 침대에서 내려왔다. 두 발로 설 수 있다는 게 너무도 신기했다. 걸음을 옮겨 보니 움직임도 아주 오래 전부터 그렇게 움직여 왔던 사람처럼 아주 자연스러웠다. 병실 친구들의 눈이 휘둥그레졌다. 나는 그들의 시선을 받으며 거울로 다가갔다. 거울 속의 얼굴은 수녀님들이 가끔씩 손거울로 비춰 주던 추하고 일그러진 얼굴이 아니었다. 얼굴 역시 깔끔하게 펴져 있었다. 눈빛은 무엇을 열

망하는 것처럼 빛났다.

나는 거울에 손을 비춰 보았다. 그리곤 천천히 움직여 보았다. 신기했다. 내 몸이 내 마음대로 자유롭게 움직일 수 있다는 사실이 참으로 신기할 뿐이었다. 온 세상이 마치 내꺼라도 된 기분이었다. 나는 거울을 바라보다가 문득 스치듯 그녀의 환영을 보았다.

아차, 내가 이러고 있을 때가 아니지! 놓치기 전에 그녀를 따라가야 한다는 생각이 들었다. 서둘러야할 것 같았다. 본능적으로 내게 주어진 시간이 얼마 되지 않는다는 것이 느껴졌다.

옷을 갈아입어.

허공에서 다시 음성이 들려 왔다. 나는 침과 음식물 자국 등으로 지저분하게 얼룩진 환자복을 내려다보았다. 새삼 이런 차림으로 그녀를 쫓아갈 수는 없다는 생각이 들었다. 나는 방을 나갔다. 22년 동안 누워 있던 나의 세계를 뚜벅뚜벅 걸어서 벗어난 것이다.

창고로 내려가니 여기저기서 기증해 온 헌옷 상자가 여기저기 쌓여 있었다. 난 무슨 옷을 입을까 고르다가 병실에 찾아왔던 일한이라는 사람의 옷차림을 떠올렸다. 주저 없이 일한이 입었던 감색 스웨터와 비슷한 모양의 스웨터에 청바지를 걸쳤다.

어서 가야지.

허공에서 누군가 다시 재촉했다. 나는 그의 말대로 서둘러서 복지원을 나섰다. 그녀가 테레사 수녀님과 나간 지 20분쯤 되었으니 그리 멀리 가지는 못했으리라.

복지원을 나섰지만 한번도 나가 보지 않은 길이라 어디로 가야 할지 감을 잡을 수 없었다. 우두커니 서 있는데 목소리가 다시 들려왔다.

오른쪽으로 가.

나는 그 목소리에 따랐다. 목소리가 지시하는 대로 달리니 큰길이 나왔다. 테레사 수녀님과 그녀의 모습이 보였다. 그녀는 막 택시에 올라타고 있었다. 나는 택시를 향해 미친 듯이 달려갔다. 숨을 헐떡이며 택시 앞까지 뛰어갔으나 택시는 '부르릉' 하는 요란한 엔진음과 함께 출발했다.

나는 그녀를 놓쳤다는 허탈감에 휘청거리는 육체를 가까스로 바로잡았다. 이대로 끝내기는 너무 억울했다. 테레사 수녀님이 고개를 갸웃거리며 나를 쳐다봤으나 알아보는 것 같진 않았다. 인사를 할까 말까 망설이는데 다시 음성이 들려 왔다.

저기 오는 택시를 잡아!

고개를 들었다. 정말로 빈 택시 한 대가 달려오고 있었다. 나는 무작정 도로로 달려가 두 팔을 쩍 벌리고 택시를 세웠다. 택시가 내 앞에서 미끄러지며 급정거했다.

"뭐야? 죽고 싶어!"

택시 운전사가 창문을 내리고 삿대질을 했다. 나는 아무 말도 하지 않고 차에 급히 올라탔다.

"미안해요. 그, 급한 일이 있어서."

내 목소리를 내가 들은 것이 그때가 태어나서 처음이었다. 굵고 남자다운 음성이었다.

"아무리 급해도 그렇지 차도로 뛰어들면 어떡해요?"

"저, 저 앞 차 좀 쫓아가 주세요!"

운전사는 내 말에 재빨리 기어를 넣고 액셀러레이터를 밟았다. 택시 운전사는 아무래도 내가 좀 이상하게 보이는지 룸미러로 내 얼굴을 힐끔거리며 쳐다봤다.

나는 처음 타보는 택시 안에서 텔레비전을 통해서만 보아 오던 수많은 것들을 볼 수 있었다. 이 세상은 내가 텔레비전과 접하던 것과 너무도 똑같았다. 하지만 나는 한가하게 세상 구경만 하고 있을 수는 없었다. 어쩌면 마지막이 될 지도 모르는 기회이지만 말이다.

내 머릿속은 온통 그녀 생각뿐이었다. 그녀를 놓치면 어떡하나 하는 조바심에 발이 절로 동동 굴러졌다. 수많은 차들이 중간에 끼어들었지만 택시는 앞차를 용케 놓치지 않고 쫓아갔다. 그녀가 탄 차는 복잡한 네거리에서 멈춰 섰다. 그녀를 놓칠 세라 재빨리 택시에서 내리려는데 택시 운전사가 뒷덜미를 낚아챘다.

"학생, 돈 내고 내려야지!"

순간, 나는 당황했다. 텔레비전에서 본 광경들이 떠올랐다. 차에서 내릴 때 뭔가를 주고 내리는. 이럴 때는 어떻게 대처해야 할지 난감하기만 했다. 그 순간, 허공에서 다시 음성이 들려 왔다.

바지 주머니에 손을 넣어 봐.

나는 알 수 없는 음성이 시키는 대로 주머니에 손을 넣었다. 뭉툭한 것이 잡혔다.

그걸 줘.

주저 없이 주머니에서 꺼낸 것을 운전사에게 내밀었다. 운전사의 내민 손 위에 뭉툭한 것을 내밀자 칼날이 '찰칵' 하고 펴졌다. 뭔가 했더니 잭나이프였다. 운전사의 얼굴이 파랗게 질렸다.

"내, 내리세요!"

나 역시 깜짝 놀라서 손 안에 든 것을 살피는데 운전사가 말했다.

"죄송합니다. 이거라도 가지세요."

"아니, 됐, 됐습니다!"

운전사가 극구 손을 저으며 사양했다. 나는 어쩔 수 없이 칼을 들고 내렸다. 사방을 둘러보았다. 그녀가 대리석으로 만든 문 안으로 들어가고 있었다.

그녀를 따라 뛰어갔다. 사람들이 갑자기 비명을 지르며 물러섰다. 나는 뒤늦게 내 손에 들린 칼 때문에 사람들이 겁먹고 있다는 걸 깨닫고는 칼날을 접어서 주머니에 넣었다.

문 안에는 수많은 젊은이들이 걸어 다니고 있었다. 손에 책이나 가방 같은 것을 들고 있기도 했다. 그녀의 뒤를 따라서 뛰어올라가다 보니 고풍스러운 건물들이 눈에 띄었다. 아마도 여기가 그녀가 다니는 학교인 모양이었다.

3~4미터 앞에 그녀가 혼자 걸어가는 것이 보였다. 나는 걸음을 늦추었다. 막상 여기까지 쫓아오긴 했지만 이제부터 뭘 어떻게 해야 좋을지 막막하기만 했다. 그녀는 로마시대의 건축물 같은 거대한 건물 앞에 멈춰 섰다. 그리곤 누구를 찾는 건지 연신 사방을 두리번거리다가 시계를 들여다보았다. 그녀는 누군가를 기다리듯 벽에 등을 기대고 섰다.

나는 그녀의 아름다운 모습을 넋 놓고 바라보았다. 가슴이 두근거리고 호흡이 막혀 왔다.

아름답지? 그녀를 갖고 싶나?

귓가에 은근한 말투의 음성이 또다시 들려 왔다. 나는 솔직하게 고개를 끄덕였다.

내가 그녀를 영원히 소유할 수 있는 방법을 가르쳐 줄까?

나는 다시 고개를 끄덕였다. 그녀를 바라보고 있는 것만으로 행복한데 영원히 소유할 수 있다면 정말 얼마나 행복할까 하는 생각이 스쳤다.

그럼 주머니에 손을 넣어 봐. 그래, 그 동그란 버튼을 눌러.

시키는 대로 주머니에서 칼을 꺼내 버튼을 눌렀다. 날카로운 칼날이 빛살을 튕겼다.

이제 그녀에게 살금살금 다가가서 심장을 찌르는 거야. 그 다음에 그 피를 혀로 핥으면 너는 그녀를 영원히 소유할 수 있지. 아무도 너희들을 갈라놓을 수 없어. 어때?

나는 칼과 그녀를 바라보다가 칼날을 편 채로 잭나이프를 바지주머니에 넣었다. 그리곤 그녀에게 다가갔다.

인간의 사랑은 참으로 짧지. 그들의 사랑은 대체로 십 년도 지속되지 못하지. 하지만 내가 시키는 대로 하면 너와 저 여자는 영원히 사랑할 수 있어. 천 년, 아니 수백만 년이 흐르도록.

그녀는 내가 다가서는 것을 전혀 모르고 있었다. 주머니 속에 넣은 칼의 차가운 감촉이 생생하게 느껴졌다. 나는 그녀 옆에 섰다. 그녀의 머리카락에서 잊을 수 없는 그녀만의 향기가 느껴졌다. 이토록 가까이에서 그녀를 대하기는 처음이었다.

찔러, 이때야!

나는 칼을 꼭 움켜쥐었다. 그 순간, 그녀가 나를 돌아보았다. 그녀의 눈동자가 한순간 흔들렸다. 난 내가 그녀를 처음 본 날부터 하고 싶었던 것을 하기로 결심했다. 그러자 갑자기 이명처럼 귓속에서 어떤 울림이 내 귀를 심하게 울렸다.

나는 의아한 표정의 그녀에게 말을 걸었다.

"저, 죄송합니다만, 지금 시간이 어떻게 되죠?"

그녀는 내 얼굴을 빤히 쳐다보다가 손목을 들어 시계를 보았다.

이제 그녀를 난도질하라고 유혹하던 그 음성은 당황한 듯 아무 소리를 내지 못했다.

그녀는 내 질문에 시계를 보더니 친절하게 대답했다.

"3시 43분인데요."

나는 유혹을 이겨내고 내가 하고 싶었던 말을 했다. 그녀와 함께 꼭 하고 싶었던 일, 이젠 할 수 있었다.

"아, 그래요? 그런데 한 가지 부탁이 있는데요, 지금부터 1분 동안 시계를 보고 있다가 1분이 지나면 저에게 가르쳐 주시겠어요?"

"네?"

그녀가 무슨 말인지 언뜻 이해가 안 가는지 반문했다.

"간단한 거예요. 그냥 1분 동안 시계만 들여다보고 계시다가 제게 가르쳐 주시면 돼요. 아무 것도 안하고 단지 1분 동안만 가만히 시계만 보고 계시다가 제게 가르쳐 주시면 됩니다. 이상하게 생각되시겠지만 부탁입니다……."

그녀는 나를 말똥말똥 쳐다봤다. 나의 엉뚱한 부탁에 그녀는 놀라는 것 같았다. 이제 허공과 내 귓속에서 울리는 음성은 점점 커져가고 있었다. 빨리 그녀를 난도질하라고…….

잠깐 동안 망설이던 그녀는 고개를 숙이고 시계를 들여다보았다. 다시 음성이 들려 왔다.

이때야! 그녀의 심장을 빨리 찔러! 어서.

"뭐, 어려운 부탁도 아닌데. 그러죠, 뭐. 자, 지금은 정확히 3시 45분이에요."

그녀는 시계를 들여다보며 말했다. 나는 시계를 들여다보고 있는 그녀의 모습을 가만히 쳐다보았다. 나만의 부탁을 충실히 들어주고 있는 그녀를.

그 순간 주변의 시끄러운 소음도 내 귀엔 들리지 않았다. 허공에서도 더 이상 그녀를 찌르라는 목소리가 들려오지 않았다. 마치 비눗방울처럼 밀폐된 공간 속에서 그녀와 단 둘이 서 있는 느낌이 었다. 우리를 방해하는 것은 아무 것도 없었다. 그녀는 나를 위해 시계를 들여다보고 있었고, 나는 사랑스런 그녀의 모습을 한없이 애정 어린 눈길로 바라보았다. 비록 대화나 육체적인 접촉은 없었지만 나는 그녀와 완벽한 합일을 이루고 있었다. 이 세상에서 존재하고 있는 것은 오직 그녀와 나뿐이었고, 나머지는 모두 숨을 죽인 채 우리를 지켜보고 있었다. 나는 아주 짧은 순간이지만 황홀할 만큼 짜릿한 카타르시스를 느낄 수 있었다.

사실 내가 그녀에게 시계를 1분 동안 보아 달라고 한 제안은 나의 아이디어가 아니라 홍콩영화의 한 장면이다. 비디오를 보면서 나에게도 사랑하는 사람이 생긴다면 한번 써 먹어 보리라고 마음먹고 있었는데, 택시 안에서 퍼뜩 떠올라 실행에 옮긴 것뿐이었다.

영원히 계속될 것 같던 1분이 지나가고 있었다. 바쁘게 살아가는, 그러다 보니 삶의 소중함을 잊고 사는 수많은 사람들에게, 1분은 아주 보잘 것 없는 시간이리라. 하지만 지금 내가 살고 있는 1분은 나의 지난 전 생애보다도 더 값진 시간이었다.

숫자 12에서 출발했던 시침이 다시 제자리를 찾아 돌아왔다. 결국 1분은 그렇게 끝났다. 그녀는 고개를 들고 호기심 가득한 표정으로 나를 보았다.

"1분이 지났는데요. 지금은 3시 46분이에요."

"아, 감사합니다. 그런데 오늘이 몇년도 몇월 며칠이지요?"

그녀는 나의 뚱딴지 같은 질문에 고개를 갸우뚱거리더니 또박또박 대답해 주었다.

"아, 그렇군요. 그럼 이렇게 되겠군요. 2002년 5월 13일 3시 45분부터 46분까지 나는 당신과 같이 시간을 보냈습니다. 단 둘이서……. 이 시간은 아무도 내게서 빼앗을 수 없게 되었습니다. 신마저도……. 정말 감사합니다. 나에게 이처럼 소중한 추억과 시간을 만들어 주셔서……."

그녀는 처음엔 내 말을 제대로 못 알아들은 것 같았다. 그녀는 미간을 살짝 찌푸리며 잠시 생각하는 듯한 표정을 띠곤 나를 경계의 눈빛으로 쳐다보았다.

"그럼, 행복하십시오."

나는 정중하게 인사를 하고 돌아섰다. 고개를 드니 병원에서 보았던 일한이라는 사내가 저편에서 바삐 다가오고 있었다.

나는 더 이상 그에게서 질투를 느끼지 않았다. 나에게도 아무도 빼앗을 수 없는 소중한 추억이 생겼기 때문이었다. 비록 1분에 불과했지만, 난 불성실한 사람이 평생을 바쳐서 한 사랑보다 더 깊이 그녀를 사랑했노라고 자신할 수 있었다. 마음속은 더없이 평온했다. 그동안 험악하게 몰아치던 분노와 시기의 태풍도 피눈물을 동반한 비바람도 멎어 있었다. 나는 마지막으로 그녀의 행복을 간절히 빌었다. 나는 모든 것을 이룬 사람처럼 행복했다. 이제 그녀의 행복을 빌 수 있게 되었다. 왜냐하면 나도 아주 짧지만 그녀 인생의 일부를 소유하게 되었으니까……. 아무 여한도 없었다.

이제부터 무엇을 해야 하나 생각해보았다. 가을날의 화사한 햇살이 학교 안을 내리쬐고 있었다. 젊은이들로 북적거리는 곳을 발길 닿는 대로 걷다 보니, 더 살고 싶은 욕구가 은근히 고개를 쳐들었다. 나에게 이런 기적을 일어나게 해준, 그 음성의 분노의 울림이 들리는 것 같았다. 영원히 내 소유가 된다고 하더라도, 사랑하는 사람을 죽일 생각은 추호도 없었다. 그 음성이 잘못 생각한 것이다. 나는 상관하지 않았다. 어떻게 되겠지 하는 생각도 들었다.

나는 천천히 학교 안을 거닐었다. 그때 그 음성의 자신만만한 목소리가 들려왔다. 나는 순간적으로 불길한 예감이 들어 주위를 둘러보았다. 저 앞이었다. 그녀가 보였다. 그녀 옆에는 일한이라는 사람이 걷고 있었다. 좁은 도로를 건너오던 그녀의 몸이 갑자기 휘청거렸다. 그녀는 일한의 몸을 잡고 가까스로 섰다. 다리를 접질린 모양이었다. 그녀가 그대로 주저앉아 구두를 벗어들었다. 뒷굽이 떨어져나가 너덜거리는 게 보였다.

나는 그들의 모습을 보다가 무심코 고개를 골목 안쪽으로 돌렸다. 봉고차 한 대가 무서운 속도로 도로 한가운데 서 있는 그녀와 그를 향해 돌진해오고 있었다. 차는 멈춰설 것 같지 않았다. 나는 순간적으로 그쪽으로 걸음을 옮겼다.

가만히 있어! 세상을 더 살아 보고 싶지 않나?

허공에서 예리한 음성이 날아왔다. 나는 걸음을 우뚝 멈추었다. 봉고차는 점점 무서운 속도로 달려오고 있었다. 브레이크가 고장났는지 어찌할 줄 모르는 운전사의 얼굴에 당황한 기색이 역력했다. 아무 것도 생각할 여유가 없었다. 나는 더 이상 주저하지 않고 달려오는 봉고차 앞에 두 팔과 두 다리를 쫙 벌리고 섰다.

운전사의 놀란 얼굴이 한눈에 들어왔다. 그는 두 눈을 질끈 감고 운전대에 머리를 박았다.

바보 같은 자식!

허공에서 몹시 분개한 듯한 목소리가 들려 왔다. 그 순간, 가슴과 얼굴에 엄청난 통증이 왔다. 난 몸이 허공에 붕 뜨는 느낌, 이어서 뒤통수에 엄청난 충격이 왔다. 아스팔트 위에 길게 드러누운 나의 팔과 다리 위로 봉고 차가 지나갔다. 지금까지 한번도 느껴 보지 못했던 끔찍한 통증이 뇌 속으로 파고들었다. 봉고는 내 몸을 밟고 지나가다가 진로를 바꿔 가로수에 '쿵!' 하는 소리와 함께 부딪혔다.

"아악! 사람이 치었어!"

"도와주세요!"

"빨리 구급차를 불러!"

사람들이 웅성거리는 소리가 아련하게 들려 왔다. 나는 봄날의 아스팔트 위로 내 몸안에서 나온 뜨거운 피가 고이는 것을 보았다.

눈을 떠 보았지만 한쪽 눈밖에 보이지 않았다. 그녀가 놀란 얼굴로 나를 보고 있었다. 다행히도, 그녀는 무사해 보였다. 나는 그녀를 한번 쳐다보는 것을 마지막으로 그때까지 힘겹게 붙들고 있었던 의식의 끈을 놓아버렸다. 의식이 점점 흐려져 갔다. 온몸은 고통으로 조금씩 꿈틀거렸지만 그것조차 그리 오래 지속되지 않으리라는 것을 알 수 있었다.

그제서야 나는 비로소 목소리의 임자가 누군지 알 수 있었다. 그는 악마였다. 인간을 끊임없이 유혹하는. 고맙습니다… 나는 악마에게 진정으로 고마움을 표했다. 사랑하는 사람을 위해서 생명을 바칠 수 있는 기회를 만들어 준 악마에게.

점점 의식은 흐려져가고 고통 때문에 온몸엔 심하게 경련이 일어나고 있었다. 숨쉬기도 힘들어졌다. 이제 정말 죽는다는 것을 알 수 있었다. 사람들이 더욱 내 주위로 모여드는 것이 보였다. 그 사람들 중에 그녀와 그 사람의 얼굴도 보였다. 다행이었다…….

죽는 것은 두렵지 않았다. 오히려 행복했다. 단 한번뿐인 삶을 사랑하는 사람을 위해서 버릴 수 있다는 것이……. 후회도 없었다. 그저 숨만 쉬며 생존하는 인간에서 적극적으로 삶을 영위하는 인간이 된 것 같았기 때문이다. 내 자신을, 내 자신의 의지로, 내 자신이 소중해하는 사람을 위해 바칠 수 있었기에……. 난 22년 5개월 11일 5시간 생존해오다가, 1시간 23분 건강한 육신을 지닌 인간으로 살았고, 1분 동안 사랑했다…….

허공에서 들리는 음성은 이제 모든 것이 끝났다고 말하는 듯했다. 점점 주위가 어두워졌다. 이제 모든 것이 끝난다는 것을 알 수 있었다. 하지만 내 짧은 인생에 후회는 없었다. 내 생명과 영혼이 내 육체로부터 빠져나가는 것이 느껴졌다.

어쨌든 계약은 완료되었다.

지영이와 도서관 앞에서 3시 반에 만나기로 했는데, 좀 늦는 바람에 서둘러 도서관 앞으로 갔다. 지영이는 이미 와 있었고, 어떤 남자와 이야기하고 있었다. 누군가 싶어 다가가는데, 그 사람은 지영이에게 정중히 인사하고 내 옆을 스쳐갔다. 짧은 순간이었지만 그 사람은 이상할 정도로 따뜻한 눈빛을 하고 날 쳐다보며 지나갔다. 옷차림도 어색하고 뭔가 움직임이 부자연스러웠지만 눈빛만은 인상적이었다. 나는 지영이에게 다가갔다.

"지영아, 늦어서 미안하다. 그런데 지금 그 사람 누구니?"

"일한이 오빠, 왜 맨날 늦어요. 그러니까 이상한 사람도 만나잖아… 처음 보는 사람인데, 이상하게 친숙했어요. 시간을 묻더니, 다시 1분 동안 가만히 있어달라더니 그 시간을 영원히 간직하겠다고 하더니 그냥 갔어요. 이상한 사람이야…"

"어, 그거 왕가위 감독의 〈아비정전〉에 나오는 장면인데… 저 사람 그 영화를 감명깊게 보고, 아무나 잡고 흉내내는 건가……."

좀 이상한 느낌이 들었지만, 우리는 그 자리를 떠났다. 지영이의 자원봉사도 끝나고 해서, 우리는 오랫만에 써클 사람들과 술을 마시러 가기로 했다. 그런데 길거리에 한복판에서 지영이가 갑자기 넘어졌다. 발목이 접질린 듯했다.

그 순간 저쪽에서 부웅하는 차 소리가 들렸다. 봉고였다. 학교안 도로라 저렇게 과속하는 차가 없을텐데 하는 생각도 잠시, 운전석 안을 보고 나는 심장박동이 빨라지는 것을 느꼈다. 차에 이상이라도 생겼는지, 운전사가 당황한 표정으로 사람들에게 비키라는 손짓을 필사적으로 하고 있는 것이었다. 차는 우리쪽으로 돌진하고 있었다. 나는 지영이 손을 잡고 그 자리에서 피하려 했다. 하지만 완전히 주저앉은 지영이를 쉽게 일으킬 순 없었다. 지영이도 달려오는 봉고를 보고 얼굴이 새파랗게 되었다. 꼼짝없이 사고가 나는구나 생각했다.

그때 전혀 예상치 못한 일이 일어났다.

어디선가 사람 하나가 튀어나오더니, 마치 예수가 십자가에 못박히는 것처럼 두 팔을 벌린 자세로 트럭 앞에 선 것이다. 1초나 될까 싶은 짧은 순간이 지나자, 그 사람은 봉고에 치어 튕겨나갔다. 그리고 바로 우리 앞에서 봉고에 깔렸다. 그 사람을 치어서 그런지, 봉고는 아슬아슬하게 우리를 빗겨 옆 가로수를 박은 뒤 멈췄다.

나는 멍해있는 지영이를 일으켜 차에 치인 사람이 쓰러진 쪽으로 다가갔다. 그 사람은 완전히 만신창이가 되어 있었다. 얼굴과 가슴은 피투성이였고, 팔다리는 차에 깔려서 뭉그러져 있었다. 피는 누워있는 그 사람의 몸에서 쉼없이 흘러나와 아스팔트 위에 흥건하게 적셨다.

치인 사람은 한쪽 눈만 힘없이 깜빡거렸지만 이내 그 눈도 움직임을 멈추었다. 끔찍한 광경이었다. 그런데 이상하게도 피투성이 얼굴은 편해 보였다. 평소 끔찍한 것이라면, 쳐다보지도 못하는 지영이도 그 사람의 시체를 물끄러미 보면서 한마디 했다.

“죽을 때 심하게 고통스러웠을텐데, 왜 이렇게 편안해 보이지?”

“지영아, 너 이 사람 아니?”

“아뇨. 어딘가 친숙한 느낌은 느껴지지만, 전혀 모르는 사람이에요. 전생에 만난 적이 있나?”

“그래도 고마워하자, 결과적으로 이 사람 덕분에 우리가 목숨을 구했으니까.”

지영이와 나는 황망한 얼굴로 아까 그 사람은 끔찍하지만 편안한 죽음을 맞은 것 같다느니, 십 년 감수했다느니 하는 이야기를 두서없이 나눴다.

나는 자리를 뜨다가 문득 뒤를 돌아보았다. 피흘리며 죽어가는 이름 모를 사내에게서 슬픔과 동정심이 솟아났다. 이 사람은 왜 갑자기 봉고 앞에 뛰어들었을까 하는 당연한 의문이 이제서야 들었다. 설마 우리를 구해주기 위해? 그렇게 생각되지는 않았다. 모르는 사람을 구하기 위해 자기 생명을 내던질 리는 없을 테니까…….

그렇다면 왜 그런 식으로 목숨을 버렸을까? 자살이었나?…

그 사람의 죽음은 아마 영원한 수수께끼로 남아있을 것이다. 그와 아무런 관계도 없고, 그에 관해 아무 것도 모르는 우리들에게…….